为 了 人 与 书 的 相 遇

王静芝/著

诗经通释

雅

广西师范大学出版社
·桂林·

目　录

雅

小雅

鹿鸣之什

南有嘉鱼之什

鸿雁之什

雅

雅之说已见前绪论"诗经之内容"一节。雅别为《小雅》及《大雅》，说亦见绪论。

小雅

雅无国别，依其次第，编十篇为一什。

鹿鸣之什

鹿鸣

《诗序》云：“《鹿鸣》，燕群臣嘉宾也。既饮食之，又实币帛筐筐，以将其厚意，然后忠臣嘉宾得尽其心矣。”

呦呦鹿鸣，食野之苹。
我有嘉宾，鼓瑟吹笙。
吹笙鼓簧，承筐是将。
人之好我，示我周行。

呦呦鹿鸣，食野之蒿。
我有嘉宾，德音孔昭。
视民不恌，君子是则是傚。
我有旨酒，嘉宾式燕以敖。

呦呦鹿鸣，食野之芩。
我有嘉宾，鼓瑟鼓琴。
鼓瑟鼓琴，和乐且湛。
我有旨酒，以燕乐嘉宾之心。

呦呦鹿鸣，食野之苹。我有嘉宾，鼓瑟吹笙。吹笙鼓簧，承筐是将。人之好我，示我周行。

呦，音幽。呦呦，鹿鸣相和之声也。鹿鸣呦呦然，和乐之象也。

苹，草名，藾萧也。

嘉宾，是所燕之群臣也。

簧，笙之发声处也。

承，奉也。◎筐，盛币帛之器也。◎将，行也。◎奉筐行币帛，以劝侑酒食也。

人之好我，庶几乎人之能好爱于我。

周行，大道也。此以喻应行之正途。

第一章，由鹿鸣兴嘉宾燕乐之义。言鹿之鸣呦呦然，盖得苹草美食，故相鸣相呼，得其乐也。因以兴起群臣嘉宾，得我之燕飨，而相聚和乐也。于是乃鼓瑟吹笙，以乐之。吹笙鼓簧之间，且奉筐行币帛致之，以劝侑酒食。则人能好爱我矣。能好爱我，则示我以至美应行之道矣。

呦呦鹿鸣，食野之蒿。我有嘉宾，德音孔昭。视民不恌，君子是则是傚。我有旨酒，嘉宾式燕以敖。

蒿，菣也。菣，去刃反，音沁，香蒿也。

德音，他人之言也。在此指嘉宾示我大道之言。◎孔，甚也。◎昭，明也。◎言嘉宾示我大道，甚为昭明也。

视，同示。◎恌，音挑，偷薄也。◎视民不恌，言示万民使不偷薄。

则，以为法则。◎傚，同效，效法也。

旨，美也。

式，发语词。◎燕，同宴。◎敖，游也。

第二章，仍以鹿鸣兴起我有嘉宾。然后承首章"示我周行"之语，言其"德音孔昭"。由于嘉宾所示我之德音甚明，故我乃得以示万民，而使不偷薄；而君子可用此为法则而效之矣。燕飨之中，能有如此者，乃有所获矣。则我有美酒，嘉宾乃燕乐以遨游之。足为有深义者矣。

按：恌，毛传："愉也。"《释文》："愉，他侯反。"今《尔雅·释言》愉作偷，愉偷古今字。

呦呦鹿鸣，食野之芩。我有嘉宾，鼓瑟鼓琴。鼓瑟鼓琴，和乐且湛。我有旨酒，以燕乐嘉宾之心。

芩，草也。

湛，音耽，乐之久也。

第三章，作法同前二章。尾语燕乐嘉宾之心者，使群臣心感娱乐，而能"示我周行""德音孔昭"也。

按：燕群臣嘉宾者，燕其群臣，若待嘉宾也。其地位则群臣，以礼待之则嘉宾也。待臣如宾之礼，故君臣之情洽而得通其意。朱传云："君臣之分，以严为主；朝廷之礼，以敬为主。然一于严敬，则情或不通，而无以尽其忠告之益。故先王因其饮食聚会而制为燕飨之礼，以通上下之情。"笺云："饮之而有币，酬币也；食之而有币，侑币也。"燕兼饮食，故酬币侑币兼之，是燕礼也。是篇可见周之君臣之间，盖"宾臣者帝，师臣者王"者，亦美也欤！其后此诗推之而用于乡人宾主之间，合《四牡》与《皇皇者华》，三诗乃为上下通用之乐矣。

四牡

此使臣自咏劳苦之诗。

四牡騑騑，周道倭迟。
岂不怀归？
王事靡盬，我心伤悲！

四牡騑騑，啴啴骆马。
岂不怀归？
王事靡盬，不遑启处。

翩翩者鵻，载飞载下，
集于苞栩。
王事靡盬，不遑将父。

翩翩者鵻，载飞载止，
集于苞杞。
王事靡盬，不遑将母。

驾彼四骆，载骤骎骎。
岂不怀归？
是用作歌，将母来谂。

四牡骓骓，周道倭迟。岂不怀归？王事靡盬，我心伤悲！

牡，雄马也。◎骓，音非。骓骓，行不止之貌。

周道，大路也。◎倭，音微。倭迟，回远之貌。

王事，王之事，国家之事也。◎靡，无也。◎盬，止息也。
◎言王事未完，无可止息也。参《唐风·鸨羽》。

第一章，使臣自咏行路之心情也。言四雄马所驾之车，骓
骓前行不止。眼前大路，回曲而远，前途艰苦尚多。我岂不怀
归去之心乎？惟以国家之事未毕，故不能止息也。我心实为之
伤悲焉！

四牡骓骓，啴啴骆马。岂不怀归？王事靡盬，不遑启处。

啴，音滩。啴啴，众盛之貌。◎骆马，白马黑鬣。

遑，暇也。◎启，跪也。处，居也。启处即跪居，古时席地
而居，犹今之日本之席式房屋，居处息止，跪于席上。◎不遑启
处，言无暇跪居，示无平静安息从容之生活也。

第二章，言奔走无暇之状也。白马众盛，骓骓而行，大道
回远，岂不怀归？惟以王事靡止，乃致不暇跪居，毫无安静从
容之生活也。

翩翩者鵻，载飞载下，集于苞栩。王事靡盬，不遑将父。

翩翩，飞貌。◎鵻，音椎，鸟名，鹁鸠也。

载，犹则也，语词。

苞，茂也。◎栩，音许，木名，栎树，其子实为橡子。

将，养也。◎不遑将父，言无暇奉养父也。

第三章，亦行役时之心情，不由车马写起，而由见鸟之飞下以兴感。言雏翩翩然飞动而下，集栖于茂盛之栩树之上，得栖息安止之所矣。彼鸟且有安息之处，而吾人因王事之未毕，乃至无暇奉养吾父，宁不可哀！

翩翩者雏，载飞载止，集于苞杞。王事靡盬，不遑将母。

杞，音起，树名，枸檵也。枸音苟，檵音计。

第四章，作法同三章。二章重叠，一言养父，一言养母，加重其义，增慨叹之意也。

驾彼四骆，载骤骎骎。岂不怀归？是用作歌，将母来谂。

载，则也。◎骤，疾驰也。◎骎，音侵，骎骎，骤貌。

用，以也。

将，养也。◎来，助辞。◎谂，音审，念也。

第五章，因前四章已将心中情绪说完，此章乃作结。于是改以驾彼四骆起，使不同于首二章，而又以车马奔驰说起，暗承首二章，以回顾全局。然后曰：岂不怀归，是以作歌。作歌为何？以奉养母亲之事，念于心头，故咏而抒其情也。结尾独言将母，承上章末句"不遑将母"一语也。前言无暇养母，故后言以养母之事为念。非忘其父而不肯念，因诗之行文，前后相承接而用之，不必泥于母之一字之义何在也。

按："来谂"之"来"字，为一助辞，本身无义，助谂字，成"念念"之义。《经传释词》引《诗》此句训"来"为"是"。然此一"是"字，仍是助词，犹"则"也，非"是非"之"是"也。《经传释词》"是"字条："是犹则也。"引《大戴礼》："教定是正矣。"《国语·郑语》："若更君而周训之，是易取也。"《助字辨略》云："则，语辞也。承上趣下，辞之急者也。"《经传释词》云："则者，承上起下之词。"

按《诗序》云："《四牡》，劳使臣之来也。有功而见知则说矣。"此说盖据《左传·襄公四年》："歌鹿鸣之三。""四牡，君所以劳使臣也。"惟细读此诗，诚无劳使臣之意。又《仪礼》乡饮酒及燕礼皆云："工歌《鹿鸣》《四牡》《皇皇者华》。"乡饮酒为诸侯之卿大夫三年大比，献贤者能者于其君，以礼宾之，与之饮酒之礼。燕礼为诸侯无事，若卿大夫有勤劳之功，与群臣燕饮以乐之之礼。而《礼记·学记》云："大学始教，宵雅肄三。"亦谓此三诗也。然则又非专以劳使臣者。寻其端绪，当是使臣自咏行役劳苦之诗。而歌咏之间，取其勤劳之心，乃歌以为劳之之意；初既非为劳使臣而作，后亦非专为劳使臣而歌。鹿鸣之三——《鹿鸣》《四牡》《皇皇者华》——盖皆用之于宾燕之际。习以为常，则不细辨其原作之本义矣。《诗序》但取《左传》之语，亦未顾及《仪礼》所载及《学记》所言。此亦但求题目之大，乃有此弊耳。

皇皇者华

此使臣行路所咏也。

皇皇者华，于彼原隰。
駪駪征夫，每怀靡及。

我马维驹，六辔如濡。
载驰载驱，周爰咨诹。

我马维骐，六辔如丝。
载驰载驱，周爰咨谋。

我马维骆，六辔沃若。
载驰载驱，周爰咨度。

我马维骃，六辔既均。
载驰载驱，周爰咨询。

皇皇者华，于彼原隰。駪駪征夫，每怀靡及

皇皇，犹煌煌也。◎华，草木之华。华即花也。

于，在也。◎原，高平之地。◎隰，音习，下隰之地。

駪，音申。駪駪，众多疾行之貌。◎征夫，使臣及其属也。

每，虽也。虽怀尽力之心，然仍若有不能及者。谓应竭力以赴，以成事功也。

第一章，使臣行路所见及其心情也。使臣行于高平之原，行于下湿之地，一路见草木之华，煌煌然照灼。使臣与其所属，疾行于其间，见斯锦绣之河山，自感为国家之任务重大，应尽其心力以赴之也。然虽有所怀思，仍若有所不能及者，故应竭虑以赴，以成事功也。

我马维驹，六辔如濡。载驰载驱，周爰咨诹。

驹，马五尺以上曰驹。

六辔，四马共八辔，两辔骖马内辔纳于觼，故言六辔，参前《秦风·驷驖》篇。◎如濡，状其鲜泽，乃曰如若濡染。

载，则也。

周，遍也。◎爰，于也。◎咨诹，访问也。诹，音邹。

第二章，使臣自咏驰驱尽力之状也。言我驾驹而行役，六辔鲜明润泽，驰驱于远地，遍行访问，以尽我之职也。此章盖承首章"每怀靡及"之语，故驰驱周遍以访问尽责也。

我马维骐，六辔如丝。载驰载驱，周爰咨谋。

骐，马之青黑色者。

如丝，调忍也。言既调匀且又强忍劲韧也。

谋，犹诹也。咨谋犹咨诹。

以上第三章，义与二章同，换韵而重唱之。

我马维骆，六辔沃若。载驰载驱，周爰咨度。

骆，白马黑鬣者。

沃若，犹如濡也。沃，润泽。若，如也。亦鲜泽之貌也。

度，音堕。度，犹谋也。咨度犹咨谋。

以上第四章，义与二三章同，又换韵而三唱之。

我马维骃，六辔既均。载驰载驱，周爰咨询。

骃，音因。马浅黑而白，兼杂毛者。

均，调匀也。调匀犹三章之如丝。

询，犹度也。咨询犹咨诹、咨询、咨度，皆访问之义也。

以上第五章，义与二三四章同，又换韵而四唱之。盖为加重表达其意，乃重而三重，以至四重而歌之。

按《诗序》云：“《皇皇者华》，君遣使臣也。送之以礼乐，言远而有光华也。”此说后世说《诗》者多采之。然细揆全诗，纯是征途所见，及出使之心情，并无遣行之义在。《序》说是本《鹿鸣》之三之次序，《鹿鸣》燕之，《四牡》劳之，《皇皇者华》则遣之。缘此三诗已为燕飨之礼连奏之乐，乃特指其三诗之三义耳。实则此诗原固为使臣行路所咏，嗣乃取其出使之义，而于《鹿鸣》《四牡》之后歌之，或蕴行别之义，非诗之本身即为遣使臣而作也。

常棣

此叙兄弟之情，以劝兄弟相亲之诗。后引用为燕弟兄之乐歌。

常棣之华，鄂不韡韡。
凡今之人，莫如兄弟。

死丧之威，兄弟孔怀。
原隰裒矣，兄弟求矣。

脊令在原，兄弟急难。
每有良朋，况也永叹。

兄弟阋于墙，外御其务。
每有良朋，烝也无戎。

丧乱既平，既安且宁。
虽有兄弟，不如友生。

傧尔笾豆，饮酒之饫。
兄弟既具，和乐且孺。

妻子好合，如鼓瑟琴。
兄弟既翕，和乐且湛。

宜尔室家，乐尔妻帑。
是究是图，亶其然乎！

常棣之华，鄂不韡韡。凡今之人，莫如兄弟。

常棣，棣也。◎华，花也。

鄂，承华者曰鄂。◎不当作拊。拊，鄂足也。◎韡，音韦，韡韡，光明也。

第一章，由"常棣之华，鄂不韡韡"起兴：言常棣花开，其所以灿然可观者，以其承华之鄂，及鄂足之为拊者，相互连缀扶持，而成其光明也。因以喻兄弟手足之亲，相关连理，若能念及常棣之华与鄂拊间相关之义，则知今之人，莫如兄弟之相亲者也。

死丧之威，兄弟孔怀。原隰裒矣，兄弟求矣。

威，畏也。

孔，甚也。◎怀，思也。

高平曰原，下隰曰隰。◎裒，音掊，聚也。

第二章，叙生死之间，兄弟之情也。言死丧之可畏甚矣。若丧乱之世，流离失所，南北暌隔，生死莫卜，兄弟之间，甚怀念也。至于颠沛之际，离散迁徙之人，或聚于原矣，或聚于隰矣，每见众人聚处，则寻求探询，冀得见其兄弟于此间也。此章言兄弟于离散之间，孔怀生死，遇有人众，则必探询以寻其踪迹，斯兄弟之不同于常人之处也。

脊令在原，兄弟急难。每有良朋，况也永叹。

脊令，鸟名，雝渠也。飞则鸣，行则摇尾。

兄弟于急难之中，则相救也。

每，虽也。

况，兹。◎永，长也。

第三章，以脊令起兴。言脊令在原上，飞则鸣，行则摇尾，以与同飞者相呼应也。因以联想及兄弟之情，兄弟之间，如有急难之事，则必能互相救助，此时虽有良朋，兹对之长叹而已。言良朋于急难之时，不如兄弟之能互助也。

兄弟阋于墙，外御其务。每有良朋，烝也无戎。

阋，音戏，斗狠也。

务，读如侮，侮也。

烝，填也。填音尘，久也。◎戎，兵也。无戎，无兵，言无来相救。

第四章，更进而述兄弟之亲近。言兄弟亦有偶然意志不合，且亦或斗狠于墙下矣。然如此时有外侮侵其兄弟中之一人，则必立即共同合作，抵御外侮矣。此时虽有良朋，久而不来相救也。

按：烝，毛传训填，朱传以为发语词。细寻三章"况也永叹"及本章"烝也无戎"二语，语气相同。朱传以为况、烝皆发语词，然况烝以下皆又有"也"字，发语词下又加"也"字，语气颇为不类。《毛诗》烝训填，笺云："古声填、寘、尘同。"陈奂云："烝训填，《桑柔》《瞻卬》传：'填，久也。'《尔雅》：'烝，尘也。'尘，久也。古填尘声同。丞谓之填，填谓之久；丞谓之尘，尘谓之久，其义相因也。"

丧乱既平，既安且宁。虽有兄弟，不如友生。

第五章，述共安乐时，兄弟又不如友也。言动乱之间，兄弟皆合作矣。丧乱既已平息，则生活安宁，此时兄弟共处，又每因小事而不合，故觉兄弟又不如朋友。然兄弟能于急难外侮中合作，而朋友只能于安乐中见友情，愈见朋友不如兄弟之亲也。

傧尔笾豆，饮酒之饫。兄弟既具，和乐且孺。

傧，音宾，陈列也。◎笾豆，祭器，燕飨所用，盛物之器也。

之，犹是也。◎饫，音淤，餍足也。

具，俱也，俱在也。

孺，小儿之慕父母也。

第六章，言陈笾豆以醉饱之时，兄弟既皆俱在，则和乐而生孺慕父母之情。是兄弟之情溢，则联想及父母之情也。若兄弟不能俱在，则不能如此乐矣。可见兄弟之重要。

妻子好合，如鼓瑟琴。兄弟既翕，和乐且湛。

翕，音吸，合也。

湛，音耽，乐之久也。

第七章，言妻子且能好合欢乐，如鼓瑟琴。如兄弟者，更宜好合矣。既已好合，则和乐且久。如不能好合，则不能乐且久矣。

宜尔室家，乐尔妻帑。是究是图，亶其然乎！

帑，音奴，子也。

究，穷究也。◎图，谋之也。

亶，音胆，信也。

第八章，总结全篇。言应宜尔之室家，指兄弟既俱在，则和乐且孺也；乐尔之妻帑，指妻子好合，兄弟既翕，则和乐且耽也。故能兄弟和美，相互扶持，宜尔室家，乐尔妻帑，则兄弟之亲爱见之矣。试以此穷究之而深图谋之，以求兄弟之友爱，信其然乎！

按《诗序》云："《常棣》燕兄弟也。闵管蔡之失道，故作《常棣》焉。"笺云："周公吊二叔之不咸，而使兄弟之恩疏。召公为作此诗而歌之以亲之。"《左传·僖公廿四年》："召穆公思周德之不类，故纠合宗族于成周，而作诗曰：'常棣之华，鄂不韡韡。'"而《国语·周语》又云："周文公之诗曰：'兄弟阋于墙，外御其侮。'"然则依笺为召公作，依《国语》为周公作，依《左传》则为召穆公作。而《国语》及《左传》又皆周大夫富辰谏周襄王之语，同属于一事，而两书记载相异如此。至韦昭《国语注》则云："其后周衰，厉王无道，骨肉恩阙，亲亲礼废，宴兄弟之乐绝。故召穆公思周德之不类，而合其宗族于成周，复循棠棣之歌以亲之。"此又异于左氏之说而又似释左氏之误者。而《春秋经传集解》杜预云："周德衰微，兄弟道缺，召穆公于东都收会宗族，特作此周公之乐歌。"孔氏《毛诗正义》亦谓是周公作诗，召穆公歌之。朱传云："此燕兄弟之乐歌。""此诗盖周公既诛管蔡而作。""《序》以为闵管蔡失道者得之。"其说不一，而以主周公作者为多。至《诗序》则未指出作者。《诗序》每无中生有，径指某诗为某人作，而于此诗竟不指出作者，或见《左传》《国语》，而不肯信之而已。此诗之作者，究为何人，尚不能定。惟此诗之作者为谁，不甚重要，要在探讨此诗之内容为何，以求明读诗之义旨，则虽不知作者，亦足得之矣。经细读全诗，一章首揭兄弟相亲之义，其后则次第叙死生之间，急难之间，私斗之间，共安乐之间，与室家之间兄弟相亲之状。愚意以为此诗当是述兄弟之情，以劝兄弟相亲之义。后以其劝兄弟和美，乃引以为燕兄弟之乐歌也。至谓因闵管蔡之失道故作之，亦近情理。或是诗人感管蔡失道，伤兄弟之相残，乃为此诗，以劝兄弟亲爱和睦者。然只是近似，非必然者。因诗中固未曾着管蔡字样，仅后世缘其情理，猜度之而已。

伐木

《诗序》曰："《伐木》，燕朋友故旧也。自天子至于庶人，未有不须友以成者。亲亲以睦，友贤不弃，不遗故旧，则民德厚矣。"

伐木丁丁，鸟鸣嘤嘤。出自幽谷，迁于乔木。
嘤其鸣矣，求其友声。相彼鸟矣，犹求友声。
矧伊人矣，不求友生？神之听之，终和且平。

伐木许许，酾酒有藇。既有肥羜，以速诸父。
宁适不来？微我弗顾。於粲洒扫，陈馈八簋。
既有肥牡，以速诸舅。宁适不来？微我有咎。

伐木于阪，酾酒有衍。笾豆有践，兄弟无远。
民之失德，干糇以愆。有酒湑我，无酒酤我。
坎坎鼓我，蹲蹲舞我。迨我暇矣！饮此湑矣！

伐木丁丁，鸟鸣嘤嘤。出自幽谷，迁于乔木。嘤其鸣矣，求其友声。相彼鸟矣，犹求友声。矧伊人矣，不求友生？神之听之，终和且平。

丁，音铮。丁丁，伐木之声。

嘤嘤，鸟鸣声。

幽，深也。

乔，高也。

嘤其，其，语尾词，嘤其犹嘤然。

相，视也。

矧，音审，况也。◎伊，是也。

神，神明也。◎神之听之，上之字语助词，无义。下之字代词，指友朋相交之谊，神明听之。

第一章，由伐木丁丁之声，引起鸟鸣嘤嘤之声起兴。言鸟鸣嘤嘤然，彼此呼应，是求友之声也。鸟鸣而飞，出自深谷，迁于高木，嘤然而鸣，呼友以来，不独享其乔迁之乐也。今视彼鸟也，禽而已矣，犹知鸣以求友，况是人乎？焉有不求友者？人如能笃朋友之好，则神明能听之，而能终和且平也。

伐木许许，酾酒有藇。既有肥羜，以速诸父。宁适不来？微我弗顾。于粲酒扫，陈馈八簋。既有肥牡，以速诸舅。宁适不来？微我有咎。

许，音虎。许许，伐木声。

酾，音师。酾酒者，以筐漉酒，去糟取清也。◎藇，音序，美貌。有藇，藇然也。

羜，音芑，未成之羊也。

速，请也。◎诸父，朋友之同姓而尊者也。

宁，岂也。◎适，偶然也。◎宁适不来，言岂适不能来乎？谓必能来也。

微，无也。◎顾，念也。◎微我弗顾，言勿使我有不顾念及友情而忘彼之怨也。

於，音乌，叹词。◎粲，鲜明貌。

馈，食物也。◎簋，盛物之器。圆曰簋。八簋，器之盛也。

牡，畜之雄者。

诸舅，朋友之异姓而尊者。

微我有咎，言无以我为有过也。

第二章，仍以伐木起兴，是承首章以伐木起兴之余，乃又言伐木。此乃前后联想之作用，并非此伐木与下文有何关联也。伐木许许，酾酒而甚美，言得美酒也。而又已有肥羊羔，则足以待客矣。因以延请诸朋友之同姓而尊者。我如此准备丰富而延请之，彼岂得正值偶有他事而不来乎？言彼必能抽暇而至也。我能如此厚待彼，则不致使彼怨我不顾念于彼也。乃洒扫鲜明，陈八簋之食物。既有肥牡之食，以延请诸朋友之异性而尊者，彼宁得不来乎？我之如此，庶几勿以我为有过也。

按：宁适不来，笺云："宁召之适自不来。"朱传云："宁使彼适有故而不来。"二者义近。姚际恒云："谓宁得不来乎。"义较旧说为长。盖请而不来，惟求友人不以为不肯顾念，仍非朋友相亲敬之道。言其必来，足见亲近也。

伐木于阪，酾酒有衍，笾豆有践，兄弟无远。民之失德，干
餱以愆。有酒湑我，无酒酤我。坎坎鼓我，蹲蹲舞我。迨我
暇矣！饮此湑矣！

阪，音板，陂也。山旁倾倚之处。

衍，美貌。有衍即衍貌。

笾，音边。笾豆，竹豆，盛物之礼器也。◎践，陈列貌。

兄弟，朋友之同侪也。◎无远，皆在也。

民，人也。◎失德，失朋友之德义也。

干餱，食之薄者也。◎愆，过失也。

湑，音许，亦酾也。湑我，我湑也。

酤，买也。◎酤我，我酤也。

坎坎，击鼓声。◎鼓我，我鼓也。

蹲，音存，蹲蹲，舞貌。◎舞我，我舞也。

迨，及也。

湑，已酾之酒也。

第三章，仍以伐木起兴，义如二章，承首章之绪也。有美
酒而又陈笾豆，可请朋友之同侪者矣。彼皆无远在近，必能至
也。人之失朋友之德义者，往往因干餱薄食而致过失，引起朋
友间之误会。我绝不以此有失于朋友，有酒则我酾以饮之，无
酒则我买酒以饮之；坎坎然我击鼓矣，蹲蹲然我起舞矣，及我
之暇矣，我则与朋友饮此酒矣！

按：有酒湑我，无酒酤我，毛传："族人陈王之思也。王
有酒则沛茜之；王无酒酤买之，要欲厚于族人。"坎坎鼓我，
蹲蹲舞我，郑笺："为我击鼓坎坎然，为我兴舞蹲蹲然，谓以

乐乐已。"朱传于此无解，惟云："故我于朋友，不计有无。"细审本章词义，衔接前二章，皆言朋友燕乐之事。"有酒湑我"则忽曰陈王之恩，甚为突然。且云"王无酒酤买之"，王而无酒，且须特为买酒，此王亦大贫王矣！愚意以为，有酒湑我，但承上文，而湑我二字，倒文而已。湑我即我湑，酤我即我酤，鼓我即我鼓，舞我即我舞。且本篇三章，皆以我字为主词，前二章皆无主宾换位之处。至三章之半，忽然以王为主词，以我为宾词，绝非行文之理。及末尾"迨我暇矣！饮此湑矣！"又以我为主词，则中间翻覆，毫无道理。故仍应以我为主词，前后一贯。然则湑我、酤我为倒文是矣。

天保

此祝福于君之诗。

天保定尔，亦孔之固。
俾尔单厚，何福不除？
俾尔多益，以莫不庶。

天保定尔，俾尔戬穀。
罄无不宜，受天百禄。
降尔遐福，维日不足。

天保定尔，以莫不兴！
如山如阜，如冈如陵。
如川之方至，以莫不增。

吉蠲为饎，是用孝享。
禴祠烝尝，于公先王。
君曰："卜尔，万寿无疆！"

神之吊矣，诒尔多福。
民之质矣，日用饮食。

群黎百姓，遍为尔德。

如月之恒，如日之升。
如南山之寿，不骞不崩。
如松柏之茂，无不尔或承。

天保定尔，亦孔之固。俾尔单厚，何福不除？俾尔多益，以
莫不庶。

> 保，安也。◎尔，汝，指君也。
>
> 亦，语词。◎孔，甚也。◎之，语词。◎固，坚也。
>
> 俾，使也。◎单，音丹，信也。◎厚，厚福也。
>
> 除，开也。开，始至也。
>
> 多益，益多也。
>
> 庶，众也。言以是故无不众多也。
>
> 第一章，祝福于君云："天保汝而使汝安定，且甚为坚固；
> 使汝信有厚福，则何福不至耶？既使尔之福多而益多。以是之
> 故，汝乃无所不多也。"

天保定尔，俾尔戬穀。罄无不宜，受天百禄。降尔遐福，维
日不足。

> 戬，音翦，福也。◎穀，禄也。
>
> 罄，尽也。
>
> 遐，远也。
>
> 末二句言维感时日之不足以接受福禄之来。以形容福禄之多。
>
> 第二章，再祝曰："天保安汝，使尔获福禄，而无不尽宜。
> 受天之百禄。天乃降汝以广远之福。其福之多，维感时间不足，
> 不暇接受之耳。"

天保定尔，以莫不兴！如山如阜，如冈如陵。如川之方至，
以莫不增。

以莫不兴，无不兴盛也。

阜，高平曰陆，大陆曰阜。

山阜冈陵，皆言甚大而永固。

川水之方至，无不增其流量。言其盛长未可量也。

第三章，祝云："天保定汝，无不兴盛也。如山如阜，如冈如陵，如川之方至，源远流长，无不增盛，其盛长未可量也。"

吉蠲为饎，是用孝享。禴祠烝尝，于公先王。君曰："卜尔，万寿无疆！"

吉，善也。◎蠲，音娟，洁也。◎饎，音翅，酒食也。◎言取吉日斋戒洁身，献酒食以祭祀也。

孝享，祭祖先故曰孝享。享，献也。

禴，音药。◎春曰祠，夏曰禴，秋曰尝，冬曰烝，四时祭祀之名也。

于公先王，祭于先公先王也。

君，先君也。◎卜，予也。◎先君自不能言，此言先君者，祭时尸所以象神也。古以生人为尸，尸故能言，尸之言则代先君之神而言也，故曰君曰。于是尸代先君之神曰："予尔万寿无疆。"

第四章，言取吉日洁身献酒食为祭，乃用孝享。或祠或禴或尝或烝，四时出祭于先公先王。尸代先君之神言曰："予尔万寿无疆。"

神之吊矣，诒尔多福。民之质矣，日用饮食。群黎百姓，遍为尔德。

吊，音的，至也。

诒，音怡，贻也，遗也。

质，实也。言其质实无伪，日用饮食而已。

遍为尔德，遍为助尔以成德者。

第五章，言祭祀之时，神至矣，予汝以多福。民皆质实无伪，惟日用饮食而不及乱，群黎百姓，普遍能助汝以成德也。

如月之恒，如日之升。如南山之寿，不骞不崩。如松柏之茂，无不尔或承。

恒，弦也。言上弦月。

骞，音千，亏也。

或，语助词。◎承，继也。言旧叶将落，而新叶已生，相继而长茂，永无凋零之象也。

第六章，言如月之上弦，谓渐圆也；如日之东上；如南山之永在，不亏不崩；如松柏之长茂，旧叶未落，新叶已生，永无凋零之象也。

按《诗序》云："《天保》，下报上也。君能下下以成其政，臣能归美以报其上焉。"笺云："下下谓《鹿鸣》至《伐木》，皆君所以下臣也。臣亦宜归美于王，以崇君之尊，而福禄之，以答其歌。"然《鹿鸣》以下五篇，非尽类此也。何况臣之报君，岂必俟其能善美于下，然后乃福禄之？此诗惟是臣之祝福于君之诗耳。朱传径取笺义，谓"《鹿鸣》以下五诗燕其臣，臣受赐者歌此诗以答其君"，朱传于前五诗并未尽言君燕其臣，此处竟以序笺之影响，而忘自己所述；废《序》之存在，而翻尊《序》之实质，亦甚怪矣。

采薇

此戍守之人还归自咏。

采薇采薇，薇亦作止。曰归曰归，岁亦莫(mù)止。
靡室靡家，猃狁(xiǎn yǔn)之故。不遑启居，猃狁之故。

采薇采薇，薇亦柔止。曰归曰归，心亦忧止。
忧心烈烈，载饥载渴。我戍未定，靡使归聘。

采薇采薇，薇亦刚止。曰归曰归，岁亦阳止。
王事靡盬(gǔ)，不遑启处。忧心孔疚，我行不来！

彼尔维何？维常之华。彼路斯何？君子之车。
戎车既驾，四牡业业。岂敢定居？一月三捷。

驾彼四牡，四牡骙骙(kuí)。君子所依，小人所腓(féi)。
四牡翼翼，象弭(mǐ)鱼服。岂不日戒？猃狁孔棘！

昔我往矣，杨柳依依。今我来思，雨雪霏霏(yù)。
行道迟迟，载渴载饥。我心伤悲，莫知我哀！

采薇采薇，薇亦作止。曰归曰归，岁亦莫止。靡室靡家，猃狁之故。不遑启居，猃狁之故。

> 薇，菜名。
>
> 亦，语词。◎作，生出也。◎止，语尾词。
>
> 曰，语词。
>
> 莫，同暮。
>
> 靡，无也。◎言戍守在外，无室无家。
>
> 猃，音险。狁，音允。猃狁，北狄也。即汉之匈奴。
>
> 启，跪也。◎居，处也。◎不遑启居，言无暇安息，见前《四牡》。

> 第一章，戍守之人，感远戍劳苦，岁暮思家之辞也。言采薇采薇者，取薇菜以为食也。今见薇已生出矣。谓薇出生，言时间已又过一段也。于是乃兴岁暮思归之念。曰归曰归者，诗人心念之辞，言心中念及归家，而屡念之，故重言之也。何以思归，以岁暮也。今远戍在外，无室无家，实猃狁作乱之故；无暇跪居安息，实皆猃狁之故也。

采薇采薇，薇亦柔止。曰归曰归，心亦忧止。忧心烈烈，载饥载渴。我戍未定，靡使归聘。

> 柔，始生也。
>
> 烈烈，忧貌。
>
> 载，则也。则饥则渴，言其苦也。
>
> 聘，问也。◎靡使归聘，言无使可以归家，问其情状。以自己无定，无法还报也。

第二章，义若前章，仍由采薇说起。薇今始生而柔矣，言时间又过一段也。而仍不得归，故云曰归曰归，而不得归，心中忧伤而不能已也。于是忧心烈烈，则饥则渴。虽若饥渴矣，而以我戍未能定止，常作移动，故无能使人归问，无法与家人互通消息也。

采薇采薇，薇亦刚止。曰归曰归，岁亦阳止。王事靡盬，不遑启处。忧心孔疚，我行不来！

　　刚，既长而刚也。

　　阳，十月为阳。

　　王事，国家之事。◎盬，止息也。参前《四牡》。

　　处，犹居也。

　　疚，病也。

　　来，犹反也。◎我行不来，言我行戍役而不反也。

第三章，义仍若前二章，仍以采薇说起。薇亦刚止，言又过一节时间也。心念归家，以岁已至小阳春十月也。然王事未止，无暇休息，忧心之甚，如病在身。今我行戍役，乃不能反也。

　　按：以上三章，均以采薇起，而初曰作止，继曰柔止，后曰刚止。但初曰岁暮，末曰小阳春十月。依草木生长及时序则不能合。但诗人见物兴感，因时动情，固不必泥也。

彼尔维何？维常之华。彼路斯何？君子之车。戎车既驾，四牡业业。岂敢定居？一月三捷。

　　尔，音你，华盛貌。◎维，是也。

常，棠棣也。

路，戎车也。◎斯，犹维也。

君子，将帅也。

业业，健壮貌。

第四章，述戍役劳苦之状也。由彼尔维何起兴。言彼华盛者是何物？是棠棣之花也；以其花开之盛，联想将帅车马服饰之盛。乃云：彼戎车是何？是将帅之车也。戎车既已驾矣，四雄马甚为壮大，岂敢定居而安逸乎？一月之中，有三捷之功，固甚劳苦矣。

驾彼四牡，四牡骙骙。君子所依，小人所腓。 四牡翼翼，象弭鱼服。岂不日戒？猃狁孔棘！

骙，音揆，骙骙，强貌。

君子所依，言君子所依为作战之具。

腓，音肥，芘也。士卒用以掩护也。

翼翼，行列整治之状。

弭，音米，弓弭也。象弭，以象骨所饰之弓弭也。◎鱼，兽名，似猪，皮可为弓键矢服。鱼服，以鱼兽皮作成之箭袋也。服，矢服也，即箭袋。

日戒，每日经常戒备。

孔，甚也。◎棘，急也。

第五章，复言戍役劳苦。言驾四牡之车，四牡甚强壮，此车则将帅所依以作战，而士卒借以掩护者也。四马行列整治，将帅象弭之弓，鱼服盛箭，岂敢不终日戒备？以猃狁之作乱甚急也。

昔我往矣，杨柳依依。今我来思，雨雪霏霏。行道迟迟，载渴载饥。我心伤悲，莫知我哀！

思，语词。

雨，音玉，落也。◎霏霏，雪盛貌。

第六章，述归来之情也。言昔我去时，杨柳依依，是春季也；今我归来，落雪霏霏，是冬季也。今者行路缓缓。因思速归，故觉行之慢也。则若渴而且饥。思归之甚，犹饥渴也。故我心伤悲之甚矣。但他人莫知我之悲哀也。

按《诗序》云："《采薇》，遣戍役也。文王之时，西有昆夷之患，北有狁之难，以天子之命命将率，遣戍役以守卫中国。故歌《采薇》以遣之，《出车》以劳还，《杕杜》以劝归也。"惟诗中之言，显然为戍役之人归还之语，如"曰归曰归"，如"昔我往矣""今我来思"，皆是。且遣戍役应作鼓励之语，岂宜言"靡室靡家""忧心孔疚，我行不来"之语？此语岂仅不能鼓励士气，只打击士气而已。此时实只为戍役归而自咏者，无疑义也。

出车

此为征夫凯旋自咏，后或引以为劳还率之乐歌。

我出我车，于彼牧矣。自天子所，谓我来矣。
召彼仆夫，谓之载矣。王事多难，维其棘矣。

我出我车，于彼郊矣。设此旐矣，建彼旄矣。
彼旟旐斯，胡不旆旆？忧心悄悄，仆夫况瘁。

王命南仲，往城于方。出车彭彭，旂旐央央。
天子命我，城彼朔方。赫赫南仲，狁于襄。

昔我往矣，黍稷方华。今我来思，雨雪载涂。
王事多难，不遑启居。岂不怀归？畏此简书。

喓喓草虫，趯趯阜螽。未见君子，忧心忡忡。
既见君子，我心则降。赫赫南仲，薄伐西戎。

春日迟迟，卉木萋萋。仓庚喈喈，采蘩祁祁。
执讯获丑，薄言还归。赫赫南仲，狁于夷。

我出我车，于彼牧矣。自天子所，谓我来矣。召彼仆夫，谓之载矣。王事多难，维其棘矣。

我出我车，上我指我国家，下我指我之军队。

于，在。◎牧，郊外也。

自，从也。◎天子，周王也。

谓我来矣之谓，使也。

谓之载矣之谓，告语也。

维，语词。◎棘，急也。

第一章，叙初出征之事也。言我国家出我军之兵车，至于郊野矣。我军何以出发？是自天子之所而来，因天子使我军出征也。乃召彼仆夫，告以将军需各物载之于车，以出征因国家之事，今值多难，故当急其事矣。

我出我车，于彼郊矣。设此旐矣，建彼旄矣。彼旟旐斯，胡不旆旆？忧心悄悄，仆夫况瘁。

旐，音兆，旗上绘龟蛇者。

旄，旌旗竿饰，用牦牛尾注于旗之竿首，故曰旄。

旟，音于，旗之画鸟隼于其上者。◎斯，语尾词。

旆，音沛，旆旆，飞扬貌。

悄悄，忧貌。

况，兹也。◎仆夫况瘁，言御夫则兹益憔悴。

第二章，言出车在郊，设旐旟而建旄矣，彼旗帜者，岂不旆旆然而飞扬乎？然彼大将，方以出征重任为忧，而仆夫亦为出征劳役而憔悴也。

王命南仲，往城于方。出车彭彭，旂旐央央。天子命我，城彼朔方。赫赫南仲，猃狁于襄。

王，周王也。◎南仲，大将名也。

城，筑城也。◎方，朔方也。

彭，音邦，彭彭，众盛貌。

旂，音祈，旗之画交龙者。◎央央，鲜明也。

赫赫，威名光显也。

于，语助词。参前《豳风》。◎襄，除也。于襄即言乃除也。

第三章，述南仲出师成功也。言王命南仲往筑城于朔方。所以筑城者，为军垒以御北狄之难也。南仲于是乃出师，兵车众盛，旗帜鲜明。天子既命我军往朔方平乱，有我威名显赫之南仲将军，猃狁之乱乃能平除也。

昔我往矣，黍稷方华。今我来思，雨雪载涂。王事多难，不遑启居。岂不怀归？畏此简书。

方华，方盛也。

思，语尾词。

雨，音玉，落也。◎载，满也。◎涂，路也。◎雨雪载涂，言落雪满路途也。

不遑启居，不暇安息也。参前《采薇》。

简书，策命，天子遣师之命也。

第四章，凯旋之途，回忆往事也。言昔我出征之时，黍稷方华盛之际。而今我归来，落雪满途，已岁暮矣。因王事之多难，故无暇休息。当出征之间，岂不怀归乡之思乎？以畏此天子出征之策命，故不敢归也。

按：载，毛传朱传皆无训。今据《大雅·生民》"厥声载路"，朱传："载，满也。"

喓喓草虫，趯趯阜螽。未见君子，忧心忡忡。既见君子，我心则降。赫赫南仲，薄伐西戎。

喓，音腰。喓喓，鸣声。◎草虫，蝗属，俗呼纺织娘。

趯，音惕，趯趯，跳也。◎螽，音终。螽，即蝗子，幼蝗未生翅，故善跳。

君子，指出征之人。

忡，音冲。忡忡犹冲冲，不宁貌。

心降，犹心安。即今言放心也。

薄，发语词。◎西戎，西方昆夷。

第五章，叙将士出征，室家念之之情也。言草虫鸣之喓喓，而幼蝗跳动于野矣。此感时序之变也。而我君子仍未能归，故忧心不安而念之也。若已见君子之归，则我心乃得安也。然今君子仍不得归，以显赫之南仲，又伐西戎矣。

按：此章前六句与《召南·草虫》首章五句全同。其"既见君子"一句，亦与《召南·草虫》之义近。创作而能全同其十九者，殆不可能。此章疑是取《草虫》原诗，斟易一句，取其现成而为流行，且为众所熟悉之诗句，以宣其心情者。何玄子因此谓《草虫》一诗为思南仲而作，固臆断之说，而亦有其设想之因素。实以二诗几乎全同，绝非常理也。《召南》之作，虽未必为召公奭时之作，但其时间当较《出车》为早。《出车》

一诗，《汉书·匈奴传》以为宣王时诗，自为可信。其诗之作当在《草虫》之后。以诗意观之，《草虫》一诗前后三章连贯完整，而《出车》主要叙出征归来前后。闺中思念之情仅占其一章。或乃径取已流行之《草虫》首章，略为改动一句，以适其所言。非剽窃也。是引成语入己文之类也。

春日迟迟，卉木萋萋。仓庚喈喈，采蘩祁祁。执讯获丑，薄言还归。赫赫南仲，猃狁于夷。

> 迟迟，舒缓貌。参前《豳风·七月》。
>
> 卉，草也。
>
> 仓庚，鸟名，黄鹂也。喈喈，鸣声。
>
> 蘩，白蒿也。幼蚕所食。◎祁祁，众多貌。参前《豳风·七月》。
>
> 执，生得之也。◎讯，可讯口供之俘虏。◎丑，众也。
>
> 薄，语词。言，语词。均无义。参前《周南·芣苢》。◎还，音旋。
>
> 于，语助词，见前第三章。◎夷，平也。◎于夷二字成为乃平之义，于字本身无义。
>
> 第六章，述其于春光明媚中凯旋也。言春日天气渐暖而日上迟迟，风和日丽，草木荣茂，黄鹂飞鸣，妇女结伴出而采白蒿以饲幼蚕。当此之时，我军已生执俘虏，擒其丑类，凯歌而还。我显赫之南仲将军，已平猃狁之乱矣。
>
> 按：五章谓伐西戎，此又言平猃狁。以其前三章叙述出师，为伐猃狁，五章乃言伐西戎，实伐两者，而以猃狁作结者，首尾呼应也。不必泥于结尾时必言及西戎也。

"春日迟迟"及"采蘩祁祁"二语，又皆《豳风·七月》之句，盖亦取成语用之者也。

按《诗序》云："出车，劳还率也。"然细读原诗，叙出征之苦，战伐之难，至于归还之事。而"赫赫南仲"之语，亦是南仲之属下颂扬之辞，当非天子劳臣之语。朱传从《序》，而以为追言始受命出征之时，皆不能甚切。此诗原只是征猃狁之将士，凯旋自咏之诗。后以其写征伐声势之赫赫，猃狁之乱聿平，凯歌言归，故或引以为劳还率之乐歌，非原为劳还率而作也。《大雅·常武》为宣王时诗，有王命卿士南仲之语。此诗亦当为宣王时作。

杕杜

此闺人思念征人之诗。

有杕之杜，有睆其实。
王事靡盬，继嗣我日。
日月阳止，女心伤止，
征夫遑止。

有杕之杜，其叶萋萋。
王事靡盬，我心伤悲。
卉木萋止，女心悲止，
征夫归止。

陟彼北山，言采其杞。
王事靡盬，忧我父母。
檀车幝幝，四牡痯痯，
征夫不远。

匪载匪来，忧心孔疚。
期逝不至，而多为恤。
卜筮偕止，会言近止，
征夫迩止。

有杕之杜，有睆其实。王事靡盬，继嗣我日。日月阳止，女心伤止，征夫遑止。

杕，音弟，孤特貌。有杕，杕然也。◎杜，赤棠也。参前《唐风·杕杜》。

睆，音莞。结实貌。有睆即睆然也。

靡，无也。◎盬，息也。◎王事靡盬，言国家之事未完，无可止息也。参前《唐风·鸨羽》。

嗣，续也。◎继嗣我日，言继续我出征之日，而不能止也。

阳，十月也。◎止，语尾词。

遑，暇也。◎征夫遑止，言征夫此时当有暇归家。思念之意也。

第一章，叙闺人思征夫之情，由有杕之杜起兴。言彼孤特之赤棠，已睆然结其实矣。因以兴时序之变，而亦联想远役之人，孤特无依。故兴叹王事之无能止息，而继续征夫行役之时日。我日者，思妇代征夫而言也。征夫之日续，则思妇怀念之日续也。而今时日已到十月矣，彼仍未能归来。故女之心中悲伤之至。盖以为此时征夫宜已有暇矣，而竟未能归也。

有杕之杜，其叶萋萋。王事靡盬，我心伤悲。卉木萋止，女心悲止，征夫归止。

言征夫此时当归，实未归也。

第二章，仍以杕杜起兴。我心伤悲，思妇思征夫不能归，故心伤悲也。卉木萋止，言春已将暮之时也。女意此时夫将归矣，然夫仍未归，故心为之悲也。

陟彼北山，言采其杞。王事靡盬，忧我父母。檀车幝幝，四牡痯痯，征夫不远。

陟，升也。

言，语词无义。◎杞，枸杞也。

檀，木名，坚宜为车。◎幝，音阐，幝幝，敝貌。

痯痯，音管，疲貌。

不远者，言其已将至也。

第三章，叙闺人思征夫而升北山以望之。采杞者，托言出门以登山耳。然王事未毕，故征夫不归，乃使父母为之忧。兹者彼离家已久，檀木之车，想已敝矣，四雄马料已疲矣，此时彼或已行在归途，距家不远矣。

匪载匪来，忧心孔疚。期逝不至，而多为恤。卜筮偕止，会言近止，征夫迩止。

载，装载也。◎匪载匪来，言征夫不装载其物而归来也。

孔，甚。◎疚，病也。

逝，往也。◎期逝不至，言期已过往，而人不至也。

恤，忧也。

偕，俱也。

会，会合也。

迩，近也。

第四章，叙望而不来，乃卜筮也。言彼征人不装载而归来，故思之而忧心甚重而如病也。彼已过其应归之期矣，而犹未归，故多为之担忧也。于是乃卜筮俱用，据卜筮合言于繇为近。则征夫今必甚近而将至矣。此章以望而不来，故卜筮之，而其占辞曰近，故信其将归，皆思之甚之辞也。

按《诗序》云："《杕杜》，劳还役也。"笺云："役，戍役也。"此盖本《采薇》序："《采薇》以遣之，《出车》以劳还，《杕杜》以勤归"而来。然细读全诗，皆闺人思念征夫之辞，毫无归乃劳之之意。朱传亦信为劳还役之诗，惟以"追述其未还之时，室家感于时物之变而思之"以圆其说，亦迂曲之至矣。

鱼丽

朱传云：“此燕飨通用之乐歌。”

鱼丽于罶，鲿鲨。
君子有酒，旨且多。

鱼丽于罶，鲂鳢。
君子有酒，多且旨。

鱼丽于罶，鰋鲤。
君子有酒，旨且有。

物其多矣，维其嘉矣。

物其旨矣，维其偕矣。

物其有矣，维其时矣。

鱼丽于罶，鲿鲨。君子有酒，旨且多。

丽，罹也，遭遇也。◎罶，音柳，捕鱼之竹器，以曲薄为笱，而承梁之空者也。参前《邶风·谷风》篇。

鲿，音尝，黄颊鱼也。◎鲨，鮀也，常张口吹沙，又名吹沙。

君子，指主人。

旨，美也。

第一章，由鱼之遭纲而兴燕飨之事。言彼鱼遭于笱矣，是何鱼邪？鲿也，鲨也。既有此佳肴，则主人备酒以飨客矣。其酒既多且美，宾主乃能尽欢也。

鱼丽于罶，鲂鳢。君子有酒，多且旨。

鲂，音房，鳊也。身扁腹内有肪。◎鳢，音礼，鲖也。俗名黑鱼。

第二章，义同首章，换韵而重歌之。

鱼丽于罶，鰋鲤。君子有酒，旨且有。

鰋，音偃，鲇也。体滑无鳞。

有，犹多也。

第三章，义仍同，又换韵而三叠唱之。

物其多矣，维其嘉矣。

嘉，美善也。

第四章，赞美酒食之丰而美也。

物其旨矣，维其偕矣。

偕，齐也。言各物皆能齐陈于前也。

第五章，义同四章，换韵重唱之。

物其有矣，维其时矣。

时，得其时也。

第六章，义仍同，又换韵而三叠唱之。

按：此诗共六章。前三章为同义三叠唱，后三章又为同义三叠唱。为双重之三叠唱者，亦为极美之形式。

按《诗序》云："《鱼丽》，美万物盛多，能备礼也。文武以《天保》以上治内，《采薇》以下治外；始于忧勤，终于逸乐。故美万物盛多，可以告于神明矣。"此说纯系附会。牵入政治，甚感其勉强而不能合。朱传以《鱼丽》至《南山有台》三篇皆燕飨通用之乐歌，极为合理。

《南陔》,《白华》,《华黍》,三篇有目无文。

按《诗序》云：“《南陔》,孝子相戒以养也。《白华》,孝子之絜白也。《华黍》,时和岁丰,宜黍稷也。有其义而亡其辞。”既云亡其辞，则不知何以知其义也。朱传云：“《南陔》以下，今无以考其名篇之义，曰笙曰乐曰奏而不言歌，则有声而无辞明矣。”故以为笙诗。此盖据《仪礼·乡饮酒》：“笙入堂下，磬南北面立，乐《南陔》《白华》《华黍》。”所指较《序》为有据。以为此诗是笙诗，故无文也。郑笺云：“此三篇者，乡饮酒燕礼用焉。曰：‘笙入，立于县中，奏《南陔》《白华》《华黍》。’是也。”郑氏以为遭战国及秦之世而亡。然此三诗于《仪礼》中明言笙入，似以朱说为是。

南有嘉鱼之什

南有嘉鱼

此亦燕飨通用之乐。

南有嘉鱼，烝然罩罩。
君子有酒，嘉宾式燕以乐。

南有嘉鱼，烝然汕汕。
君子有酒，嘉宾式燕以衎。

南有樛木，甘瓠累之。
君子有酒，嘉宾式燕绥之。

翩翩者鵻，烝然来思。
君子有酒，嘉宾式燕又思。

南有嘉鱼，烝然罩罩。君子有酒，嘉宾式燕以乐。

南，指南方也。◎嘉鱼，鲤质鳟鳞，出沔南丙穴。

烝，尘，久也。◎罩，筼也，捕鱼之具。罩罩，以筼捕得之也。◎烝然罩罩，言捕之甚久，方得之也。示其鱼之珍贵。

君子指主人。

式，语词。◎燕，同宴。

第一章，以"南有嘉鱼"起兴。言南方有嘉鱼，久而始捕得之矣。因以联想及珍馐美味，而君子有酒，与嘉宾共宴乐矣。

南有嘉鱼，烝然汕汕。君子有酒，嘉宾式燕以衎。

汕，音讪，樔也，捕鱼之具。

衎，音看，乐也。

第二章，义同首章，换韵而重唱之。

南有樛木，甘瓠累之。君子有酒，嘉宾式燕绥之。

樛，音鸠。樛木下垂而美。

瓠，音护，葫芦。甘瓠可食也。◎累，音雷，系也。

绥，安也。

第三章，义同前章，而改以"南有樛木"起兴。言南方有下垂之樛木，而甘瓠系之矣。樛木美景也，甘瓠美食也，故以兴起燕乐嘉宾也。

翩翩者雕，烝然来思。君子有酒，嘉宾式燕又思。

翩翩，飞貌。◎雕，音椎，鹁鸠也。

思，语词也。

思，思念不忘也。

第四章，为四叠之唱，而又改以"翩翩者雏"起兴。言鹁鸠之鸟，翩翩飞来，久而不去，和乐之象也。故兴起君子有酒，燕乐嘉宾，而又能久而不忘其欢乐之情也。此篇前后四章，前二章以"南有嘉鱼"起兴，三章改"南有樛木"，四章改"翩翩者雏"，而统以"君子有酒，嘉宾式燕"贯之，结构极美。

按《诗序》云："《南有嘉鱼》，乐与贤也。大平之君子，至诚乐与贤者共之也。"笺云："乐得贤者与共立于朝，相燕乐也。"于诗辞观之，《序》说盖以为诗中述宾主燕乐之情，故牵引于乐得贤者与共之说，实有故意附会之嫌。朱传以为此亦燕飨通用之乐，是也。惟此诗多叙宾主间事耳。

南山有台

此祝福之诗，引而为燕飨通用之乐歌。

南山有台，北山有莱。
乐只君子，邦家之基。
乐只君子，万寿无期。

南山有桑，北山有杨。
乐只君子，邦家之光。
乐只君子，万寿无疆。

南山有杞，北山有李。
乐只君子，民之父母。
乐只君子，德音不已。

南山有栲，北山有杻。
乐只君子，遐不眉寿？
乐只君子，德音是茂。

南山有枸，北山有楰。
乐只君子，遐不黄耇？
乐只君子，保艾尔后。

南山有台，北山有莱。乐只君子，邦家之基。乐只君子，万寿无期。

台，夫须也，即莎草也。

莱，草名，叶香可食。

只，语词。◎君子，指宾客也。

基，本也。

无期，无尽期也。

第一章，祝君子万寿无尽期，而以南山有台起兴。言南山有夫须以生其上，形其山之能久而盛也。北山有莱生其上，亦与南山等也。乐哉君子，实若两山之峙，而为邦家之本也；乐哉君子，宜万寿而无尽期也。

南山有桑，北山有杨。乐只君子，邦家之光。乐只君子，万寿无疆。

第二章，义同首章，换韵而重唱之。

南山有杞，北山有李。乐只君子，民之父母。乐只君子，德音不已。

杞，树名。

德音，声誉也。参前《郑风·有女同车》。

第三章，起法与前二章同。乐只君子之下，颂其为民之父母，盖期其为民造福也。于是顺祝其声誉日高而无已也。

南山有栲，北山有杻。乐只君子，遐不眉寿？乐只君子，德音是茂。

栲，音考，山樗也。

杻，音纽，檍也。檍音意。树名。

遐，何通。◎眉寿，秀眉也。秀豪同义。高年每有豪眉。参《豳风·七月》。◎遐不眉寿言，何能不高寿？

茂，盛也。

第四章，作法同上章。乐只君子以下，改祝其高寿，而声誉日隆也。

南山有枸，北山有楰。乐只君子，遐不黄耇？乐只君子，保艾尔后。

枸，音矩，枳枸也，树高大似白杨，有子著枝端，大如指，长数寸，噉之干美如饴。八月熟，亦名木蜜。

楰，音庚，树叶木理如楸，亦名苦楸。

黄，黄发也，老人发复黄也。◎耇，音苟，冻梨也，老也。老人面色如冻梨。

保，安也。◎艾，音爱，养也。

第五章，作法同上章。尾祝其老寿而能安养其后人也。

按：黄耇，《仪礼·士冠礼》："黄耇无疆。"注："黄发也。耇，冻梨也。皆寿征也。"疏："冻梨者，以其面似冻梨之色也。"

按《诗序》云："《南山有台》，乐得贤也。得贤则能为邦家立大平之基矣。"亦附会之说也。此诗惟祝福之诗耳。后当取其祝福之义，以为祝宾客之乐歌。而《仪礼·乡饮酒》歌《鱼丽》《南有嘉鱼》《南山有台》燕礼亦用之，则是燕飨通用之乐歌矣。朱传曰："此亦燕飨通用之乐。"盖本此也。

《由庚》,《崇丘》,《由仪》,三篇有目无文。

按《诗序》云:"《由庚》,万物得由其道也。《崇丘》,万物得极其高大也。《由仪》,万物之生,各得其宜也。有其义而亡其辞。"笺云:"此三篇者,乡饮酒燕礼亦用焉。'乃闲歌《鱼丽》,笙《由庚》;歌《南有嘉鱼》,笙《崇丘》;歌《南山有台》,笙《由仪》。'亦遭世乱而亡之。"朱传谓此皆笙诗,似近情理。

蓼萧

此天子燕诸侯而美之之诗，后引以为燕诸侯之乐歌。

蓼彼萧斯，零露湑兮。
既见君子，我心写兮。
燕笑语兮，是以有誉处兮。

蓼彼萧斯，零露瀼瀼。
既见君子，为龙为光。
其德不爽，寿考不忘。

蓼彼萧斯，零露泥泥。
既见君子，孔燕岂弟。
宜兄宜弟，令德寿岂。

蓼彼萧斯，零露浓浓。
既见君子，鞗革忡忡。
和鸾雝雝，万福攸同。

蓼彼萧斯，零露湑兮。既见君子，我心写兮。燕笑语兮，是以有誉处兮。

蓼，音露，长大貌。◎萧，蒿也。◎斯，语尾词。

湑，湑然，萧上露貌。

君子，指诸侯也。

写，输写也。言心情舒放也。

燕，谓燕饮也。

誉，乐也。◎处，安处也。

第一章，述天子接见诸侯，燕而美之。由"蓼彼萧斯"起兴。言彼长大之蒿，其上湑然沾露，茂盛润泽之状也。以喻诸侯承天子之泽，而滋荣也。天子既见诸侯来朝，而承天子之泽，各呈其英发之态，故天子之心为之舒畅。于是于燕乐之间，天子笑语欢娱，而诸侯各得其安乐也。

按：誉，乐也。马瑞辰说。

蓼彼萧斯，零露瀼瀼。既见君子，为龙为光。其德不爽，寿考不忘。

瀼，音壤。瀼瀼，露盛貌。

龙，宠也。

爽，差也。

考，老也。

第二章，章法同上章，亦以蓼萧起兴，谓既见诸侯，则见诸侯之德，实感宠光辉耀。诸侯之德行无差，当能寿考而使人不忘矣。

蓼彼萧斯，零露泥泥。既见君子，孔燕岂弟。宜兄宜弟，令德寿岂。

泥泥，露濡貌。

孔，甚也。◎岂，音恺，乐也。弟，音悌，易也。岂弟，乐易也。

令，美也。◎寿岂，寿而且乐。

第三章，仍以蓼萧起兴。言既见诸侯，甚见其乐而和易，固宜兄宜弟，和美无间者；必能成其美德，而寿长且乐者也。盖美之而又奖劝之也。

蓼彼萧斯，零露浓浓。既见君子，鞗革忡忡。和鸾雝雝，万福攸同。

浓浓，厚貌。

鞗，音条，辔也。◎革，辔首也。马辔所把持之外，有余而垂下者也。◎忡，音冲。忡忡，垂下貌。

和，鸾，皆铃也。在轼曰和，在镳曰鸾。◎雝，音雍，雝雝，声之和也。

攸，所也。◎同，聚也。

第四章，仍以蓼萧起兴，言既见诸侯，观其车马之饰，辔革垂动，和鸾声鸣，皆见其美，斯可见其为万福之所聚，享之无穷也。

按：以上全篇，是天子之美诸侯者。诸侯所以可美，由天子之盛德也。其辞虽天子之言，而非天子自咏，盖臣所代作。用美诸侯，而更为美天子。其每章皆以蓼萧起兴，是先示天子泽被诸侯之义，非天子自言明矣。

按《诗序》云:"《蓼萧》,泽及四海也。"然诗中末有此意。若谓有关天子诸侯,则可如此解说,则有说等于无说也。朱传曰:"诸侯朝于天子,天子与之燕,以示慈惠,故歌此诗。"此说乃因其用而言之。细审诗义,是天子燕诸侯而美之之语,亦戒而励之。其始当是天子美诸侯之诗,后乃引以为燕诸侯之乐歌。首章虽有燕饮笑语之辞,似非原作即为燕诸侯也。

湛露

《诗序》云："《湛露》，天子燕诸侯也。"

湛湛露斯，匪阳不晞。
厌厌夜饮，不醉无归。

湛湛露斯，在彼丰草。
厌厌夜饮，在宗载考。

湛湛露斯，在彼杞棘。
显允君子，莫不令德。

其桐其椅，其实离离。
岂弟君子，莫不令仪。

湛湛露斯，匪阳不晞。厌厌夜饮，不醉无归。

湛湛，露盛貌。◎斯，语尾词。

阳，日也。◎晞，音希，干也。

厌厌，安也。

第一章，叙燕饮之尽兴也。以"湛湛露斯"起兴，言露水盛多，非日不能晒干。是一事必有一事之理也。故兴起安然长夜之饮，则非醉不能归也。此必酒酣而作，不欲散席，故若是言之也。

按毛传云："露虽湛湛然，见阳则干。"笺云："兴者，露之在物，湛湛然，使柯叶低垂。喻诸侯受燕爵，其仪有似醉之貌。诸侯旅酬之则犹然，唯天子赐爵则貌变，肃敬承命，有似露见日而晞。"传说不得解，笺说曲解而已。《左传·文公四年》谓天子当阳，诸侯用命也。杜预注云："言露见日而干，犹诸侯禀天子命而行。"露见日而干，何以犹诸侯禀命而行，诚不可解。干则消灭矣，何禀命而行之有？朱传云："湛湛露斯，非日则不晞。以兴厌厌夜饮，不醉则不归。"则近其起兴之义矣。盖兴之作法，固不作比，亦不必以此喻彼，惟以此而引起彼可矣。露非日不能干，饮非醉不能归，以"非如此不得如彼"之联想而引起也。若郑杜则附会之词而已。

湛湛露斯，在彼丰草。厌厌夜饮，在宗载考。

宗，同姓也。◎载，则也。◎考，成也。成者，成其饮之礼而不废也。

第二章，仍以湛露起兴。言彼湛湛之露，润彼丰草矣。则我安然长夜之饮，燕吾同宗而成其礼矣。其起兴之法，与上章同。彼露在彼丰草而润之，我饮则燕吾同宗而成之。映对联想之法也。

　　按：在宗，胡承珙云："在宗犹言于同姓也。"《毛诗后笺》有详说。

湛湛露斯，在彼杞棘。显允君子，莫不令德。

　　杞，棘，皆树名。

　　显，明也。◎允，信也。

　　令，善也。

　　第三章，言湛湛之露，既在彼杞与棘矣。意谓露之润下，在草亦能在树，遍布而无不及矣。故兴起今在座之明信君子，莫不有善德也。

其桐其椅，其实离离。岂弟君子，莫不令仪。

　　椅，木名。

　　离离，垂貌。

　　岂，音凯。弟，音悌。岂弟，乐易也。

　　仪，威仪也。

　　第四章，以"其桐其椅"起兴。言桐也，椅也，其结实离离下垂，皆俱其美而有其成也。因以兴起乐易之君子，则皆有其美好之威仪也。

按：《左传·文公四年》："昔诸侯朝正于王，王宴乐之，于是乎赋《湛露》。则天子当阳，诸侯用命也。"故《序》谓"天子燕诸侯"。

彤弓

《诗序》云：“《彤弓》，天子锡有功诸侯也。”

彤弓弨兮^{chāo}，受言藏之。
我有嘉宾，中心贶之^{kuàng}。
钟鼓既设，一朝飨之。

彤弓弨兮，受言载之。
我有嘉宾，中心喜之。
钟鼓既设，一朝右之。

彤弓弨兮，受言櫜之^{gāo}。
我有嘉宾，中心好之。
钟鼓既设，一朝酬之。

彤弓弨兮，受言藏之。我有嘉宾，中心贶之。钟鼓既设，一朝飨之。

彤，音同，朱也。◎弨，音超，弓弛貌。弓弛者，弓弦未张于弓也。

言，语词，无义。

嘉宾，指诸侯。

贶，音况，赐也。

钟鼓，天子大飨诸侯，用钟鼓。

一朝，一旦也。一旦，言久藏之物，一旦乃举以赐彼，未尝有顾惜之意也。◎飨，大饮宾曰飨。

第一章，言朱弓弛而未张，王受此弓于弓人之献而藏之，盖此弓甚贵，不可轻易赐人也。兹者我有嘉宾，乃中心愿赐之，以其有大功也。于是设钟鼓而大飨之。一旦径以此弓赐之。言弓甚贵而以赐之，是见其功高当赐也。

按：钟鼓既设，大飨用钟鼓，见《周官·大司乐》。

彤弓弨兮，受言载之。我有嘉宾，中心喜之。钟鼓既设，一朝右之。

载，载以归也。亦收藏之义。

右，劝也。劝其饮，是以赐其彤弓为劝也。

第二章。义同首章，惟换韵以重唱之。右之者，劝其饮酒也。意谓以赐弓之事奖劝之，则必能多饮矣。

彤弓弨兮，受言櫜之。我有嘉宾，中心好之。钟鼓既设，一朝酵之。

櫜，音高，弓囊也。亦藏之之义。

好，去声，悦之也。

酵，音酬，报也。饮酒之礼，主人献宾，宾酢主人；主人又自酌自饮，而遂酌以饮宾，谓之酬。酬犹厚也，劝也。此与前章"右之"之义同，盖亦以赐其弓为劝饮者也。

第三章，义同前章，又换韵而三叠唱之。

按：《左传·文公四年》："古诸侯敌王所忾而献其功，王于是乎赐之彤弓一，彤矢百，玈弓矢千，以觉报宴。"杜预注："谓诸侯有四夷之功，王赐之弓矢。又为歌《彤弓》，以明报功宴乐。"《诗序》盖本《左传》而言也。

菁菁者莪

此人君喜见贤者之诗。

菁菁者莪，在彼中阿。
既见君子，乐且有仪。

菁菁者莪，在彼中沚。
既见君子，我心则喜。

菁菁者莪，在彼中陵。
既见君子，锡我百朋。

泛泛杨舟，载沉载浮。
既见君子，我心则休。

菁菁者莪，在彼中阿。既见君子，乐且有仪。

菁，音精。菁菁，盛貌。◎莪，音鹅，萝蒿也。

中阿，阿中也。阿，山曲也。

君子，指贤者。

乐且有仪，心既喜乐，又以礼仪见接也。

第一章，以"菁菁者莪"起兴。言萝蒿茂盛，而在彼山曲之中。因以联想君子之贤而隐处幽深。而今既见此贤者矣，故喜悦于心而乐以礼仪见接也。

菁菁者莪，在彼中沚。既见君子，我心则喜。

中沚，沚中也。◎沚，音止，小渚也。水中可止息之处。

第二章，义同首章，换韵重唱。

菁菁者莪，在彼中陵。既见君子，锡我百朋。

中陵，陵中也。陵，大阜也。

锡，赐也。◎朋，币值之名称。古者以贝为币，五贝为朋。

第三章，义同前章，惟又换韵，而尾以"锡我百朋"代"我心则喜"，言我心中之喜悦，如得百朋重货也。

泛泛杨舟，载沉载浮。既见君子，我心则休。

杨舟，杨木为舟也。

载，则也。

休，喜也。

第四章。改以"泛泛杨舟"起兴。言彼杨木之舟泛泛于水上，亦沉亦浮，不安定也。因以联想，今既得见贤者，则可获其助力矣，故心中喜悦也。

按：休，笺云："休者，休休然，言安定也。"《经义述闻》谓休是喜之义，可以承全篇一贯之章法，较旧说为长。

按《诗序》云："《菁菁者莪》，乐育材也。君子能长育人材，则天下喜乐之矣。"与诗中所言者不合。朱传云："亦燕饮宾客之诗。"然未见诗中一字言燕饮者。姚际恒云："大抵是人君喜得见贤之诗，其余则不可以臆断也。"愚意此说与诗中所言可以相符，今采之。

六月

此美尹吉甫伐狁狁有功之诗

六月棲棲，戎车既饬。四牡骙骙，载是常服。
狁狁孔炽，我是用急。王于出征，以匡王国。

比物四骊，闲之维则。维此六月，既成我服。
我服既成，于三十里。王于出征，以佐天子。

四牡修广，其大有颙。薄伐狁狁，以奏肤公。
有严有翼，共武之服。共武之服，以定王国。

狁狁匪茹，整居焦获。侵镐及方，至于泾阳。
织文鸟章，白旆央央。元戎十乘，以先启行。

戎车既安，如轾如轩。四牡既佶，既佶且闲。
薄伐狁狁，至于大原。文武吉甫，万邦为宪。

吉甫燕喜，既多受祉。来归自镐，我行永久。
饮御诸友，炰鳖脍鲤。侯谁在矣？张仲孝友。

六月棲棲，戎车既饬。四牡骙骙，载是常服。猃狁孔炽，我是用急。王于出征，以匡王国。

棲棲，遑遑不安之貌。

戎车，兵车也。◎饬，整也。

牡，雄马也。◎骙，音逵，骙骙，强貌。

载，以车载之也。◎常服，戎服也。

孔，甚也。◎炽，盛也。◎猃狁，音险允，后即秦汉之匈奴。

用，以也。◎我是用急，我是以乃感于事急。

于，助词。◎王，宣王也。

匡，正也。◎以匡王国，言以使王之国正而安也。

第一章，叙将欲出征也。言六月之时，遑遑不安，因准备出征也。兵车既已整饬矣，四雄马既驾，骙骙强壮，而载此戎服以行矣。目前以猃狁之乱甚盛，我以是感事之急切也。王乃出征，以匡正王之国也。

按：此处王于出征，非王亲征。而征出于王命，故仍言王于出征。王有命出征之事，未有出征之实。《诗序》盖据此而言宣王北伐，未合也。

比物四骊，闲之维则。维此六月，既成我服。我服既成，于三十里。王于出征，以佐天子。

比，齐也。 物，毛物马也。比物，谓其力相齐而色亦同之马也。◎骊，黑色毛之马。

闲，习也。◎则，法也。◎谓闲习之而皆中法则也。

服，戎服也。

于，助词。即云行三十里。

以佐天子，谓出征之人佐天子。

第二章，叙出征之情形也。言比力相齐之四骊，闲习而中法则。当此六月之时，既已成我戎服，乃即日上道，而日行三十里。王命出征，当授命以佐天子也。

按：物，毛传："毛物也。"《周礼·夏官·校人》："凡大祭祀朝觐会同，毛马而颁之；凡军事，物马而颁之。"郑注云："毛马齐其色，物马齐其力。"毛马以毛色所取之马也。物马者，以其力所取之马也。毛传言"毛物"者，谓兼取其力及毛色也。故继言"四骊"。谓四匹力齐而色同之马也。

四牡修广，其大有颙。薄伐猃狁，以奏肤公。有严有翼，共武之服。共武之服，以定王国。

修，长也。◎广，大也。

颙，音荣，大貌。有颙即颙然。

薄，语词。

奏，作也。◎肤，大也。◎公，功也。

严，威严也。翼，敬也。◎有严即严然。有翼即翼然。

服，事也。◎共武之服，言共同赴此武事也。

第三章，叙出征立功之状也。言四马壮大，乃伐猃狁以成大功。将帅威严肃敬，共赴此武事，以安定此王国也。

猃狁匪茹，整居焦获。侵镐及方，至于泾阳。织文鸟章，白旆央央。元戎十乘，以先启行。

茹，度也。匪茹，言不自度量也。

整，齐也。◎焦获，地名，猃狁所居也。

镐，地名。非周京之镐。◎方，朔方也。

泾阳，泾水之北。水北曰阳。

鸟章，鸟隼之章也。

白旆，继旐者也。以帛继旐之下，今谓之飘带。◎旐，龟蛇之旗。参前《出车》。◎央央，鲜明貌。

元，大也。◎戎，兵车也。◎乘，四马曰乘。

行，音杭。

第四章，又重言出征之原因及出征之情形。言猃狁不自度量，整齐其所居焦获之众，乃侵镐及朔方之地。而至于泾水之北。于是我乃出师伐之，树鸟隼之旗帜，白旆鲜明，大兵车十乘，以为先锋，乃启行矣。前言猃狁之作乱，后言军威之壮也。

戎车既安，如轾如轩。四牡既佶，既佶且闲。薄伐猃狁，至于大原。文武吉甫，万邦为宪。

轾，音致，车之覆而前也。◎轩，车之却而后也。◎凡车从后视之如轾，从前视之如轩，然后适调也。覆而前，言前重而低；却而后，言后重而低。故前低曰轾，前昂曰轩。车能适平，故自后视之如前低，自前视之如后低。

佶，音吉，壮健貌。

大原，即今之甘肃平凉。

吉甫，尹吉甫也。◎文武，言文武兼能也。

宪，法也。

第五章，叙吉甫出征，平乱至于大原。言兵车既已安驾矣，乃能后视如轾，前视如轩，适得其平妥也。其四马既壮健而且娴熟。于是乃能伐狁至于大原也。我大将吉甫，允文允武，故万邦皆以为法矣。

按：大原即今之平凉，胡承珙有详说。

吉甫燕喜，既多受祉。来归自镐，我行永久。饮御诸友，炰鳖脍鲤。侯谁在矣？张仲孝友。

燕喜，燕饮喜乐。

祉，福也。

来归自镐，言自镐而还。

御，进也。

炰，音庖，煮也。◎脍，细切肉也。

侯，维也。

张仲，人名。◎言孝顺而友爱兄弟之张仲也。

第六章，叙吉甫凯旋燕喜之状。言吉甫燕饮喜乐，既又多受福祉，以其自镐归来，而长途涉跋，有功劳于国，故应获此也。吉甫以酒馔饮进诸友，有炰鳖脍鲤之美味，座中维谁在邪？如孝友之张仲，即席上嘉宾也。此言在座者多贤，举一以明之也。

按：《诗序》："《六月》，宣王北伐也。"宣王本未亲征，未合也。朱传云："成康既没，周室寖衰，八世而厉王胡暴虐，周人逐之，出居于彘，狁内侵，逼近京邑。王崩，子宣王靖即位，命尹吉甫帅师伐之。有功而归，诗人作歌以序其事如此。"是得其实者。尹吉甫周之卿士。

采芑

此美方叔征荆蛮之诗也。

薄言采芑，于彼新田，于此菑亩。
方叔莅止，其车三千，师干之试。
方叔率止，乘其四骐，四骐翼翼。
路车有奭，簟茀鱼服，钩膺鞗革。

薄言采芑，于彼新田，于此中乡。
方叔莅止，其车三千，旂旐央央，
方叔率止，约軝错衡，八鸾玱玱。
服其命服，朱芾斯皇，有玱葱珩。

鴥彼飞隼，其飞戾天，亦集爰止。
方叔莅止，其车三千，师干之试。
方叔率止，钲人伐鼓，陈师鞠旅。
显允方叔，伐鼓渊渊，振旅阗阗。

蠢尔蛮荆，大邦为雠。
方叔元老，克壮其犹。
方叔率止，执讯获丑。

戎车啴啴，啴啴焞焞，如霆如雷。
显允方叔，征伐猃狁，蛮荆来威。

薄言采芑，于彼新田，于此菑亩。方叔莅止，其车三千，师干之试。方叔率止，乘其四骐，四骐翼翼。路车有奭，簟茀鱼服，钩膺鞗革。

薄言，语词。◎芑，音起，苦菜也。

新田，新垦二岁曰新田。

菑，音缁，新垦一岁之田曰菑亩。

方叔，大将名。◎莅，音立，临也。◎止，语尾词。

师，众也。◎干，盾也。◎试，肄习也，如今之演习。

骐，马之青色如綦文者。

翼翼，行列整治之壮。

路车，戎车也。◎奭，音释，赤貌。有奭即奭然。

簟，音店。茀，音弗。簟茀，以方文竹簟为车蔽也。参前《齐风·载驱》。◎鱼服，以鱼兽皮作成之箭袋也。参前《采薇》篇。

钩膺，马腹之带，有钩以拘之，施之于膺。◎鞗，音条，辔也。◎革，辔首也。鞗革，马辔所把之外，有余而垂下者也。

第一章，诗人美方叔车马之美，军容之盛也。言采芑于新田菑亩之间，乃见方叔来临矣。此采芑当是诗人言乡人正当采芑之时，因以起兴；非方叔之军行而采芑者也。若南征之军，其车三千，如俟采芑以食，则饥困之卒何以作战？且若以采芑为方叔士兵之事，则为赋耳。此章显为兴体，毛传朱传皆指为兴，则非军之采芑也。自乡人采芑以起兴，随言方叔乃至，其车三千，而于此演习，而方叔师之。方叔乘其四骐，四骐整治，戎车红色，而有竹簟为车蔽，马佩钩膺，而辔革垂垂然。车马信为美盛也。

按：钩膺，胡承珙引《何氏古义》有详说。

薄言采芑，于彼新田，于此中乡。方叔莅止，其车三千，旂旐央央。方叔率止，约軝错衡，八鸾玱玱。服其命服，朱芾斯皇，有玱葱珩。

中乡，美地之名。

旂，音旗，交龙为旗。◎旐，音兆，龟蛇之旗为旐。◎央央，鲜明貌。

约，束也。◎軝，音祈，毂也。以皮缠束兵车之毂，而施朱色。◎错，文彩也。衡，辕前端之横木也。◎言横木有文彩也。

鸾，铃在镳者也。马口两旁各一，四马故为八也。◎玱，音仓。玱玱，铃声也。

命服，天子所命之服也。

芾，音弗，韦蔽膝也。朱芾，黄朱之带，诸侯所服也。◎斯，语词。◎皇，煌煌也。

有玱，玱然也。◎葱，苍色也。◎珩，杂佩上端之横玉也。

第二章，义同首章。言其服饰车马之美，军容之盛也。

鴥彼飞隼，其飞戾天，亦集爰止。方叔莅止，其车三千，师干之试。方叔率止，钲人伐鼓，陈师鞠旅。显允方叔，伐鼓渊渊，振旅阗阗。

鴥，音聿，疾飞貌。◎隼，音准。鹰类猛禽。

戾，至也。

亦，语词。◎集，鸟栖集于木也。◎爰，于也。止，休止。

爰止言于是休止。

钲，音征，铙也。击钲以止兵。击鼓则进兵。钲人伐鼓者，钲人则司击其钲；鼓人则司击其鼓，皆俟其需而击之。

陈，列也。◎鞠，告也。◎二千五百人为师，五百人为一旅。陈师鞠旅，言陈其师而告誓其旅，即陈其师旅而告誓之也。

显，在上位也。◎允，诚信也。

渊渊，鼓声。

振旅，入曰振旅，言战罢而止，其众以入也。◎阗，音田，阗阗，盛貌。

第三章，亦叙方叔军容之盛者，由飞隼起兴。言彼隼疾飞而猛击矣，其飞能高至于天，而下乃集栖于木也。以其疾猛高飞，而进退有序，乃以兴精兵之进退有节也。故曰师干之试，钲鼓有当。陈师旅而告誓之，伐鼓渊渊以进之，战罢而止，其众以入，阗阗然盛焉。

按：阗阗，毛传："又振旅伐鼓阗阗然。"既伐鼓是进，击钲是止，则阗阗非鼓声也。据《广雅》："阗阗，盛也。"

蠢尔蛮荆，大邦为雠。方叔元老，克壮其犹。方叔率止，执讯获丑。戎车啴啴，啴啴焞焞，如霆如雷。显允方叔，征伐猃狁，蛮荆来威。

蠢，动而无知之貌。◎蛮荆，荆楚之蛮也。

大邦，犹言中国也。言与中国为雠。

元，大也。

壮，大也。◎犹，谋也。

执，生得之也。◎讯，可讯口供之俘虏。◎丑，众也。

啴，音滩，啴啴，众盛之貌。

焞，音推。焞焞，盛也。

霆，疾雷也。

蛮荆来威，言方叔曾与北伐猃狁，是以蛮荆畏而来服于其威也。

第四章，叙方叔平蛮荆之状也。言蛮荆无知蠢动，与我中国为雠。方叔为国之大老，能壮大其谋。方叔乃率军而伐之，执其俘复虏其众。方叔军威盛壮，兵车众盛，啴啴然，焞焞然，如霆如雷。显大高位而诚信之方叔，曾与北征猃狁，故兵至南地，则蛮荆畏而服于其威也。

按：啴啴，毛传："众也。"焞焞，毛传："盛也。"惟下云："如霆如雷。"则啴啴焞焞皆似车行之声也。但此车行之声，当必为多车所成，故以其声为多车之声，而成众盛之义者。至啴啴焞焞则固应是车声也。

按《诗序》云："《采芑》，宣王南征也。"然此诗实为方叔奉宣王命南征荆蛮之事，诗人咏而美之，非宣王南征也。如谓有王命则可谓之王南征，若前篇《六月》，称"王于出征"者可，若径以此诗为叙王之南征者则不可，王并无出征之实也。

车攻

此宣王会诸侯田猎之诗

我车既攻，我马既同。四牡庞^{lóng}庞，驾言徂^{chú}东。

田车既好，田牡孔阜。东有甫草，驾言行狩。

之子于苗，选徒嚣^{áo}嚣。建旐设旄^{zhào máo}，搏兽于敖。

驾彼四牡，四牡奕奕。赤芾金舄^{fú xì}，会同有绎。

决拾既佽^{cì}，弓矢既调。射夫既同，助我举柴。

四黄既驾，两骖不猗^{cān yǐ}。不失其驰，舍矢如破。

萧萧马鸣，悠悠旆旌^{pèi jīng}。徒御不惊，大庖不盈^{páo}。

之子于征，有闻^{wèn}无声。允矣君子，展也大成。

我车既攻，我马既同。四牡庞庞，驾言徂东。

攻，坚也。

同，齐也。

庞庞，充实也。充实，强盛之意。

言，语词。◎徂，音除，往也。◎东，洛邑也。

第一章，叙将出而备车马之状。言我车既已备且坚矣，我马既已齐备矣。四雄马甚为强盛，乃驾而往东，趋洛邑矣。洛邑为东都。周公相成王营洛邑，以朝诸侯。周室既衰，久废其礼。今宣王复其礼，乃又赴东都也。

田车既好，田牡孔阜。东有甫草，驾言行狩。

田车，田猎之车。◎好，善也。

孔，甚也。◎阜，盛大。

甫草，甫田之草也。

狩，猎也。冬猎为狩。

第二章，叙将狩于甫田也。言田猎之车既已备之妥善矣，四马甚为盛壮而大。东都畿内有甫田，可驾而往狩也。

之子于苗，选徒嚣嚣。建旐设旄，搏兽于敖。

之子,有司也。◎于,助词。苗,狩猎之通名。于苗,犹言往猎。

选，数也。◎徒，徒众也。◎嚣嚣，音翱，声众盛也。

旐，音兆，龟蛇之旗也。◎旄，音毛。以牦牛之尾注于旗之竿首。

敖，山名。在今开封府荥泽县西北。

第三章，叙至东都而选徒以猎也。言宣王既东，有司乃选徒众备往田猎。时徒众虽多，不为喧哗，惟闻应声众盛。乃建立旃旗于车，而设旄于旗之竿首，当乘之以赴敖而搏取兽也。

驾彼四牡，四牡奕奕。赤芾金舄，会同有绎。

奕奕，盛貌。

芾，音弗，赤芾，诸侯服饰。参前《采芑》。◎舄，音昔，履也。金舄，有金饰之鞋，亦诸侯之服也。

会，时见也。诸侯无定期朝见天子曰时见。◎同，殷见也，诸侯合其众同时朝见天子曰殷见。◎绎，盛貌。有绎即绎然。

第四章，叙诸侯来会朝于东都。言彼诸侯驾四马之甚盛，诸侯皆服赤芾金履，会同之礼甚盛美也。

按：奕奕，盛貌，陈奂有说。绎，毛诗："陈也。"《经义述闻》谓"盛貌"，较旧说为长。

决拾既佽，弓矢既调。射夫既同，助我举柴。

决，以象骨为之，著于右手大指，以钩弓弦。◎拾，以皮为之，著于左臂，即射鞲也。◎佽，音次，利也。言决及射鞲既已为便利之用矣。

射夫，指诸侯也。

柴，积禽也。

第五章，叙既会同而田猎也。言钩弦之决及著臂之射鞲，既已备便利之用矣；弓力之强弱，矢之轻重，既已调和相得矣；诸侯既来会同，来助为射，而举积禽。积禽言获之多也。

四黄既驾，两骖不猗。不失其驰，舍矢如破。

四黄，四黄马也。

骖，音参，四马之靠外面左右二马曰骖。◎猗，偏倚不正也。

不失其驰，不失其驱驰之法也。

舍，放出也。◎如，犹而也。◎破，言中而破之也。

第六章，写田猎及射御之状。言四黄马既驾矣，其两骖不偏倚，而全车能不失其驱驰之法，因而发矢即中也。

按：如，犹而，《经传释词》有说。

萧萧马鸣，悠悠旆旌。徒御不惊，大庖不盈。

悠悠，长貌。

徒，步卒也。◎御，驾车者也。◎不惊，不喧哗也。

大庖，君之庖也。◎不盈，言取之有度，不极欲也。

第七章，写猎毕分禽也。言马鸣萧萧，旌旆悠悠，猎毕归来之状也。徒御无哗，整肃不扰民之状也。大庖不盈，射获虽多，多分与同射者。君之庖且不满盈，君不极欲之状也。

之子于征，有闻无声。允矣君子，展也大成。

之子，指群臣。◎于，助词。◎征，指东行。

闻音问。有闻，有善良之名，闻于人也。◎无声，无喧哗之声，以扰民也。

允，信也。◎君子，谓宣王也。

展，诚也。◎大成，成大功也。

第八章，总叙其事而美之。言从王东征群臣，皆能有善闻，而无喧哗扰民之事。故宣王此会诸侯田猎之行，信乎君子而诚能成其大功也。

按《诗序》云：“《车攻》，宣王复古也。宣王能内修政事，外攘夷狄，复文武之竟土，修车马，备器械，复会诸侯于东都，因田猎而选车徒焉。”其义是也。惟《序》文稍长，而首以复古二字为纲，乍视之下，不免觉其含混。其下解说亦稍繁。其要旨本在复会诸侯于东都，然未能显也。兹择其旨如上。

吉日

《诗序》云："《吉日》，美宣王田也。能慎微接下，无不自尽以奉其上焉。"

吉日维戊，既伯既祷。
田车既好，四牡孔阜。
升彼大阜，从其群丑。

吉日庚午，既差我马。
兽之所同，麀鹿麌麌。
漆沮之从，天子之所。

瞻彼中原，其祁孔有。
儦儦俟俟，或群或友。
悉率左右，以燕天子。

既张我弓，既挟我矢。
发彼小豝，殪此大兕。
以御宾客，且以酌醴。

吉日维戊，既伯既祷。田车既好，四牡孔阜。升彼大阜，从其群丑。

戊，刚日也。天干之奇数为刚日，偶数为柔日。外事以刚日，田猎属焉。

伯，马祖也。既伯，既祭马祖也。◎祷，祝祷之也。

田车既好，指田猎之车既已备妥。

孔，甚。◎阜，大。

从，追逐也。◎丑，众也，指禽兽。

第一章，言日在戊日吉辰，既已祭马祖而又祷祝之矣；田猎之车既妥备矣；驾四马，甚为壮大，可以出发矣。乃升彼高大之阜，而追逐彼群兽众禽矣。

吉日庚午，既差我马。兽之所同，麀鹿麌麌。漆沮之从，天子之所。

庚，戊后二日为庚，亦刚日也。推之前二日戊当为戊辰。

差，音钗，择也。

同，聚也。

麀，音忧，牝鹿也。◎麌，音语。麌麌，众多也。

漆沮，水名。

天子之所，言从漆沮之水所流经之处，驱禽兽至天子之所，以供田猎也。

第二章，言日在庚午吉日，既择善驰之马矣，乃出田猎。视兽之所聚，麀鹿最多之处，乃从此而驱之至天子之所，以供田猎也。

瞻彼中原，其祁孔有。儦儦俟俟，或群或友。悉率左右，以燕天子。

中原，原中也。

祁，大也。◎孔，甚也。甚有，言甚多有之也。

儦，音标。儦儦，趋行之貌。◎俟俟，行貌。

兽三曰群，二曰友。

悉率左右，乃尽率左右从王之人。

燕，乐也。

第三章，叙原中多兽之状。言瞻望平原之中，有大兽甚多。其兽或趋或行；或三以成群，或二而为友。兽既若是之多也，乃尽率左右相从之人，而猎取之，以乐天子。

既张我弓，既挟我矢。发彼小豝，殪此大兕。以御宾客，且以酌醴。

发，发矢也。◎豝，音巴，牝豕也。

殪，音意，死也。◎兕，音寺，野牛也。

御，进也。

酌，以勺取酒。◎醴，音礼，酒名。

第四章，言既开我之弓，既搭我之矢矣。乃发矢而中小牝豕；发射而死大野牛。既获此兽矣，乃以进于宾客以为肴，且酌醴以饮之，以共乐也。

鸿雁之什

鸿雁

此流民喜使臣来振济扶持之，因得安居，乃赋此诗。

鸿雁于飞，肃肃其羽。
之子于征，劬劳于野。
爰及矜人，哀此鳏寡。

鸿雁于飞，集于中泽。
之子于垣，百堵皆作。
虽则劬劳，其究安宅。

鸿雁于飞，哀鸣嗷嗷。
维此哲人，谓我劬劳。
维彼愚人，谓我宣骄。

鸿雁于飞，肃肃其羽。之子于征，劬劳于野。爰及矜人，哀此鳏寡。

于，助词。于飞，即正在飞。

肃肃，羽声也。

之子，指使臣。◎于，助词。◎征，行也。

劬，音渠。劬劳，病苦也。

矜，怜也。

鳏寡，老无妻曰鳏，丧夫曰寡。

第一章，感使臣之惠也。由"鸿雁于飞"起兴。言鸿雁在飞翔，羽声肃肃，以兴流浪不安之意也。意谓吾流民流荡不知所处，而使臣有此远行，劳苦病痛于野，实乃顾及吾等可怜之人，哀此鳏寡，方有此惠爱之心，诚可感也。

鸿雁于飞，集于中泽。之子于垣，百堵皆作。虽则劬劳，其究安宅。

中泽，泽中也。

于，助词。于垣，垣字成动词，由"于"助成为动作，为造垣之义。参前《豳风·七月》"于耜"条及其按语。

堵，一丈为版，言长度也。版高二尺，五版为堵。五版相接，则高度亦为一丈，故一堵即长一丈高一丈之墙也。

究，终也。言终获有安居之室也。

第二章，叙流民自己之劳作也。亦由"鸿雁于飞"起兴。言鸿雁飞翔，集于泽中，以兴流民之流荡今有所止也。此众人乃造垣墙，而成百堵。此工作虽劳苦，而终能获得安居之宅也。

鸿雁于飞，哀鸣嗷嗷。维此哲人，谓我劬劳。维彼愚人，谓我宣骄。

嗷嗷，音翱，劳苦之声。

哲人，明智之人也。

宣，示也。言愚人不知我之劳苦，而谓我歌此诗以示骄慢也。

第三章，述作歌之义，亦由"鸿雁于飞"起兴。言鸿雁飞翔而哀鸣，以其劳苦，乃有此哀声也。因以兴起我之作为此诗，实为流荡痛苦，新得安居，故为之也。并非新得安居，闲暇无事，作歌以示我心中之骄慢之意也。故曰：哲人能知我为劬劳而作此诗；若愚人则谓我示骄，以其不能知我也。

按《诗序》云："《鸿雁》，美宣王也。万民离散，不安其居，而能劳来还定安集之，至于矜寡，无不得其所焉。"朱传谓其未有以见其为宣王之诗。固有所见其未安矣。然指"之子于征"为流民自相谓，亦颇不类。徐察其言，当是流民受天子使臣之振济，获有居室，乃赋此诗。于使者有感激之语，于同流落者有安慰之意者也。

庭燎

此美君王能视朝甚早之诗。或即美宣王者。

夜如何其?夜未央。
庭燎之光,君子至止,鸾声将将。

夜如何其?夜未艾。
庭燎晣晣,君子至止,鸾声哕哕。

夜如何其,夜乡晨。
庭燎有辉,君子至止,言观其旂。

夜如何其？夜未央。庭燎之光，君子至止，鸾声将将。

其，音基，语尾词。

央，尽也。未央言未及尽，时甚早也。

庭燎，大烛也。

君子，诸侯也。◎止，语尾词。

鸾，铃也，铃系在镳者。◎将，音锵，将将，鸾声也。

第一章，述视朝之早也。言现在夜如何？夜尚未尽，而时尚甚早也。时虽甚早，而王已不安于寝，起而问其时矣。乃燃大烛以视朝。诸侯朝者至矣，乃闻其鸾声将将然。

夜如何其？夜未艾。庭燎晣晣，君子至止，鸾声哕哕。

艾，音易，尽也。

晣，音制，晣晣，明也。

哕，音讳。哕哕，声也。

第二章，义同上章，换韵而重唱之。

夜如何其，夜乡晨。庭燎有辉，君子至止，言观其旂。

乡，即向。乡晨，近晓也。

辉，音晖，光也。有辉即辉然。

言，语词。◎旂，音旗，旗上绘龙者。

第三章，义同前二章。惟第二句"夜乡晨"，较前二章时间为晚，是收尾一章之语。末句"言观其旂"，呼应"夜乡晨"之语。盖天欲明则得观诸侯之旂，而能辨其色矣。

按《诗序》云："《庭燎》，美宣王也。因以箴之。"此诗明为美君王之能视朝甚早者，《序》不言之。而翻言因以箴之。诗中何有箴之之语？至于其君王究为何人，不可确知。《列女传》载宣王宴起，姜后脱簪珥待罪于永巷，宣王感悟，于是勤于政事，早朝晏退，卒成中兴之名。虽未必可信，或稍有所据，故设想此诗中君王，或即宣王也。

沔水

朱传云："此忧乱之诗。"

沔^{miǎn}彼流水，朝宗于海。
鴥^{yù}彼飞隼^{zhǔn}，载飞载止。
嗟我兄弟，邦人诸友。
莫肯念乱，谁无父母？

沔彼流水，其流汤汤^{shāng}。
鴥彼飞隼，载飞载扬。
念彼不蹟，载起载行^{háng}。
心之忧矣，不可弭^{mǐ}忘。

鴥彼飞隼，率彼中陵。
民之讹^é言，宁莫之惩？
我友敬矣，谗言其兴。

沔彼流水，朝宗于海。鴥彼飞隼，载飞载止。嗟我兄弟，邦人诸友。莫肯念乱，谁无父母？

沔，音免，水流满也。

朝宗，诸侯春见天子曰朝，夏见天子曰宗。流水朝宗于海，言小水必就大海，世事自然之理也。

鴥，音聿，疾飞貌。◎隼，音准，鹰属猛禽。

载，则也。

念乱，念及杂乱。

第一章，叹乱离之不能互相为助也。由"沔彼流水"以下四句起兴。言彼满流之水，必朝宗于海；彼疾飞之隼，有飞之时，有止之地。是万物皆有所归也。因以兴起，在此离乱之时，可叹我兄弟及我邦人诸友，竟莫肯念及离乱之时，当互为扶助者，反而各自为私利。凡人谁为无父母者？兄弟同父母，固同所归，是一家之人也。而离乱之际，竟莫肯念乱！则邦人诸友，更无论矣。视彼流水归海，飞隼止树者，彼水彼禽，皆有所归止，人而如此，不亦感伤乎！

沔彼流水，其流汤汤。鴥彼飞隼，载飞载扬。念彼不蹟，载起载行。心之忧矣，不可弭忘。

汤，音商。汤汤，波流盛貌。

不蹟，不循道而行事，谓不行善事之人。

行，音杭。◎载，则。则起则行，谓不遑宁处也。

弭，止也。

第二章，叹忧乱之多，不可止不能忘也。仍以"沔彼流水"

以下四句起兴。言彼满流之水，波流甚盛；疾飞之隼，飞扬不已。是动荡不止之态也。乃以兴起忧念彼不循正道而为不善之人，肇此祸乱，使人不遑宁处。心为之忧矣，欲止忧而忘之，不可得也。

鴥彼飞隼，率彼中陵。民之讹言，宁莫之惩？我友敬矣，谗言其兴。

　　率，循也。◎中陵，陵中也。

　　讹，伪也。

　　宁，岂也。◎ 惩，止也。

　　敬，儆戒也。

　　第三章，叹世乱应儆戒谗言以避害也。言彼疾飞之鸟，循彼陵中而飞。是有所依循也。而民之伪讹谣言，岂肯不加以止塞乎？我友于今必当儆戒之矣，若今世乱，谗言必将兴矣！宜早慎避其害也。

　　按：敬，儆戒也，马瑞辰有说。

　　本篇三章，前二章皆以"沔彼流水"以下四句起兴，其固定形式为一句为"沔彼流水"，三句为"鴥彼飞隼"。第三章忽舍"沔彼流水"，似若变化。然前二章皆八句，三章则只六句，细察之，语气亦短促无力。似三章亦应有"沔彼流水"二句为始。或诗有佚文，脱离二句。惟已不可考矣。特录所见，以供参考。

　　按《诗序》云："《沔水》，规宣王也。"读此诗则并无规之义，谓规宣王者，以诗中有"谗言其兴"一语，然谗言是恶言毁善，未必即与宣王有关也。朱传是。

鹤鸣

此招隐之诗也。

鹤鸣于九皋，声闻于野。
鱼潜在渊，或在于渚。
乐彼之园，爰有树檀，
其下维蘀。
它山之石，可以为错。

鹤鸣于九皋，声闻于天。
鱼在于渚，或潜在渊。
乐彼之园，爰有树檀，
其下维穀。
它山之石，可以攻玉。

鹤鸣于九皋，声闻于野。鱼潜在渊，或在于渚。乐彼之园，爰有树檀，其下维萚。它山之石，可以为错。

九，喻深远也。◎皋，岸也。

闻，音问。声之所达也。

潜，深沉也。◎渊，水深之处。

渚，水中可居者，小洲也。

檀，木名。

萚，音托，落也。

错，砺石也。可以琢磨美玉。

第一章，写隐者所居及其贤也。言隐者所居之处，有鹤栖焉，鸣于深远陵岸，而其声可闻于野。又有鱼深潜在渊，或亦在渚。此写其环境之幽深，禽鱼之自得。亦喻其声望之高，野能闻之；隐居之深，如在渊渚也。继言彼可乐之园，乃有檀树，其下有萚，是即其所居之处也。此贤者实为超人，若可求得，则可以若砺石之可以错玉也。

按：皋，犹陵也，岸也。屈万里有说。

鹤鸣于九皋，声闻于天。鱼在于渚，或潜在渊。乐彼之园，爰有树檀，其下维榖。它山之石，可以攻玉。

榖，一名楮，恶木。

攻，错也。

第二章，义同首章，换韵重唱之。树檀而其下有恶木，言贤者所处之地，植香木，而亦不畏有恶木，以明其能辨善恶不受其染也。

按《诗序》云："《鹤鸣》，诲宣王也。"笺云："教宣王求贤人之未仕者。"笺义极近似，惟未必教宣王耳。

祈父

朱传曰:"军士怨于久役,故呼祈父而告之。"此诗盖军士告祈父
之言也。

祈父!予,王之爪牙。
胡转予于恤?靡所止居?

祈父!予,王之爪士。
胡转予于恤?靡所厎止?

祈父!亶不聪。
胡转予于恤?有母之尸饔。

祈父！予，王之爪牙。胡转予于恤？靡所止居？

祈父，官名，司马也。职掌封圻之兵甲，故以为号。

爪牙，鸟兽所用以为威者也。此喻王之勇力之士。

恤，忧也。

第一章，军士呼祈父而告之言也。言："祈父，我乃王之爪牙，应在王之左右。何以转我于忧患之地，使我无所止居乎？"

祈父！予，王之爪士。胡转予于恤？靡所厎止？

爪士，爪牙之士也。

厎，音止，至也。

第二章，义同第一章，换韵重唱之。

祈父！亶不聪。胡转予于恤？有母之尸饔。

亶，音旦，诚也。◎不聪，耳不聪，听而不闻也。

尸，陈也。◎饔，音雍，熟食也。◎言我不能归家，则祭祀之事，劳母陈熟食，年高劳苦，皆祈父之过也。◎之，语助词。

第三章，怨之深而再三呼告之，又讥其诚为耳不聪也。又问："何以转我于忧患之地？我不能归，则老母不得奉养。祭祀之事，亦必老母亲服其劳苦。"意谓此皆祈父之过也。

按《诗序》云；"《祈父》，刺宣王也。"笺云；"刺其用祈父不得其人也。"惟诗中直呼祈父而告之，《序》说不免迂曲而勉强。朱说是也。

白驹

此留贤者仕而未得之诗。作者当为君王。

皎皎白驹，食我场苗。
絷之维之，以永今朝。
所谓伊人，于焉逍遥。

皎皎白驹，食我场藿。
絷之维之，以永今夕。
所谓伊人，于焉嘉客。

皎皎白驹，贲然来思。
尔公尔侯，逸豫无期。
慎尔优游，勉尔遁思。

皎皎白驹，在彼空谷。
生刍一束，其人如玉。
毋金玉尔音，而有遐心。

皎皎白驹，食我场苗。絷之维之，以永今朝。所谓伊人，于焉逍遥。

皎皎，白貌。◎驹，马之未壮者。

场，圃也。

絷，绊也。◎维，系也。◎言绊系白驹，意谓不放贤者去也。

永，久也。

伊人，指贤者。

第一章，留贤者之义。言彼贤者所乘白色之驹，食我圃中之苗矣。于是我乃藉词系绊其马，不放贤者乘马而去，以使今朝贤者得久留，而能与之逍遥也。

皎皎白驹，食我场藿。絷之维之，以永今夕。所谓伊人，于焉嘉客。

藿，音霍，犹苗也。

第二章，义同首章。于焉嘉客，言于是彼乃为我嘉客也。

皎皎白驹，贲然来思。尔公尔侯，逸豫无期。慎尔优游，勉尔遁思。

贲，音奔。贲，贲然，光彩之貌。◎思，语词。

尔公尔侯，尔可以为公，可以为侯。

逸，安也。◎豫，乐也。◎无期，无尽期也。

慎，勿过也。◎言勿优游太过也。优游指其去而隐逸，闲暇自适。

勉，勿决也。◎言勉强而为之，勿决心思遁也。

第三章，劝贤者留也。言乘白驹之人，宜焕然而来。尔可以为公，亦可以为侯，在此可以安乐而无尽期也。慎勿太过思隐逸闲散；希勉强留此，勿决心思遁也。

皎皎白驹，在彼空谷。生刍一束，其人如玉。毋金玉尔音，而有遐心。

空，大也。

生刍，新生之草也，以其鲜嫩，为饲驹之佳物也。

其人如玉，其人之德如美玉也。

毋金玉尔音，勿惜尔之音如金玉也。

而有遐心，而存有思远之心。言勿以我在远而不念我。

第四章，留之不得，贤者远去矣。言乘白驹之人，在彼大谷矣；此时想当割新生之草，饲其驹矣。其人之德，诚美如玉也。尔虽远去，幸勿惜尔之音若金若玉，不肯告我以消息。盼尔能有思远之心，我虽在远，尔仍能念我也。

按《诗序》云："《白驹》，大夫刺宣王也。"笺云："刺其不能留贤。"笺义颇近。是贤者去而王者思之之语。指为大夫刺之则不类也。朱传以为此诗"以贤者之去而不可留也"。更近之。此留贤者仕而未得之诗也。其词有"尔公尔侯"之语，作者当是君王，惟不能确知是某王耳。

黄鸟

朱传云："民适异国，不得其所，故作此诗。"

黄鸟黄鸟，
无集于穀，无啄我粟。
此邦之人，不我肯穀。
言旋言归，复我邦族。

黄鸟黄鸟，
无集于桑，无啄我粱。
此邦之人，不可与明。
言旋言归，复我诸兄。

黄鸟黄鸟，
无集于栩，无啄我黍。
此邦之人，不可与处。
言旋言归，复我诸父。

黄鸟黄鸟，无集于榖，无啄我粟。此邦之人，不我肯榖。言旋言归，复我邦族。

无集于榖之榖，木名，恶木也。

不我肯榖之榖，善也。

言，语词。◎旋，回也。

复，反也。◎邦，故国也。◎族，本族也。

第一章，民适异国，遭遇歧视，不能安居，乃有思归之情也。以黄鸟起兴：言黄鸟黄鸟，勿集于恶木，勿啄食我之粟。鸟食我之藏粟，而栖于恶木，是令人厌恶之象也，因以兴起，此邦之人，不与我以善道相过，我惟有归返我故国本族矣。

黄鸟黄鸟，无集于桑，无啄我粱。此邦之人，不可与明。言旋言归，复我诸兄。

明，当为盟。盟，信也。

复我诸兄，言反于我诸兄之处也。

第二章，与首章同义，换韵重唱之。桑非恶木也。然首章已言谷矣，此章换韵，但言一木可矣，不泥木之恶，而亦取首章之义。下章栩木亦同。

黄鸟黄鸟，无集于栩，无啄我黍。此邦之人，不可与处。言旋言归，复我诸父。

第三章，义同前二章，又换韵而叠唱之。

按《诗序》云：“《黄鸟》，刺宣王也。”读全篇诗义，是民在异乡，不能得其安居，乃有思归之情者，实无刺意。朱说是也。

我行其野

朱传云："民适异国，依其昏姻，而不见收邮，故作此诗。"

我行其野，蔽芾其樗。
昏姻之故，言就尔居。
尔不我畜，复我邦家。

我行其野，言采其蓫。
昏姻之故，言就尔宿。
尔不我畜，言归斯复。

我行其野，言采其葍。
不思旧姻，求尔新特。
成不以富，亦祇以异。

我行其野，蔽芾其樗。昏姻之故，言就尔居。尔不我畜，复我邦家。

蔽芾，盛貌。参前《召南·甘棠》。◎樗，音枢，恶木也。

言，语词。

畜，养也。

复，反也。

第一章，由"我行其野"说起，叙其人地之不能适，必不能留之情状。言我行其野，其樗木则甚茂盛，乃荫彼樗以休息矣。樗实恶木也，可见其地之恶矣。至于其人，我欲以昏姻相依，就汝之家而居，以求可以相合。然尔竟不肯养我，我则当返我邦家矣。言在此结为婚姻，竟被逐出。此地诚不可留也。

我行其野，言采其蓫。昏姻之故，言就尔宿。尔不我畜，言归斯复。

蓫，音逐，恶菜也。采蓫以食也。

宿，犹居也。

斯，语词。◎言归斯复，谓归返家园也。

第二章，义同首章，换韵而重唱之。

我行其野，言采其葍。不思旧姻，求尔新特。成不以富，亦祇以异。

葍，音福，恶菜也。

特，匹也。

成不以富，新成之婚姻，并不以其新夫富有。

末句言亦祇以其人之新异耳。言此地风俗之恶也。

第三章，仍由我行其野说起，而以述其不念婚姻为结束。言我行其野，采其恶菜以为食矣。彼此地之人，竟不思我与彼旧已结为婚姻，而竟另求新夫。诚使我不能留也。彼新婚之成，亦并非为其新夫之富有也，祇为新异而已。此地之风俗，实大恶矣。

按《诗序》云：“《我行其野》，刺宣王也。”亦牵强故寻大题目之说。此篇似与上篇同属一人之作。盖流落异国，人地不能适宜，欲依为昏姻以求安居，然亦不能得。故为诗以抒其情，毫无刺意也。朱说是。

斯干

此王侯公族筑室初成，颂祷祈吉之诗也。

秩秩斯干，幽幽南山。
如竹苞矣，如松茂矣。
兄及弟矣，式相好矣，无相犹矣。

似续妣^{bǐ}祖，筑室百堵，西南其户。
爰居爰处，爰笑爰语。

约之阁阁，椓^{zhuó}之橐橐^{tuó}。
风雨攸除，鸟鼠攸去，君子攸芋。

如跂^{qǐ}斯翼，如矢斯棘，
如鸟斯革，如翚^{huī}斯飞。
君子攸跻^{jì}。

殖殖其庭，有觉其楹。
哙哙^{kuài}其正，哕哕^{huì}其冥。
君子攸宁。

下莞上簟，乃安斯寝。
乃寝乃兴，乃占我梦。
吉梦维何？
维熊维罴，维虺维蛇。

大人占之：
维熊维罴，男子之祥。
维虺维蛇，女子之祥。

乃生男子，载寝之床，
载衣之裳，载弄之璋。
其泣喤喤，朱芾斯皇，室家君王。

乃生女子，载寝之地，
载衣之裼，载弄之瓦。
无非无仪，唯酒食是议，无父母诒罹。

秩秩斯干，幽幽南山。如竹苞矣，如松茂矣。兄及弟矣，式相好矣，无相犹矣。

秩秩，流行也。◎干，涧也。

幽幽，深远也。

如，词也，无义。◎苞，丛生而固也。

式，语词。

犹，欺也。

第一章，述其地之美：言其地涧水流行，在南山深远之处，此地有丛生之竹，有华茂之松。居此则兄弟能相和好，而无相欺之事矣。

按：如竹苞矣，如，词也。《经传释词》：如犹而也；如犹则也，皆助语之虚字。王质云："如，非喻，乃枚举焉尔。"

犹，欺也，见《广雅》。

似续妣祖，筑室百堵，西南其户。爰居爰处，爰笑爰语。

似，嗣也。◎妣，先人之女者。古者祖母以上称妣，祖父以上称祖。后始考妣对称。

堵，一方丈为一堵。参前《鸿雁》。

西南其户，其户向西，或其户向南。

爰，于也。

第二章，统言筑室。言我所嗣续之祖先，于此筑室百堵，其户或西向或南向。于是居处于此，笑语于此，可得安乐矣。

按：妣，祖母以上称妣，屈万里有说。

约之阁阁，椓之橐橐。风雨攸除，鸟鼠攸去，君子攸芋。

　　约，束也。◎阁阁，束板上下相承也。

　　椓，筑也。◎橐，音托，杵声也。

　　攸，所也。◎除，去也。

　　芋，大也。◎言君子居此，所以尊大也。

　　第三章，叙筑墙也。言束板上下相承，筑而以杵击之有声。因此墙之如此坚固，故风雨去而不能入；鸟鼠不能侵；君子居此，所以尊大也。

如跂斯翼，如矢斯棘，如鸟斯革，如翚斯飞。君子攸跻。

　　如跂斯翼，如人之企竦翼然。◎斯，词也。

　　如矢，言其直也。◎棘，稜廉也。言角隅方正。

　　革，张其翼也。

　　翚，音辉，雉也。

　　跻，升也。谓升入此室。

　　第四章，叙堂之已成也。言此堂之成，飞檐翼然，如人之企竦伸臂也。其墙隅方正平直，如矢之直；远视之，全室之状，如鸟之张翼；如雉之飞动，诚君子所宜升入之堂也。

殖殖其庭，有觉其楹。哙哙其正，哕哕其冥。君子攸宁。

　　殖殖，平正也。

　　觉，直也。有觉即觉然。◎楹，柱也。

　　哙，音快。哙哙，犹快快也。快快然，宽明之貌。◎正，昼也。

　　哕，音会。哕哕然，亦宽明之貌。◎冥，夜也。

第五章，言室之成也。此燕寝之成也。其庭平正，其柱平直，昼居之快快然，居之哕哕然，皆感宽明深广，君子所安之处也。

下莞上簟，乃安斯寝。乃寝乃兴，乃占我梦。吉梦维何？维熊维罴，维虺维蛇。

莞，音管，蒲席也。◎簟，竹席也。

兴，夙兴也。

罴，兽名，似熊而大。

虺，音灰，蛇属。

第六章，颂祷之词也。言蒲席敷在下，竹席覆在上，此寝处已安妥矣。乃能寝，乃能兴起，乃能得梦而以占其吉。我之吉梦是何邪？是熊罴虺蛇之梦也，皆吉祥之兆也。

大人占之：维熊维罴，男子之祥。维虺维蛇，女子之祥。

大人，大卜之官也。

维熊维罴，男子之祥，言熊罴属男子之吉兆。

维虺维蛇，女子之祥，言虺蛇是女子之吉兆。

第七章，颂祷之词也。言大卜之官，占斯吉梦，熊罴是男子吉兆，而虺蛇则女子吉兆也。

乃生男子，载寝之床，载衣之裳，载弄之璋。其泣喤喤，朱芾斯皇，室家君王。

载，则也。

弄，玩也。◎璋，半圭也。弄之以璋，尚其德也。

喤，音黄。喤喤，大声也。

芾，音弗，韦蔽膝也。天子纯朱，诸侯黄朱。◎皇，犹煌煌也。

室家君王，言其辉耀。谓生于是室，有室有家，为君为王矣。

第八章，祝生男也。言今居此室，乃生男子。则寝之于床以尊之，衣之以裳以盛饰之，付之璋使玩弄之，以尚其德而期其成。此男子，其泣也喤喤然声音洪大，将必服朱芾，有室有家，为君为王也。

乃生女子，载寝之地。载衣之裼，载弄之瓦。无非无仪，唯酒食是议，无父母诒罹。

裼，音替，裸也。裹婴儿之物。

瓦，纺砖也。弄之瓦，意使习纺织之事也。

无非，无不是之处也。◎仪，善也。无仪，不必求有善，无功无过也。

议，谈论也。

罹，忧也。言无遗父母之忧也。

第九章，祝生女也。言今居此室，乃生女子。则寝之于地，以其与男不同也。衣之以裸，付之以纺砖使弄之，以期其习纺织之事也。此女将来，可以无不是之处，亦不必有大善处，唯能议论酒食之事以持中馈，而无遗父母之忧，则是我祷祝者也。

按：此诗说者纷纭，各执一词，《诗序》云："宣王考室也。"考室，成室也。小雅自《六月》以下，无不言宣王。成室虽是，未必宣王也。朱传云：

"筑室既成，而燕饮以落之，因歌其事。"然读其词非燕饮之语也。亦未言君王。惟篇中有"室家君王"之语，固非民间所应有也。又有谓成王营洛时作，若朱郁仪何玄子；或谓武王考室者，如邹肇敏。皆臆断之说，无可信之理。此诗是成室颂祷则无疑也，若必谓为武王，成王，或宣王，皆无据之谈。察其语意，则必属王侯公族考室祈吉之诗，而非民间之诗，是可知也。

无羊

朱传云："此言牧事有成，而牛羊众多也。"

谁谓尔无羊？三百维群。
谁谓尔无牛？九十其犉。
尔羊来思，其角濈濈。
尔牛来思，其耳湿湿。

或降于阿，或饮于池，或寝或讹。
尔牧来思，何蓑何笠，或负其糇。
三十维物，尔牲则具。

尔牧来思，以薪以蒸，以雌以雄。
尔羊来思，矜矜兢兢，不骞不崩。
麾之以肱，毕来既升。

牧人乃梦，众维鱼矣，旐维旟矣。
大人占之：
众维鱼矣，实维丰年。
旐维旟矣，室家溱溱。

谁谓尔无羊？三百维群。谁谓尔无牛？九十其犉。尔羊来思，其角戢戢。尔牛来思，其耳湿湿。

犉音淳，牛七尺为犉，黄牛黑唇。

思，语尾词。

戢，音戢。戢戢，相聚而息也。

湿湿，耳动之貌，言其嚼食而耳动也。

第一章，写牛羊成众也。言谁谓汝无羊邪？以三百为群，可见其多矣。尔泛指汝，言牧事有成之人也。谁谓汝无牛？犉牛有九十。汝之羊来矣，但见其角相聚而息于一处。此形容其多，只见其羊角，以角在上部也。汝之牛羊聚矣，但见其耳动。此与上句言羊角之义同。

按：犉，《尔雅·释畜》："牛七尺为犉。"注："《诗》曰：九十其犉！"又"黑唇犉"。毛传曰："黄牛黑唇曰犉。"《说文》："犉，黄牛黑唇也。《诗》曰九十其犉。"段注云："《尔雅》不言黄牛者，牛以黄为正，凡不以言何色，皆谓黄牛也。"《尔雅》于犉有两说，陈奂以为七尺之说为别义。愚意以为二说可以合为一义，盖黄牛黑唇而又七尺之大者为犉，因二说无相背之义也。

或降于阿，或饮于池，或寝或讹。尔牧来思，何蓑何笠，或负其餱。三十维物，尔牲则具。

阿，大陵也。

讹，动也。

牧，牧人也。

何，通荷，负也。

糇，音侯，食也。

物，牛羊之毛色相异者也。

具，备也。◎言汝之牲具备而足用祭飨也。祭飨谓之牲。

第二章，写牧羊之情状及牛羊之众，足供祭飨也。言牛羊或自陵而降，或饮于池，或寝卧，或动转。牧者来矣，负蓑笠，或负食物。今汝牛羊之毛色相异者有三十种，汝之牛羊已足供祭飨矣。

尔牧来思，以薪以蒸，以雌以雄。尔羊来思，矜矜兢兢，不骞不崩。麾之以肱，毕来既升。

薪，蒸，薪之粗者曰薪，薪之细者曰蒸。

雌，雄，言鸟也。牧者于牧暇所弋之鸟。

矜矜兢兢，以言坚强也。

骞，音千，亏也。◎崩，散落也。

麾，指挥之也。◎肱，臂也。

毕，俱也。◎既，尽也。◎升，升入牢也。

第三章，写牧罢归来之状也。言尔牧者归来矣，携回牧暇采得之粗细薪蒸，以及弋得之禽鸟。尔之羊来矣，群行缓健，矜矜兢兢，见其坚强，而不溃散离群。牧人以臂麾之，则皆入于牢矣。

按：雌雄，郑笺以为禽兽。朱传因之。姚际恒以为应只是鸟。似近理。愚意以为牧羊之际，弋鸟可，搏兽则非猎者不可为也。且鸟谓雌雄，兽谓牝牡。后世虽可通用，初固有别也。采姚说。

牧人乃梦，众维鱼矣，旐维旟矣。大人占之：众维鱼矣，实维丰年。旐维旟矣，室家溱溱。

众维鱼矣，言梦鱼之众多也。

旐维旟矣，言梦见旐与旟也。◎旐，音兆，龟蛇之旗。◎旟，音余，画鸟之旗也。

大人，占梦之官。

溱溱，众也。

第四章，以其牧之有成，藉梦以祝之也。言牧人乃梦，梦见鱼甚众多，而有旐旟之旗，旗者统众者也。占梦者乃占之：鱼之多是丰年之兆；旐旟之建，室家众多，人口繁而盛壮之兆也。

按《诗序》云："《无羊》，宣王考牧也。"《序》于《六月》以下，无不称宣王，甚至此牛羊之事，亦由宣王以天子之尊而亲为诗，谁能信乎？此惟诗人见牧事有成，牛羊众多，乃喜而咏之耳。不必每诗皆牵于政事也。

节南山之什

节南山

此家父所作刺师尹之诗也。

节彼南山，维石岩岩。
赫赫师尹，民具尔瞻。
忧心如惔，不敢戏谈。
国既卒斩，何用不监！

节彼南山，有实其猗。
赫赫师尹，不平谓何。
天方荐瘥，丧乱弘多。
民言无嘉，憯莫惩嗟。

尹氏大师，维周之氐。
秉国之钧，四方是维。
天子是毗，俾民不迷。
不吊昊天，不宜空我师。

弗躬弗亲，庶民弗信。
弗问弗仕，勿罔君子？
式夷式已，无小人殆。

琐琐姻亚，则无膴仕。

昊天不佣，降此鞫讻。
昊天不惠，降此大戾。
君子如届，俾民心阕。
君子如夷，恶怒是违。

不吊昊天，乱靡有定。
式月斯生，俾民不宁。
忧心如酲，谁秉国成？
不自为政，卒劳百姓。

驾彼四牡，四牡项领。
我瞻四方，蹙蹙靡所骋。

方茂尔恶，相尔矛矣。
既夷既怿，如相酬矣。

昊天不平，我王不宁。
不惩其心，覆怨其正。

家父作诵，以究王讻。
式讹尔心，以畜万邦。

节彼南山，维石岩岩。赫赫师尹，民具尔瞻。忧心如惔，不敢戏谈。国既卒斩，何用不监！

节，高峻貌。

岩岩，积石貌。

赫赫，显盛貌。◎师尹，太师尹氏也。

民具尔瞻，民皆惟尔是视也。

惔，音谈，燔也。

不敢戏谈，不敢相戏而言。

卒，终也。◎斩，绝也。

监，视也。◎何用不监，言何以不能见其害也。

第一章。由"节彼南山"起兴。言南山高峻，积石岩岩。由南山积石高峻，而兴起师尹之显盛。乃云赫赫师尹，民皆惟尔是视。然我视彼之行为，则忧心如焚也。惟亦不敢相戏而言及其事，恐触其怒也。然国家既已终绝，何以不能见其害邪！

节彼南山，有实其猗。赫赫师尹，不平谓何。天方荐瘥，丧乱弘多。民言无嘉，憯莫惩嗟。

实，广大貌。有实，实然。◎猗，古读与阿同，当为阿之假借。山曲曰阿。猗当读作阿。

谓，如也。◎不平谓何，言师尹虽显盛，而所为之事，不得其平，则如何哉？

荐，重也。◎瘥，音错，病也。

丧乱，祸乱也。◎弘，大也。

嘉，喜也。

憯，音惨，曾也。◎惩，戒也。◎憯莫惩嗟，言未曾自惩而嗟叹也。

第二章，状师尹之过，仍以南山起兴。言南山高峻，广大其阿，以兴显盛之师尹。但其行事不能得其平，而见偏私，将如之何？故天乃重降国家以患。祸乱大而多，民言皆无善庆之语矣。然未曾见尹氏自戒，或自嗟叹，真无心肝也。

按：有实其猗，毛传："实，满；猗，长也。"笺："猗，倍也。"皆未能甚通。朱传以为未详其义。今采《经义述闻》说。

尹氏大师，维周之氏。秉国之钧，四方是维。天子是毗，俾民不迷。不吊昊天，不宜空我师。

大，音泰。

氏，本也。

均，平也。

维，持也。

毗，音琵，辅也。

俾，使也。

吊，愍也。◎昊，音皓，天也。昊天，天之泛称。

空，穷也。◎师，众也。◎末句言不宜使师尹居位，穷我众也。

第三章，述师尹居地位之要，而不能称其职位也。言尹氏大师，是我周之根本也。周国赖之，持国之均平，而能维持四方安定；能辅天子，而使百姓不迷，而得其正当生活。此众所望者也。而事实不然。上天不愍，尹氏大师不能称其职位，故致困穷。若师尹者，实不宜久在其位，而使众民穷困也。

弗躬弗亲，庶民弗信。弗问弗仕，勿罔君子？式夷式已，无小人殆。琐琐姻亚，则无膴仕。

躬，身也。◎亲，亲自也。

庶，众也。

仕，事也。

罔，欺也。◎君子，指王。

夷，平也。谓当平其心。◎已，止也，谓当止其恶也。◎式，语词。

殆，危也。◎无小人殆，谓勿使小人危及国家也。

琐琐，小貌。◎姻，婿之父曰姻。而婿相谓曰亚。

膴，音武，厚也。膴仕谓高官厚禄也。

第四章，戒师尹也。言师尹于政事皆弗能亲身为之，致众民皆不肯信汝矣。诸事皆弗问，亦不事力行，能不欺罔君王乎？今者，汝实宜平正其心，止其过恶，勿使小人危及国家。如小人物裙带关系者，不可予以高官厚禄也。

昊天不佣，降此鞠讻。昊天不惠，降此大戾。君子如届，俾民心阕。君子如夷，恶怒是违。

佣，均也。◎言天以师尹之持事均平也。

鞠，穷也。◎讻，音凶，乱也。

不惠，不和顺。◎言天以尹氏为不和顺之政。

戾，乖违也。

届，至也。◎言君子之施政，如能行其至正之道。君子，设想之人，亦暗指师尹而刺之也。

阕，息也。◎言使民之心平息而安也。

夷，平也。◎君子如夷，同上君子如届义。

违，去也。◎言恶怒之事乃去而不存也。

第五章，言天以师尹之持事不能均平，故降此穷极之乱；天以师尹之持事不能和顺，故降此大乖戾之变。持大政之君子，如能行其至正之道，则能使众民之心平而安也；如能持事得其平，则恶怒之事乃去而不存矣。

按：不均不顺，当是昊天以尹氏为不均不顺。胡承珙有说。

不吊昊天，乱靡有定。式月斯生，俾民不宁。忧心如醒，谁秉国成？不自为政，卒劳百姓。

式，语词。◎斯，语词。◎式月斯生，即月生。月生即因岁月而生。◎此言祸乱因岁月之增而日加生长增大也。

醒，音呈，病酒也。

成，平也。言其政平也。

不自为政，言持政者不躬亲也。

第六章，言昊天不愍、动乱无所定止。且因岁月之增而随以增长加大，使众民不能安宁。故使人忧心如病酒也。谁能秉持国政能使之平邪？今师尹不躬亲为之，而付以小人姻亚，故卒使百姓受其劳苦也。

驾彼四牡，四牡项领。我瞻四方，蹙蹙靡所骋。

项，大也。◎领，颈也。

蹙蹙，缩小之貌。◎骋，驰骋也。

第七章，言今驾彼四雄马矣，四马肥大甚壮，足供驰骋者也。然我瞻四方，国若蹙蹙然甚小，无供驰骋之地矣。此皆以政不能平，故国势乃蹙也。

方茂尔恶，相尔矛矣。既夷既怿，如相酬矣。

方，正当其时也。◎茂，盛也。◎恶，恶势力也。

相，视也。◎视尔之矛，言欲相斗也。

夷，平也。◎怿，音益，悦也。

酬，音酬，饮酒相酬酢也。

第八章，言彼小人之性，反复无常也。若有人方在助汝加盛其恶势力，此本助汝者也，然汝亦未必善待之，或竟视汝之矛，而欲操兵相向也。及事平乃复相悦，又若宾主之饮酒相酬酢矣。意谓此种人反覆不定，安能秉一国之大政邪？

昊天不平，我王不宁。不惩其心，覆怨其正。

昊天不平，言昊天视此事以为不平也。

惩，戒也。

覆，反也。◎正，持正道者也。

第九章，言天视此师尹之事为不平，故降祸而使吾王不宁也。然师尹不能自戒于其心，反而怨诸持正道者，谓不能与己合作也。

家父作诵，以究王讻。式讹尔心，以畜万邦。

家父，作诗人之字也。作者自书其字于诗中。◎诵，可诵之诗也。

究，穷也。◎以究王讻，言穷究王国之乱源也。

讻，化也。

畜，养也。

第十章，为全篇作结。言此为家父所作之诗，以穷究吾王治下祸乱之所由来。望因此能化改其恶者之心，以养万邦，致太平也。家父作此，所以自言其字者，自愿以身当之，不畏师尹之恶势力也。

按《诗序》云："《节南山》，家父刺幽王也。"朱传云："《序》以此为幽王之诗，而春秋桓十五年有家父来求车于周。为桓王之世。上距幽王之终已七十五年，不知其人之同异。大抵《序》之时世皆不足信，今姑阙焉可也。"故朱传但云："此诗家父所作，刺王用尹氏以致乱。"不言为何王。后世若季明德，何玄子，伪诗传皆以为桓王时诗。是也。姚际恒以为南山应即终南，故当为幽王之诗，不足信。惟此诗并非刺王者，乃刺尹氏，所谓"以究王讻"者，作此诗以究王讻之所由来耳，非直刺王之意也。方玉润云："此家父刺师尹也。"兹采之。

正月

此感时序之异常，伤世事之可虑，乃赋其心之所忧之诗也。

正月繁霜，我心忧伤。
民之讹言，亦孔之将。
念我独兮，忧心京京。
哀我小心，癙忧以痒。

父母生我，胡俾我瘉？
不自我先，不自我后。
好言自口，莠言自口。
忧心愈愈，是以有侮。

忧心惸惸，念我无禄。
民之无辜，并其臣仆。
哀我人斯，于何从禄？
瞻乌爰止？于谁之屋？

瞻彼中林，侯薪侯蒸。
民今方殆，视天梦梦。
既克有定，靡人弗胜。

有皇上帝，伊谁云憎？

谓山盖卑，为冈为陵。
民之讹言，宁莫之惩。
召彼故老，讯之占梦。
具曰："予圣。"
谁知乌之雌雄！

谓天盖高，不敢不局。
谓地盖厚，不敢不蹐。
维号斯言，有伦有脊。
哀今之人，胡为虺蜴？

瞻彼阪田，有菀其特。
天之扤我，如不我克。
彼求我则，如不我得。
执我仇仇，亦不我力。

心之忧矣，如或结之。
今兹之正，胡然厉矣。
燎之方扬，宁或灭之？
赫赫宗周，褒姒灭之！

终其永怀，又窘阴雨。

其车既载，乃弃尔辅。
载输尔载，将伯助予。

无弃尔辅，员于尔辐。
屡顾尔仆，不输尔载。
终逾绝险，曾是不意。

鱼在于沼，亦匪克乐。
潜虽伏矣，亦孔之炤。
忧心惨惨，念国之为虐！

彼有旨酒，又有嘉殽。
洽比其邻，昏姻孔云。
念我独兮，忧心殷殷。

佌佌彼有屋，蔌蔌方有穀。
民今之无禄，天夭是椓。
哿矣富人，哀此惸独。

正月繁霜，我心忧伤。民之讹言，亦孔之将。念我独兮，忧心京京。哀我小心，癙忧以痒。

正，音政。正月，周之六月，夏之四月也。谓之正月者，纯阳用事为正阳之月也。◎繁，多也。

讹言，伪言也。

亦，语词。◎孔，甚也。◎将，大也。

京京，忧不去貌。

小心，狭小之心也。

癙，音鼠，病也。◎痒，音羊，病也。

第一章，言当此正阳之月，已夏日矣，而竟多降霜。我心实忧伤时序之反常也。而众民之奸伪之言，亦因此天变而为之大增也。此奸伪之言，足以惑众而危及国家。然我一人独力辩其伪言之非是，无力挽回也。故心中忧愁而不能去。哀我狭小之心，遭此深忧，乃成病也。

按：正月，毛传："夏之四月。"正，音政；正月，正阳之月也。非一月之正（音征）月也。《春秋》庄二十五年夏："六月辛未朔，日有食之。"《左传》："唯正月之朔，慝未作。"杜预云："正月，夏之四月，周之六月，谓正阳之月。"昭十七年："夏六月，甲戌朔，日有食之。"《左传》："平子曰：'唯正月朔，慝未作，日有食之。于是乎有伐鼓用币，礼也。其余则否。'大史曰：'在此月也。'"杜预云："正月，谓建巳，正阳之月也。于周为六月，于夏为四月。慝，阴气也。四月纯阳用事，阴气未动而侵阳，灾重，故有伐鼓用币之礼也。平子以为六月非正月，故大史答言'在此月也'。正，音政。"毛传本此。

父母生我，胡俾我瘉？不自我先，不自我后。好言自口，莠言自口。忧心愈愈，是以有侮。

瘉，音愈，病也。

不自我先，不自我后，言此丧乱祸病之时，不在先，不在后，正在我生之世也。

莠，音酉，丑也。

愈愈，忧惧也。

第二章，言父母既生我矣，何使我在病痛之间乎？呼父母者，以忧痛之深也。今丧乱祸病，不自我生之先有之，不自我生之后有之，竟正当我生之时，加诸我也。彼作奸伪之言者，好言出自其口，丑言亦出自其口；实皆口是心非之言也。故我忧心畏惧，然因忧此，是以见侮也。

忧心惸惸，念我无禄。民之无辜，并其臣仆。哀我人斯，于何从禄？瞻乌爰止？于谁之屋？

惸，音琼。惸惸，忧意也。

无禄，犹言不幸也。

并，俱也。国亡则民俱虏为罪人，乃俱为臣仆矣。

于何从禄，言从何而能得禄食乎？言无以为生也。

第三章，言我之心甚忧矣，思我之不幸，将遭国之亡也。一旦国亡，则无辜众民，亦皆被虏为臣仆矣。可哀哉吾人，将从何而求禄食乎？视彼乌之飞翔，乃必有所止矣。然彼将止于谁之屋乎？此语是念乌将有无所栖止之忧惧也。俗谓乌落于富贵之家。今人皆为无禄者矣，将何屋可栖乎？

瞻彼中林，侯薪侯蒸。民今方殆，视天梦梦。既克有定，靡
人弗胜。有皇上帝，伊谁云憎？

中林，林中也。

侯，维也，语词。◎薪，粗薪。◎蒸，细薪也。

殆，危也。

梦梦，不明也。

克，能也。◎定，定国家也。

胜，音升。

皇，大也。有皇即皇然。上帝指上天。

伊，语词。◎云，犹是也。◎憎，恶也。

第四章，以"瞻彼中林，侯薪侯蒸"起兴。言视彼林中，
有粗薪与细薪，显然有分别矣。而兴起今众民方危殆，将并为
臣仆，无分贤愚矣。而视天之于下民，似若梦梦然无辨其善恶
然。今若天既能有其安定邦国之意，则无人不能胜任也。意谓
天若无此意则人不能为也。故呼皇皇上天，岂其有所憎恶，乃
如此乎？其所憎恶者，是何人邪？此在无可奈何之中，乃信天
之能定，人不能胜天也。

谓山盖卑，为冈为陵。民之讹言，宁莫之惩！召彼故老，讯
之占梦。具曰："予圣。"谁知乌之雌雄！

卑，山本高也，而谓之卑。

为冈为陵，其实此山则为冈为陵，固甚高也。

惩，止也。

讯，问也。

具，俱也。俱自谓为圣也。

谁知乌之雌雄，言无能辨其是非也。

第五章，言山本高而谓之低，实则此山为冈为陵，固甚高也。此则民之伪言也。若此奸伪之言，宁得不予惩止之！乃非但不止之，且召彼故老年高之人，询之占梦。彼故老任意出言皆自谓其为圣人。意指故老皆自以为是，任意解释，他人莫能与之辩而矫正是非。故曰谁能知乌之雌雄邪？言事之是非终不可知，以故老之言亦不足为准也。

谓天盖高，不敢不局。谓地盖厚，不敢不蹐。维号斯言，有伦有脊。哀今之人，胡为虺蜴？

局，曲也。◎言天虽甚高，然吾人遭此世乱，在天之下，亦不敢直立而只有曲身也。

蹐，音积。小步也。◎言地虽厚大，然不敢不小步也。以生当此世，大步则有害也。

号，长言之也。长言即以拉长之声音言之，如吟咏。

伦，道也。◎脊，理也。

虺，音灰，蛇属。◎蜴，蜥蜴也。

第六章，言天固高矣，然于此时之天之下，亦不敢不曲身以生也；地固厚大矣，然于此时之地上，亦不敢不小步慎重而行也。盖不如此则足以遭祸也。今长吟此言者，固有道理而发者也。可哀怜乎，今世之人，何竟愿为虺蛇蜥蜴而为害乎！

按：蹐，毛传："累足也。"《说文·足部》："蹐，小步也。"

瞻彼阪田，有菀其特。天之扤我，如不我克。彼求我则，如不我得。执我仇仇，亦不我力。

阪，音反。阪田，崎岖峣峏之处。

菀，音郁，茂盛貌。有菀即菀然。◎特，特生之苗也。

扤，音兀，动也。◎言天以风雨动摇我。

如不我克，言天之以力动我，如恐不能克我也。

则，法也。

如不我得，言寻我之过者，求我以法，如恐不能得之也。

执我仇仇，亦不我力，然彼如执我之仇人，则毫不为我尽力也。

第七章，由"瞻彼阪田"起兴。言瞻望彼崎岖峣峏之田，且郁茂有其特生之苗矣，然天之以力动我，竟如恐不能克我也。言彼峣峏之田，且得天之助；以我身为一人，天竟尽力以摧我也。而彼欲寻我之过者，求我以法，乃如惟恐不能得我然。而彼如拘执我之仇人，则又毫不为我用力焉。此章怨天尤人深矣。然人处此境，则不免如此，足见人之情也。

心之忧矣，如或结之。今兹之正，胡然厉矣。燎之方扬，宁或灭之？赫赫宗周，褒姒灭之！

正，政也。

胡然，何然也。◎厉，暴恶也。

燎，火焚田也。◎扬，盛也。

宁或灭之，宁有能扑灭者乎？

赫赫，显大也。◎宗周，镐京也。

褒姒，幽王妃，褒国姒姓也。

第八章，言心存忧惧，如结在胸中矣；今日之政事，何然而如此之暴恶邪？燎原之火方盛，宁有计以扑灭之乎？若我赫赫宗周，则由褒姒灭之矣。

终其永怀，又窘阴雨。其车既载，乃弃尔辅。载输尔载，将伯助予。

终，犹既也。◎永，长也。◎怀，忧伤也。

窘，困也。

辅，掩舆之版，置车之两旁。◎此言其车既重载矣，必恃辅版以夹之，而今竟弃辅版。

输，堕也。◎言则堕汝车之所载。

将，音抢，请也。◎伯，长也，呼长者之称。◎此言呼长者予以援手也。

第九章，以车之载物比今日之事也。言既已长怀忧思矣，又困于阴雨。阴雨则泥泞车不易行也。今行泥泞之路，其车既已满载，竟而弃其夹辅两旁之版，则所载之物必堕矣。及物之堕，始呼请伯长来予相助，已不及矣。以此行车之事比人之行事如此，必败而悔无及也。

按：辅，掩舆之版，陈奂有说。

无弃尔辅，员于尔辐。屡顾尔仆，不输尔载。终逾绝险，曾是不意。

员，音云，益也。◎辐，音福，接轮集毂之木也。

屡，数也。◎仆，御车者。

绝险，险绝之地也。

曾是不意，言汝初未曾以此等事为意，故遭失败也。

第十章，仍续前章以为比。言切勿弃尔车之辅版，而应加益尔车轮之辐木，则车必坚稳。车行之时，当屡次视汝之御车者，则不致堕尔车上所载之物也。因而能越过险绝之地以达成所向。惟汝初未曾以此等事为意，故遭失败也。

鱼在于沼，亦匪克乐。潜虽伏矣，亦孔之炤。忧心惨惨，念国之为虐！

沼，池也。

匪，非也。◎克，能也。

潜，深也。◎潜虽伏矣，虽深潜伏于水中。

炤，音灼，明而易见也。

惨惨，犹戚戚。

第十一章，以鱼自比也。言鱼游在池中，非能乐也。盖虽潜伏甚深，但仍明澈而可见也。故我忧心戚戚然，念国政之为暴虐，祸将及身，若鱼之必遭网罗也。

彼有旨酒，又有嘉殽。洽比其邻，昏姻孔云。念我独兮，忧心殷殷。

旨，美也。

殽，骨有肉也。嘉殽言美味肉食。

洽，合洽也。◎比，亲比也。

孔，甚也。◎云，旋也。旋谓回旋其亲友之间而已，不能及远。

殷殷，痛貌。

第十二章，言彼有美酒，又有美殽，但只以此与其近邻亲友合洽而已；至其婚姻相结，亦甚见其只能回旋于亲友之间，不能及远也。因念我之孤独，甚为痛心。此言彼人旨酒嘉殽以乐于亲友之间，亲不及远。目不远瞩，不知祸之将至也。我自念孤独，虽非彼人所顾念者，但亦为之痛心担忧。

按：云，旋也。陈奂引《左传》释之甚详。

佌佌彼有屋，蔌蔌方有穀。民今之无禄，天夭是椓。哿矣富人，哀此惸独！

佌，音此；佌佌，小貌。

蔌，音速；蔌蔌，陋也。◎穀，禄也。

夭，祸也。◎椓，音卓，害也。

哿，音可，可也。◎言富人可足乐矣。

惸独，孤独也。

第十三章，言彼佌佌小人，有屋矣；蔌蔌陋者，方有禄矣。彼丑恶小人之徒皆得有住有食，而众民今竟如此不幸，是天祸害之耳。富人诚可以为乐矣，而孤独无依之人，诚可哀矣！

按《诗序》云：“《正月》，大夫刺幽王也。”然诗中言“赫赫宗周，褒姒灭之”，宗周已灭，则非幽王时诗也。朱传疑之，未作确言。意谓或幽王之时，作者意指褒姒之行，可以灭周，故尔。然当幽王之际，以褒姒之盛，谁敢直指而言？且竟以灭国指之，诚不合理。此为宗周已灭，诗人感时事而作，无疑问也。

十月之交

此刺皇父乱政以致灾变也。

十月之交，朔月辛卯。
日有食之，亦孔之丑。
彼月而微，此日而微。
今此下民，亦孔之哀。

日月告凶，不用其行。
四国无政，不用其良。
彼月而食，则维其常。
此日而食，于何不臧。

烨烨震电，不宁不令。
百川沸腾，山冢崒崩。
高岸为谷，深谷为陵。
哀今之人，胡憯莫惩？

皇父卿士，番维司徒。
家伯冢宰，仲允膳夫。
棸子内史，蹶维趣马。

楀维师氏，艳妻煽方处。

抑此皇父，岂曰不时？
胡为我作，不即我谋？
彻我墙屋，田卒污莱。
曰："予不戕，礼则然矣！"

皇父孔圣，作都于向。
择三有事，亶侯多藏。
不慭遗一老，俾守我王。
择有车马，以居徂向。

黾勉从事，不敢告劳。
无罪无辜，谗口嚣嚣。
下民之孽，匪降自天。
噂沓背憎，职竞由人。

悠悠我里，亦孔之痗。
四方有羡，我独居忧。
民莫不逸，我独不敢休。
天命不彻，我不敢傚我友自逸。

十月之交，朔月辛卯。日有食之，亦孔之丑。彼月而微，此日而微。今此下民，亦孔之哀。

交，日月之交会也，谓晦朔之间。◎十月，周之十月，即夏历之八月也。

朔月，月之朔也。即月之初一日。是日为辛卯日。

有，又也。◎食，今通作蚀。◎言又有日食之事。

孔，甚也。◎丑，恶也。古以日食为天变，必国有失道，故曰丑恶。

彼，指彼时，与今对照之词。◎微，不明也。◎月而微指月食。

此指今日。◎言彼时月食，而今日又日食，灾变愈大也。

第一章，自天变说起。言十月日月交会之际，月初一辛卯日也。是日乃又日食，天变如此，甚为丑恶之事也。彼时曾月食，此日又日食，天变频仍，且愈变愈厉，今此下民，实甚为悲哀也。盖古以为日月之食，是天有异变，必缘国之失道，乃有此灾异，故下民甚哀也。

日月告凶，不用其行。四国无政，不用其良。彼月而食，则维其常。此日而食，于何不臧。

告凶，告天下以凶亡之征兆也。

不用其行，不用其正常所行之道。

四国，四方之国也。◎无政，无善良之政。

不用其良，不用其良善之人。

彼月而食，则维其常，言月食尚可谓常有之像。意谓虽为天变，当非大变也。

于，语词。◎臧，善也。◎言日食为大灾异，其必有何不善乎？言国政必有大不善者，天乃示凶兆也。

第二章，叙日月食之可畏。言日月不用其常道以行，乃有日月之食，以告天下凶亡之兆。四方之国不用其善良之人，故无善良之政矣。因以天下大乱，乃有凶兆。若彼时之月食，尚可谓常有之象，虽曰天变，当非大变；今又日食矣，是大灾异也。是何不善之甚邪？此必国政有大不善者，天乃示此大凶兆也。

烨烨震电，不宁不令。百川沸腾，山冢崒崩。高岸为谷，深谷为陵。哀今之人，胡憯莫惩？

烨，音晔，电光貌，即闪电也。◎震，雷也。

令，善也。

冢，山顶也。◎崒，音卒，危高也。◎言山顶危高者崩落。

高岸为谷，深谷为陵，言地震而高者变低，低者变高。

憯，音惨，曾也。◎惩，止也。◎言哀今在位之人，何以未曾思有以止之乎？憯莫犹言曾未，即未曾也。

第三章，叙地震之可怖也。言烨烨然闪电，不安不善之象也。百川沸腾，而高山之顶崩落矣。于是原为高岸者，今变为谷；原为深谷者，今为高陵。天为如此之剧变大灾也，哀哉今之在位者，何以未曾思有以止之乎？此言灾变之来，由于在位者之失道。今见此灾变，固宜有所儆戒而改善其政，则是正其灾变之道也。

皇父卿士，番维司徒。家伯冢宰，仲允膳夫。棸子内史，蹶

维趣马。楀维师氏，艳妻煽方处。

皇父，卿士之字也。◎卿士，六卿之外，更为都官，以总六官之事也。

番，氏也。◎司徒，官名，掌天下土地之图，人民之数。卿也。

家伯，冢宰之字也。◎冢宰，官名，掌建邦之六典。卿也。

仲允，膳夫之字也。◎膳夫，上士也，掌王之饮食膳羞。

聚，音邹，氏也。◎内史，中大夫，掌爵禄废置，杀生予夺之法。

蹶，氏也。◎趣马，中士也。掌王马之政。

楀，音矩，氏也。◎师氏，中大夫，掌司朝得失之事。

艳妻，指褒姒也。◎煽，音扇，炽也。◎方处，方居也。◎言其方居其盛势，无能动摇也。

第四章，述群恶也。以皇父为首，次第数之：有番氏司徒，冢宰家伯，膳夫仲允，内史聚氏，趣马蹶氏，师氏楀氏。而艳妻褒姒则正居处其炽盛之势，无可动摇之也。

抑此皇父，岂曰不时？胡为我作，不即我谋？彻我墙屋，田卒污莱。曰："予不戕，礼则然矣！"

抑，犹噫，叹词。

时，是也。◎言岂能自以为所作者非是乎？

作，所作之事也。

彻，毁也。

卒，尽也。◎污，停水于田中也。◎莱，生草也。

戕，音墙，害也。◎二句言皇父破坏人之屋田，而反曰："我非害汝，于礼则当如此作也！"

第五章，述皇父之恶也。言：噫，此皇父！彼所为之事，岂能自以为非是乎？彼何以竟肯为我作事，而不先就我相谋议乎？彼忽然而至，毁我之墙屋，使我无屋；秽我之田，使田卒为停水之地而芜草生矣。如此则我已无住屋无田亩矣。然彼皇父反曰："我非害汝也，于礼则当如此也！"此章呼皇父而问之；言何为我服劳而作？似感谢之词，而讽刺深矣。而皇父曰："予不戕，礼则然矣。"能不令人慨叹！

皇父孔圣，作都于向。择三有事，亶侯多藏。不憖遗一老，俾守我王。择有车马，以居徂向。

　　皇父孔圣，言皇父甚为圣明。怨皇父而言其圣，讽刺语也。

　　都，大邑也。◎向，地名，在今河南省济源县境。

　　三有事，三卿也。

　　亶，音胆，信也。◎侯，维也，语词。◎藏，音臓，蓄存也。◎言皇父之三卿，信皆多所蓄存，是富人也。

　　憖，音印，愿也。◎遗，留也。◎老，旧臣也。◎言皇父不愿留一旧臣，尽率之以去。

　　择有车马，言又择民之处有车马者。

　　徂，音殂，往也。◎言以使往居于向。

　　第六章，述皇父之恶，作都于向也。言皇父甚为圣明。称其圣明，实讽刺也。于向作都邑，择任三卿。彼之卿者，皆贪利之人，多所储蓄者也；皇父又不愿留一旧臣于王左右，以守卫天子，尽率之至向；又择富有车马者，皆随之往而居于向邑。皇父之不忠于王，而为自利者，可见矣。

黾勉从事，不敢告劳。无罪无辜，谗口嚣嚣。下民之孽，匪
降自天。噂沓背憎，职竞由人。

> 黾，音敏。黾勉，连绵字，勉力也。
>
> 嚣嚣，音翱，众多貌。
>
> 孽，灾害也。
>
> 噂，音撙，聚也。◎沓，音踏，重复也。◎背，音佩。
>
> 职，专主也。职竞，专用力于竞取也。

第七章，述下民所受之祸也。言吾勉从皇父之役，往居于向，未敢言劳苦也。非仅如此，且无罪无辜，而遭谗言甚多。今下民所受之灾害，非由天之所降也；盖由于彼等小人相聚，则重复多言以相悦，相背逆又相憎恨。此种小人之行者，竟居上位，焉能不造灾祸？由于此种人，专主用力相竞于其相悦相憎之事，以图私利，而不顾国家，其结果惟乱成而致灾祸而已。

悠悠我里，亦孔之痗。四方有羡，我独居忧。民莫不逸，我独不敢休。天命不彻，我不敢傚我友自逸。

> 悠悠，忧也。◎里，居也。
>
> 痗，音妹，病也。
>
> 羡，余也。
>
> 逸，乐也。
>
> 彻，均也。
>
> 傚，同效。

第八章，述其忧思以作结。言可忧乎我所居之世，亦甚困病矣。四方之人皆能有饶余，而我独处此忧患之中；民莫不逸

豫而乐，而我独不敢休我之劳，以皇父为祸也。此实天命之不均，使我如此，我不敢效我友之自逸也。言我友者，指同在官者。彼等以心不在天下安危众民疾苦之事，故能自逸乐。而我见日食地震，皇父恶行，心为之大忧，故不能效我友之全不关心也。

按《诗序》云："《十月之交》，大夫刺幽王也。"笺云："当为刺厉王。"后之说诗者多非郑说。依历法据梁虞𠛬之说，推得幽王六年乙丑岁，建酉之月（即夏历八月，周之十月）辛卯朔辰时日食。又《国语》幽王二年西周三川皆震。是岁三川竭，岐山崩。与此诗"百川沸腾，山冢崒崩"正合。然则此诗仍是幽王时诗可以无疑。惟此诗是刺皇父之诗，非刺幽王也。《序》每愿牵入大题目，故言刺王，明知其不合，亦必如此言之，盖有一时之需耳。

雨无正

此伤群臣离散，匡国无人之诗也。

浩浩昊天，不骏其德。
降丧饥馑，斩伐四国。
昊天疾威，弗虑弗图。
舍彼有罪，既伏其辜。
若此无罪，沦胥以铺。

周宗既灭，靡所止戾。
正大夫离居，莫知我勚。
三事大夫，莫肯夙夜。
邦君诸侯，莫肯朝夕。
庶曰式臧，覆出为恶。

如何昊天，辟言不信？
如彼行迈，则靡所臻。
凡百君子，各敬尔身。
胡不相畏？不畏于天？

戎成不退，饥成不遂。

曾我暬御，憯憯日瘁。

凡百君子，莫肯用讯。

听言则答，谮言则退。

哀哉不能言，匪舌是出，维躬是瘁。

哿矣能言，巧言如流，俾躬处休。

维曰于仕，孔棘且殆。

云不可使，得罪于天子。

亦云可使，怨及朋友。

谓尔迁于王都，曰："予未有室家。"

鼠思泣血，无言不疾！

昔尔出居，谁从作尔室？

浩浩昊天，不骏其德。降丧饥馑，斩伐四国。昊天疾威，弗虑弗图。舍彼有罪，既伏其辜。若此无罪，沦胥以铺。

浩浩，广大之意。◎昊，亦广大之意。

骏，大也。

饥，馑，谷不熟曰饥，蔬不熟曰馑。

斩伐四国，斩伐四方之国也。

疾威，犹暴虐也。

虑，图，皆谋也。

舍，置也。

伏，屈服也。

沦，陷也。◎胥，相也。◎铺，遍也。◎言此无罪者，遍相陷于死亡也。

第一章，述天之降灾也。言浩浩广大之天，兹不张大其德惠，竟降死丧之饥馑矣，又降伤害于四方之国矣。昊天暴虐，降灾于世，不加谋虑。若谓除彼有罪者，使其受祸，则今彼既伏其罪矣；而若无罪之人，亦遍相沦于死亡，则不知其何故也。

周宗既灭，靡所止戾。正大夫离居，莫知我勚。三事大夫，莫肯夙夜。邦君诸侯，莫肯朝夕。庶曰式臧，覆出为恶。

周宗，宗周也。◎周宗既灭，指幽王被犬戎杀而东迁之事。

戾，定也，言不得安定也。

正，长也。正大夫，长官之大夫。◎离，散也。居，处也。离居，散处也。

勚，音异，劳也。◎言不知我民之劳苦，处灾难之中也。

三事，三公也。◎大夫，六卿及中下大夫也。

夙，早也。◎莫肯夙夜，莫肯早夜朝省于王，言不再奉王命以行事。

莫肯朝夕，与上莫肯夙夜义同。

庶，庶几也。◎曰，式，皆语词。◎臧，善也。◎言庶几可以为善矣。

覆，反也。

第二章，述群臣离散也。言宗周既灭矣，而仍不得安定。正大夫散处而不近于王，不知我民之劳苦灾难，三公六卿中下大夫等群臣，以及邦君诸侯，皆不肯早夜朝王，以奉王命。在此丧乱之间，至望其庶几可以为善，然彼众臣竟反而更加恶也。

如何昊天，辟言不信？如彼行迈，则靡所臻。凡百君子，各敬尔身。胡不相畏？不畏于天？

辟，法也。

如彼行迈，则靡所臻，言若行路而无所至也。

凡百君子，指群臣也。

各敬尔身，言宜各敬尔自己之身，以行善事也。

末二句言何以无相畏之心邪？岂不畏于天乎？

第三章，呼天而诉之也。言如何乎昊天也！我今陈述有法度之言，尚不能信我乎？今日之事，真如行路而无所至也。谓不知所往。此向天陈述，实指在上位者而言。故曰凡百君子，尔皆王之左右，宜各敬尔之身，以行善道，以救国家。然尔等竟不然。何以毫无相畏之心？岂竟不畏天乎？

戎成不退，饥成不遂。曾我暬御，憯憯日瘁。凡百君子，莫肯用讯。听言则答，谮言则退。

戎，兵也。◎言兵祸已成，而不能退止也。

遂，安也。◎言饥馑已成，而不能安抚平定也。

曾，音增，乃也。◎暬，音亵。暬御，近侍也。◎言乃有我近侍。

憯，音惨。憯憯，忧貌。◎瘁，病也。

讯，告也。◎言莫肯信用善良之告语者。

听言，顺从之言也。

谮，音镇。谮言，即谏言，逆耳之言。

第四章，述群臣之不能任事也。言今兵祸已成，而不能退止；饥馑已成，而不能安定之。群臣竟都如此，无人任事。乃有我近侍忧心日瘁而已。兹者凡百君子，皆莫肯听信善良之告语，遇人陈顺耳之言则答之，逆耳之言则驳退之，若是而已。

按：听言，谮言。马瑞辰说。

哀哉不能言，匪舌是出，维躬是瘁。哿矣能言，巧言如流，俾躬处休。

匪舌是出，非舌之所能说出。

维躬是瘁，因不能言，舌不能达其心，故身乃病瘁。

哿，音可，可也。

休，美也。◎俾躬处休，因能言，故身处休美也。

第五章，承上，述巧言者之私也。言哀哉，我不能言也，心有所蓄，而舌不能达，故不能得上位之信用，乃身为之病瘁而已。其"哿矣"者，即所谓能言之人，巧言如流，乃得上位之接纳，使身处于休美之地也。

维曰于仕，孔棘且殆。云不可使，得罪于天子。亦云可使，
怨及朋友。

维，发语词。◎曰，语词。◎于，助词。于仕谓出而为仕也。
于字用法详见前《葛覃》"于飞"及《豳风·七月》"于耜"。

棘，犹今言棘手也。◎殆，危也。

云，如也。

亦，语词。

怨及朋友，朋友嫉之也。朋友指同在官者。

第六章，述出仕之难也。言至于出仕，则难为而多危也。
如不足任使，则得罪于天子；如足以任使，表现才华，则朋友
同官之人必嫉妒而生怨也。

按：棘，旧说："急也。"于此未甚洽。屈万里云："犹今
言棘手之棘。"较旧说为长。

谓尔迁于王都，曰："予未有室家。"鼠思泣血，无言不疾！
昔尔出居，谁从作尔室？

谓，告也。◎言告汝应迁返于王都，勿若是散处离居者。

曰予未有室家，汝则答曰，王都未有室家以居。以此语拒之也。

鼠，忧也。◎思，音嗣。◎泣血，泪尽眼中出血也。

无言不疾，我今但无言可矣。无言当不致病也。不出言则不
致有过而已，惧祸深也。

末二句言昔尔离去之时，谁从汝去，为汝作室者？惟自作之

耳。然今竟以王都无有室家拒我，岂能成理乎？

第七章，述劝大臣还王都被拒也。言兹告汝应迁返于王都，指洛邑也。而彼答曰："王都无我之室家。"意谓无屋可住，以拒绝迁返也。于是我见此景况，实无可挽救，忧思泣血，只有无言，以免遭祸而已。若彼言无室家即不能迁回王都者，昔日离去之际，是谁随之为造室屋者邪？今见于己无利，则以此种理由相拒，真欺人也。

按《诗序》云："《雨无正》，大夫刺幽王也。雨自上下者也，众多如雨，而非所以为政也。"《序》说与诗之内容丝毫无关。窥其词，则是诗人伤群臣离散，无人匡国，感叹而咏也。诗中有"周宗既灭"之语，似指幽王被犬戎所杀事。朱传曰："疑此亦东迁后诗也。"盖是。此篇名与诗毫无关系，究竟何故，已不可考。

小旻

此感王之惑于邪谋而不能救，乃忧伤而为此诗。

旻天疾威，敷于下土。
谋犹回遹，何日斯沮？
谋臧不从，不臧覆用。
我视谋犹，亦孔之邛。

潝潝訿訿，亦孔之哀。
谋之其臧，则具是违。
谋之不臧，则具是依。
我视谋犹，伊于胡厎？

我龟既厌，不我告犹。
谋夫孔多，是用不集。
发言盈庭，谁敢执其咎？
如匪行迈谋，
是用不得于道。

哀哉为犹，匪先民是程，
匪大犹是经。

维迩言是听，维迩言是争。

如彼筑室于道谋，

是用不溃于成。

国虽靡止，或圣或否。

民虽靡膴，或哲或谋，或肃或艾。

如彼泉流，无沦胥以败。

不敢暴虎，不敢冯河。

人知其一，莫知其他。

战战兢兢，如临深渊，如履薄冰。

旻天疾威，敷于下土。谋犹回遹，何日斯沮？ 谋臧不从，
不臧覆用。我视谋犹，亦孔之邛。

旻，音民，幽远之意。◎疾威，犹暴虐也。

敷，布也。◎下土，对上天而言之，即地上也。

犹，谋也。◎回，邪也。◎遹，音聿，邪辟也。

斯，乃也。◎沮，音举，止也。

臧，善也。

覆，反也。

孔，甚也。◎邛，音琼。病也。

第一章，言上天之疾威暴虐，布于下土，以致今日王之谋
犹乃为邪辟，何日乃能止邪？今之谋，善者则不从；其不善者，
王反而用之。我视其用谋如此，实甚以为病也。

按：斯，乃也，《经传释词》说。

瀹瀹訿訿，亦孔之哀。谋之其臧，则具是违。谋之不臧，则
具是依。我视谋犹，伊于胡底？

瀹，音吸。訿，音紫。◎瀹瀹，相和也。訿訿，相诋也。◎
言出言纷纭也。

具，俱也。◎违，背也，谓不肯用也。

依，从而用之也。

伊，是也。◎于，语词。◎底，音致，至也。◎言其谋是将
何所至乎？

第二章，言众出谋者，或瀹瀹然相应和，或訿訿然相攻诋，
亦甚可哀矣。其谋之善者，则皆不肯用也；其谋之不善者，则

皆用之矣！我视王之用谋如此，真不知是将至于何等地步也。

我龟既厌，不我告犹。谋夫孔多，是用不集。发言盈庭，谁敢执其咎？如匪行迈谋，是用不得于道。

　　龟，卜所用也。◎言卜既太多，则龟亦厌之矣。

　　用，以也。◎集，就也。◎谋人太多，则意见反不能集而有所成就也。

　　盈，满也。

　　执其咎，任其过也。犹今日言负其责任也。

　　匪，非。◎迈，迈往也。

　　末二句言此情况如不能行其迈往之谋，是以不得行其大路也。

　　第三章，言我卜之既多，则我龟亦厌而不告我谋矣。谓龟已不灵也。谋夫甚多，是以意见纷纭而反无成就；发言满庭，谁敢真负责任者？若此谋划论事者，毫不切实际，譬如欲行路，而不行其所谋可以迈往之途，是以永不得行于大路也。

哀哉为犹，匪先民是程，匪大犹是经。维迩言是听，维迩言是争。如彼筑室于道谋，是用不溃于成。

　　程，法也。

　　经，常道也。

　　迩，近也。迩言，浅末之言也。

　　维迩言是争，争为浅末之言，以王喜听之也。

　　如彼筑室于道谋，如筑室而谋于道路之人。

　　溃，遂也。

第四章，言今之为谋，诚可哀也！不以先民为法，不以大谋为常道，惟听浅末之言。于是众人乃争为浅末之言，而不闻有深识者矣。此譬如欲筑房屋，而与道路行人相谋。路人固不能知此事也，其为谋必不能用也。是以不能遂成其室也。

国虽靡止，或圣或否。民虽靡膴，或哲或谋，或肃或艾。如彼泉流，无沦胥以败。

止，定也。

圣，明智也。

膴，音呼，大也。谓众多也

哲，智也。◎谋，有谋也。

肃，恭谨敬肃。◎艾，音意，治理也。

末二句言勿如彼泉之流下，不辨优劣善恶，皆陷于下流而相至于败也。◎沦，陷也。◎胥，相也。

第五章，言国虽不安定，然国中亦有圣者或不圣者；民虽不为多，然亦或有明智者，或有善谋者，或有敬肃之人，有善治理事务之人。此皆秀杰者也，勿竟如彼泉水之流，挟泥沙以俱下，不辨贤愚，统归陷没而皆相至于败也。此盖以王之惑于邪谋，诗人虑国之贤智被其累也。

不敢暴虎，不敢冯河。人知其一，莫知其他。战战兢兢，如临深渊，如履薄冰。

暴虎，徒手搏虎曰暴虎。

冯，徒步以涉曰冯。冯，音平。◎河，黄河。◎暴虎冯河皆极险之事也。

他，音拖。◎此二句言人但知暴虎冯河为极险之事，但众人只知此一端，不知其他尚有更危险者也。更危险者，指国家之事，谋之邪辟，则更危矣。

战战，恐也。◎兢兢，戒也。

第六章，言人皆不敢徒手搏虎，不敢徒步渡黄河，以知其危险也。然众人但知此一端为极险之事，不知其他更有危险者，即谋之邪辟，可危及国家也。然众仍不能深察之，而惑王以浅末之言，欺王以不善之计，是可忧也。故我今日之心情，乃恐惧戒慎，如临深渊，恐坠于水；如行于薄冰，恐其破而下陷也。

按《诗序》云："《小旻》，大夫刺幽王也。"朱传云："大夫以王惑于邪谋，不能断以从善，而作此诗。"两说甚近。惟朱传不言幽王，而指出王之过。然细度此诗，作者未必为大夫；所言之王未必为幽王；所言之事，亦未必为刺。诗人为诗，心有所感，发而为诗，"情动于中，而形于言"。此《诗序》自言之也。初固不必以此为刺，或亦不必为美也。否则，非刺即美，则皆为变体之谏章或颂词而已，又何诗之谓哉？

小宛

此诗人感生乱世而自警戒慎之诗也。

宛彼鸣鸠，翰飞戾天。
我心忧伤，念昔先人。
明发不寐，有怀二人。

人之齐圣，饮酒温克。
彼昏不知，壹醉日富。
各敬尔仪，天命不又。

中原有菽，庶民采之。
螟蛉有子，蜾蠃负之。
教诲尔子，式穀似之。

题彼脊令，载飞载鸣。
我日斯迈，而月斯征。
夙兴夜寐，无忝尔所生。

交交桑扈，率场啄粟。
哀我填寡，宜岸宜狱。

握粟出卜，自何能榖？

温温恭人，如集于木。
惴惴小心，如临于谷。
战战兢兢，如履薄冰。

宛彼鸣鸠，翰飞戾天。我心忧伤，念昔先人。明发不寐，有怀二人。

宛，小貌。◎鸣鸠，斑鸠也。

翰，羽也。◎戾，至也。

明发，谓将旦而光明开发也。

二人，指父母。

第一章，思亲也。由"宛彼鸣鸠"起兴。言彼斑鸠乃宛然之小鸟也，然其振羽亦可以高飞至天矣。因以引起，若我者，是一有智有能之人，而竟处此乱世而无所施也。我心因之忧伤，而念我之先人。我之先人，生我劬劳；而我处乱世，不能自保，岂不忧伤？故夜寐至将旦而不能入睡，实由怀念父母之故也。古人重孝道，欲自警戒乃先言先人。盖自己之智能，先人之教也。

人之齐圣，饮酒温克。彼昏不知，壹醉日富。各敬尔仪，天命不又。

齐，正也。◎圣，明智也。

温，温恭也。◎克，胜也。◎言人之齐圣者，虽饮酒以醉，犹能温恭自持，胜其酒力，不为酒困也。

知，即智。

彼昏不知，壹醉日富，二句言彼昏而不智之人，一经饮醉，则昏然以为日益富矣，乃自恣骄人。此以醉喻人之稍有得意乃忘形者也。

敬，谨也。◎仪，威仪也。

又，复也。言天命如去，则不可复来也。

第二章，叹世人之不知敬慎也。言人之正而明智者，虽饮酒至醉，亦能自胜其酒力，而温恭自持，无何失态也。至于彼昏而不智之人，则一经饮醉，则以为自己日趋于富矣。于是恣纵骄矜，失其正道矣。此诗人以醉喻得意富贵者也。齐圣者虽富贵不改其态。昏昏小人，小有得意则忘形矣。故曰宜各自慎谨其威仪，勿失其道。盖一有失，则天命以去；天命一去，则不可复来也。此是叹世人浅薄器小，因以败事，而亦自警也。

中原有菽，庶民采之。螟蛉有子，蜾蠃负之。教诲尔子，式穀似之。

中原，原中也。菽，大豆也。

庶，众也。

螟，音冥。蛉，音零。◎螟蛉，桑上小青虫也。

蜾音果；蠃音裸。蜾蠃，土蜂。似蜂而小腰。旧说取桑虫负之木空中，七日化为子。实则蜂以螟蛉饲其幼蜂耳。古人但见幼蜂出穴，误为此言。

式，语词。◎穀，善也。

第三章，言应善其身而教其子也。言原中有大豆矣，庶民皆可采之也。以喻无主之物，惟勤者能得之也；取善之道，惟求则得之也。以兴末二句教子以善之义，兴在尾句之"穀"字。桑虫有子，而土蜂负之，以化为其子。以喻不似者，可以教化而使之似也，以兴末二句教子似父之义与在尾句之"似"字。于是乃云：教诲尔之子，使其善而能似父也。此章为兴之作法。

姚际恒以为是双兴法，中原二句兴善道，螟蛉二句兴教子，而结句只二句承前四句所兴，亦作法中甚奇者也。

题彼脊令，载飞载鸣。我日斯迈，而月斯征。夙兴夜寐，无忝尔所生。

题，视也。◎令，音零。脊令，鸟名，雝渠也。飞则鸣，行则摇。

载，则也。

迈，行也。

而，汝也。◎征，行也。

夙，早也。

忝，辱也。◎所生，父母也。

第四章，此兄弟相戒也。言视彼脊令之鸟，飞则鸣，行则摇，其勤苦甚矣。然吾人之一生，岂不亦宜勤苦劳作而不怠乎！彼脊令飞鸣行摇，是呼应互助于急难也。今我兄弟亦宜勤劳互助。今我每日勤劳行于道路，汝每月勤劳行于道路。言行于道路者，喻奔忙也。能若此早起晚睡，不敢休息，互相急难相救，则虽生此乱世，亦当有所成就，不遭于祸，无辱父母也。

按：此一章为戒弟之语。朱传所谓兄弟相戒以免祸者，盖本此章。此章首以脊令飞鸣起兴，然后言我言尔，又言父母。尔我相道又及父母，则兄弟之相语也；而脊令飞鸣，在《常棣》一诗，以兴兄弟急难。意脊令在彼时当为众所周知能互助急难之鸟，而引之以喻兄弟相助之义。后世但见脊令，即联想及常棣；由常棣而联想及兄弟也。

交交桑扈，率场啄粟。哀我填寡，宜岸宜狱。握粟出卜，自
何能榖？

交交，通咬咬，鸟声也。参前《秦风·黄鸟》。◎桑扈，鸟名，
窃脂也，俗呼青觜。桑扈肉食而不食粟。

率，循也。

填，音颠，病也。◎寡，寡财也。言贫穷。

岸，乡亭之狱。◎狱，朝廷之狱。

握粟出卜，握一把粟，以为资，出以问卜也。

榖，善也。

第五章，述困极求卜也。言桑扈之鸟，交交然鸣，循场而
寻粟以食矣。桑扈本肉食不食粟者，今竟已食粟，想见其已无
处求食矣。因以兴我之既贫且病，诚可哀矣。然若我之穷困之
人，真宜被讼而入狱矣！此因世乱而法不平，穷困无依，则狱
讼多及，故兴此叹也。因握粟以为资，出求卜筮。握粟者，以
家已无他物以为资也。然若我贫苦无依者，从何能卜得好卦邪？
言其卜之结果，必为凶卦，可预知也。

按：岸，毛传："讼也。"朱传引《韩诗》作"犴"。亦狱也。
乡亭之系曰犴，朝廷曰狱。

温温恭人，如集于木。惴惴小心，如临于谷。战战兢兢，如
履薄冰。

温温，和柔貌。◎恭人，和恭之人。

如集于木，集于木上，小心恐坠也。

惴，音赘，惴惴，忧惧貌。

战战，恐也。◎兢兢，戒也。

如履薄冰，恐冰陷而沉入于水也。

第六章，深自警戒也。言温温和恭之人，如人之集于木上，非如鸟之集于木上之安也。必也恐惧小心，如临于深谷，恐其坠也；必也战战兢兢，如行于薄冰之上，恐其陷而沉于水也。诗人以此自警，期以免于祸也。

按《诗序》云：“《小宛》，大夫刺幽王也。”凡述乱世之诗，《诗序》皆以为刺幽王。然诗中有教其子之言，勖其弟之言，何从以言刺幽王邪？朱传以为大夫遭时之乱，而兄弟相戒以免祸之诗。已稍近之。然亦未必为大夫所作也。戒弟教子实由自警，而因以戒其子弟耳。

小弁

此人子不得于其父母者所作之诗。

弁彼鸒斯，归飞提提。
民莫不榖，我独于罹。
何辜于天？我罪伊何？
心之忧矣，云如之何！

踧踧周道，鞫为茂草。
我心忧伤，惄焉如捣。
假寐永叹，维忧用老。
心之忧矣，疢如疾首。

维桑与梓，必恭敬止。
靡瞻匪父，靡依匪母。
不属于毛？不罹于里？
天之生我，我辰安在？

菀彼柳斯，鸣蜩嘒嘒。
有漼者渊，萑苇淠淠。
譬彼舟流，不知所届。

心之忧矣，不遑假寐。

鹿斯之奔，维足伎伎。
雉之朝雊，尚求其雌。
譬彼坏木，疾用无枝。
心之忧矣，宁莫之知！

相彼投兔，尚或先之。
行有死人，尚或墐之。
君子秉心，维其忍之。
心之忧矣，涕既陨之。

君子信谗，如或酬之。
君子不惠，不舒究之。
伐木掎矣，析薪扡矣。
舍彼有罪，予之佗矣。

莫高匪山，莫浚匪泉。
君子无易由言，耳属于垣。
无逝我梁，无发我笱。
我躬不阅，遑恤我后。

弁彼鶯斯，归飞提提。民莫不穀，我独于罹。何辜于天？我罪伊何？心之忧矣，云如之何！

弁，音盘，乐也。◎鶯，音豫，雅乌也，小而多群，腹下白。◎斯，语词也。

提，音匙。提提，群飞貌。

穀，善也。

于，助词。◎罹，忧也。于罹犹言在忧患中。

伊，是也。

第一章，怨己所遭之不幸也。由"弁彼鶯斯"起兴。言彼雅乌群飞而归，何其乐也！因念自身，生而为人，然竟陷于忧伤。视彼众人，无不善者，而独我在忧患之中。我有何罪于天？我之罪是何？言何以我之父母竟至弃我邪？故曰：心之忧矣，但无可奈何也。

踧踧周道，鞫为茂草。我心忧伤，怒焉如捣。假寐永叹，维忧用老。心之忧矣，疢如疾首。

踧，音笛。踧踧，平易也。◎周道，大道也。

鞫，音菊，穷也。穷，尽也。

怒，音溺，思也。◎捣，舂也。

永，长也。◎假寐，不脱衣冠而寐曰假寐。

用，以也。

疢，音趁，病也。◎疾首，头痛也。

第二章，续述忧伤之状。由"踧踧周道"起兴。言平易之大道，竟尽为茂草矣。写荒芜之象也。因以兴起我之心中本极坦平也，而今尽为忧伤所充满矣。每思之则心如被舂捣之痛。合衣假寐，长叹不能已。此忧之深，令人衰老。心之忧矣，如患头痛之疾也。

维桑与梓，必恭敬止。靡瞻匪父，靡依匪母。不属于毛？不罹于里？天之生我，我辰安在？

桑，木名，养蚕所需。◎梓，木名，质坚可以为器。

止，语尾词。

靡，无也。◎瞻，尊而仰之也。◎匪，非也。◎靡瞻匪父，言无尊之而不为父者。此句中靡与匪两否定字，乃造成一肯定语意，即"所尊而仰者惟父"也。

依，亲而倚之也。◎句法与上句同，即"所亲而倚者惟母"也。

属，连也。◎言我与父母，岂不毛发相连乎？

罹，丽也。◎裹，指体内也。◎言己体生于母之体内，今能谓我非附丽于母体而生者乎？

辰，时也。◎言我生所值之辰安在？言生不逢时也。

第三章，追慕父母之情也。以桑梓起兴。言桑与梓之树，是我家父母所植而以养蚕制器者也。以其为父母所植所用，故我必恭敬之也。因以兴起我所尊而仰者惟吾父，所亲而倚者惟吾母也。然今吾父母竟弃我矣，我与父母之毛发岂能谓不相连乎？我之生，岂能谓非附丽于父母之体而生者乎？噫，天之生我，必使我有生存之道也。今竟遭父母之弃，我生所值之时，是何时邪？

菀彼柳斯，鸣蜩嘒嘒。有漼者渊，萑苇淠淠。譬彼舟流，不知所届。心之忧矣，不遑假寐。

菀，音郁，茂盛貌。

蜩，音条，蝉也。◎嘒，音会，鸣声。

漼，音璀，深貌。有漼即漼然。

萑，音桓。萑苇，即蒹葭、芦荻也。◎淠，音譬。淠淠，众也。

届，至也。

第四章，述无所归依之痛。以菀柳起兴。言彼柳茂盛，则蝉寄于其上而鸣嘒嘒矣；彼渊甚深，则芦荻能生而众多矣。然若我者，竟不如蝉与芦之有寄也，譬如舟之浮于流水，不知所至。是以心中忧之，即假寐亦不暇也。

鹿斯之奔，维足伎伎。雉之朝雊，尚求其雌。譬彼坏木，疾用无枝。心之忧矣，宁莫之知！

斯，语词。

伎，音祈。伎伎，舒貌。

雉，音至，野鸡也。◎雊，音构，雄雉之鸣也。

坏，伤也。

用，以也。

宁，犹曾也。曾，乃也。

第五章，续言无依之痛，以鹿奔起兴。言鹿之奔也，其足舒然；雄雉之朝鸣，当求其雌者。鹿有其群，雉有其雌，而吾则孤独而无所依也。譬若伤病之木，以其有疾，故而无枝，是以心忧，而人乃莫能知也。

相彼投兔，尚或先之。行有死人，尚或墐之。君子秉心，维
其忍之。心之忧矣，涕既陨之。

相，视也。◎投，奔也。◎首二句言视彼被逐而投奔入网之
兔，行人见之，或先于捕兔之人而开网脱之。

行，音杭，路也。

墐，音仅，埋也。

秉，持也。◎君子，指父母。

忍之，忍心也。

第六章，续言被弃之苦，以投兔起兴。言视彼投奔入网之
兔，行人见之，或先捕兔者之来，而开网脱之也，路上如有死
人，当或埋之也。而我之父母之持心，竟如此其忍，而竟不顾
我也。是以心为之忧，涕泪横堕矣。

君子信谗，如或酬之。君子不惠，不舒究之。伐木掎矣，析
薪扡矣。舍彼有罪，予之佗矣。

酬，音雠，酌酒进客也。

惠，爱也。

舒，缓也。◎究，察也。◎言君子闻谗言，不肯舒缓细察之也。

掎，音几，倚之使偏而倒也。伐木者，以物倚其树之巅，树
根被伐渐细，巅顶之重量偏倚，则树自倒。

扡，音拖。随木之纹理也。◎析薪，劈木材也。劈木材则依
木之纹理而劈分之。

舍，舍也。◎言舍去彼真有罪者。

佗，加也。◎言加我之罪矣。

第七章，述君子信谗也。言父母之信谗，如受人之进酒也，无不受之。君子无惠爱于我之心，闻谗言亦未肯舒缓细察其实情也。彼伐木者，必㩤倚其颠，以使之倾；析薪者，必依其木之纹理以分之。凡事皆必依其正理而为之也。而我之父母，竟舍去其真有罪者，而将罪加之于我之身矣。

莫高匪山，莫浚匪泉。君子无易由言，耳属于垣。无逝我梁，无发我笱。我躬不阅，遑恤我后。

匪，非也。◎莫高匪山，言无有山而不高者。莫匪二否定字造成一肯定之意，即云"高者山也"。

浚，深也。◎句法同上句，言泉源也。

君子无易由言，指君子勿轻易出其言。

属，连也。耳连于垣，言窃听也。◎以上二句谓勿轻易而出言，恐有窃听者，窥其隙而行加害也。

末四句，与《邶风·谷风》全同，请参阅。

第八章，述自此远去也。言今我既被弃，无可挽回，只有离去矣。然山莫不高，泉莫不渊，以喻父母之恩莫不厚也。我虽被弃远行，然我所望者，我父母今后出言，切勿轻易。耳属垣墙，窃听者有人。窥知其隙，则更有从中取利者，则不免有害也。我既行矣，勿使人至我之鱼梁，勿使人举我之捕鱼之笱。然我之身且不能容于此矣，我尚何暇担忧于我去后之事乎？斯人临去之时，不仅无怨，而又念及父母，望慎勿再轻用人言，以免多害。真温柔敦厚者矣。

按：本章"莫高匪山，莫浚匪泉"二句，郑笺云："山高

矣，人登其巅；泉深矣，人入其渊。以言人无所不至，虽避逃
之，独有默存者焉。"《正义》："言指杀太子之心，无能隐也。"
朱传采其前半："山极高矣，而或陟其巅；泉极深矣，而或入
其底。"继云："故君子不可易于其言。"二说语义皆不甚明朗，
附会牵强之言而已。后儒不能尽信。陈奂以为"谗谀所举，无
高不可升；相抑，无深不可沦。可不察与？"胡承珙以为："山
高泉深，莫能穷测也。以喻人心之险。"众说纷纭，终觉与诗
义相隔。徐察良久，恍然知往者之误，误在怨之一字。以为末
章亦必怨语，故愈寻愈远。今觉察其末章纯是临去之语，怨极
而静，惟叙离情，且又关心离后父母之安危者。温柔敦厚，感
人深矣。然则高山深泉二语，毫无难解之处，是离去之际，复
思恋父母之情而已。其语至浅，其情至深，而其义至明。但能
先知其此章皆为临去之言，则当无何疑惑矣。

按：此诗旧说以为幽王废太子宜臼而咏者。《诗序》以为太子之傅作，而
朱传以为宜臼自作。读之有怨不得于父母之意，而未见幽王宜臼之必然。
《孟子·告子下》："《小弁》之怨，亲亲也；亲亲，仁也。"是亦以为亲亲
之诗，未指其人。今人屈万里云："孟子论此诗，大意谓不得于其父母者
所作，而未坐实其人。"兹采此说。

巧言

此感进谗者佞，听谗者信，因以致乱，咏而叹之也。

悠悠昊天，曰父母且！无罪无辜，乱如此幠。
昊天已威，予慎无罪。昊天大幠，予慎无辜。

乱之初生，僭始既涵。乱之又生，君子信谗。
君子如怒，乱庶遄沮。君子如祉，乱庶遄已。

君子屡盟，乱是用长。君子信盗，乱是用暴。
盗言孔甘，乱是用餤。匪其止共，维王之邛。

奕奕寝庙，君子作之。秩秩大猷，圣人莫之。
他人有心，予忖度之。跃跃毚兔，遇犬获之。

荏染柔木，君子树之。往来行言，心焉数之。
蛇蛇硕言，出自口矣。巧言如簧，颜之厚矣。

彼何人斯？居河之麋。无拳无勇，职为乱阶。
既微且尰，尔勇伊何！为犹将多，尔居徒几何！

悠悠昊天，曰父母且！无罪无辜，乱如此幠。昊天已威，予慎无罪。昊天大幠，予慎无辜。

悠悠，远大之貌。◎昊，亦广大之义。

曰，语词。◎且，音居，语尾词。

幠，音呼，大也。

已威，言威已甚矣。

慎，诚也。

大，音泰。◎言皇天之威太大矣。

第一章，感祸乱而呼天。言高高广远之天乎！实人之父母也。今人无罪无辜，何以世乱竟如此之大乎？天之威暴已甚矣，然我诚无罪也；天之威暴太大矣，然我诚无辜也。

乱之初生，僭始既涵。乱之又生，君子信谗。君子如怒，乱庶遄沮。君子如祉，乱庶遄已。

僭，音潜，谗言也。◎涵，容也。

遄，速也。◎沮，音举，止也。

祉，喜也。喜贤者也。

已，止也。

第二章，述乱生于信谗也。言乱之初生，由于开始之容其谗言也。乱之又生，由于君子之肯信谗也。君子如能闻谗而怒其进谗者，则乱庶几可以速止也。君子如能喜贤人，则乱庶几可以速已也。

按：僭，通潜。《一切经音义》引此诗作潜，陈奂胡承珙皆有说。

君子屡盟，乱是用长。君子信盗，乱是用暴。盗言孔甘，乱是用餤。匪其止共，维王之邛。

屡盟，屡次结盟。◎言不能守盟，故屡盟也。

用，以也。◎长，音掌，增多也。

盗，指谗人也。

暴，烈也。

孔，甚也。◎甘，味美也。

餤，音谈，进也。

共，音恭，供其职事也。◎匪其止共，言不止于其所供之职事。即不守本分也。

邛，音穷，病也。◎此句承上句，言小人不止于供其职事。不守本分，而好进谗以造成王之病也。病指王之不明而国以乱也。

第三章，写听谗进谗也。言君子屡次结盟，是盟而不信也，故乱乃加增。所以如此者，盖听小人之言以致之也。故曰君子信盗，乱乃更烈。进谗之人，其言甚甘而顺耳，故易听信，而乱乃更进。小人者流，不守本分，不专供其职，而好进谗，乃造成王之病也。

奕奕寝庙，君子作之。秩秩大猷，圣人莫之。他人有心，予忖度之。跃跃毚兔，遇犬获之。

奕奕，大也。◎寝庙，宗庙前曰庙，后曰寝。庙是接神之处，尊，故在前。寝，衣冠所藏之处。

秩秩，序也。◎猷，谋也。

莫，谋也。

忖，思也。◎度，音堕，量也。

跃，音笛。跃跃，跳疾貌。◎毚，音缠，狡也。

第四章，述谗者之心，我能见之也。言若奕奕之大寝庙，我固知其为君子所作也；若秩秩有序之大谋，我固知为圣人所谋划也。此皆有迹可寻之事，可以想见也。故他人之心中有何设想，我可以思度而得之也。若跃跃然之狡兔，但一遇猎犬，则犬必获之也。

按：寝庙，见《礼记·月令》注及疏。

荏染柔木，君子树之。往来行言，心焉数之。蛇蛇硕言，出自口矣。巧言如簧，颜之厚矣。

荏染，柔貌。◎柔木，柔弱之木也。

行言，行道者之言也。

数之，辨之也。

蛇，音移。蛇蛇，安舒貌。◎硕，大也。大言指善言。

簧，笙中金叶以发乐声者也。

第五章，写巧言厚颜也。言荏染之柔木，非大材也，而君子竟树之。喻小人见用也。往来行道之言，我在心中能辨之也。若彼安舒之善言，可以出自口矣；若彼巧言如簧者，诚厚颜矣！

彼何人斯？居河之麋。无拳无勇，职为乱阶。既微且尰，尔勇伊何！为犹将多，尔居徒几何！

麋，音湄，水草之交，即河边也。

拳，力也。

职，主也。◎阶，梯也。乱阶，言乱之所由来也。

微，骭疡也，即足胫溃疡。◎尰，市勇反，足肿也。

伊，是也。

犹，谋也。◎将，大也。

尔居徒几何，言与尔所聚居之徒，能有几何哉！

第六章，恶进谗小人也。言彼进谗小人，是何人邪？居河之滨，无力而又无勇，专主为作乱之事。既足胫有溃疮而足亦肿痛，尔之勇何在耶？然尔之诈谋却极多。尔之奸诈何来？料有助者共为之，尔之所与聚居之徒，能有几何哉！

按《诗序》云：“《巧言》，刺幽王也。大夫伤于谗，故作是诗也。”朱传以为大夫伤于谗，无所控告。末言幽王。此诗谓为刺幽王，固未可必；谓大夫所作，亦意想之辞。诗中所言，惟痛进谗者之佞，而听谗者能信。是为可慨也。不必指为刺幽王，亦不必非大夫不能作也。

何人斯

此伤友人趋于权势，反复无常，作歌以讥之也。

彼何人斯？其心孔艰。
胡逝我梁，不入我门？
伊谁云从？维暴之云。

二人从行，谁为此祸？
胡逝我梁，不入唁我？
始者不如今，云不我可。

彼何人斯？胡逝我陈？
我闻其声，不见其身。
不愧于人？不畏于天？

彼何人斯？其为飘风！
胡不自北？胡不自南？
胡逝我梁？只搅我心。

尔之安行，亦不遑舍。
尔之亟行，遑脂尔车。

壹者之来，云何其盱。

尔还而入，我心易也。
还而不入，否难知也。
壹者之来，俾我祇也。

伯氏吹壎，仲氏吹篪。
及尔如贯，谅不我知。
出此三物，以诅尔斯。

为鬼为蜮，则不可得。
有靦面目，视人罔极。
作此好歌，以极反侧。

彼何人斯？其心孔艰。胡逝我梁，不入我门？伊谁云从？维暴之云。

> 孔，甚也。◎艰，险也
>
> 逝，往也。◎梁，鱼梁。参《邶风·谷风》。
>
> 伊，语词。◎云，犹是也。
>
> 之，是也。◎云，语结束之词。
>
> 第一章，言彼是何人邪？谓何人者，若不知其姓名以讥之也。此人也，其心甚险。何以往我之鱼梁，而不入我之门邪？其人从谁而行？名暴者是也。
>
> 按："云"犹"是"也。《经传释词》说。

二人从行，谁为此祸？胡逝我梁，不入唁我？始者不如今，云不我可。

> 祸，指不善于我之事也。
>
> 唁，音彦，吊也。吊生为唁，同情慰问之也。
>
> 末二句言始者与我甚厚，而今日不同于昔者矣。今日已不以我为可矣。◎云，语词。
>
> 第二章，言此二人同行，谁是对我不善者？谓谁者，明知之故为此问以讥之也。彼何以往我之鱼梁而不入我之门以慰我邪？彼始者与我曾甚厚，而今日不同矣。今日已不以我为可矣。

彼何人斯？胡逝我陈？我闻其声，不见其身。不愧于人？不畏于天？

> 陈，由堂至大门之径也。

末二句，言汝之行可自感不愧于人乎？可不畏于天乎？

第三章，言彼是何人？何以往我之堂前之路径？我但闻其声，而不见其身。言其行虽渐近，而未真至堂前之径，而趋他处，不欲令我见也。彼人之行为，能不愧于人乎？彼人若此行为，竟亦不畏于天乎？

彼何人斯？其为飘风！胡不自北？胡不自南？胡逝我梁？只搅我心。

飘风，暴风也。

搅，扰乱。

第四章，言彼是何人？其人来去真如暴风之疾也。何不自北而来？何不自南而来？言其来莫知所自，飘忽不可见也。何以往我之梁？只以扰乱我之心而已。

尔之安行，亦不遑舍。尔之亟行，遑脂尔车。壹者之来，云何其盱。

安，徐也。

遑，暇也。◎舍，息止也。

亟，疾也。

脂，油也。◎言为轴加油润滑之。

壹者，犹言一次。

云何，犹言如何。◎盱，音吁，病也。

第五章，言平日尔之徐徐而行，亦无暇稍息矣。今尔疾行，当更无暇停车矣。而尔竟能停车为轴加油，似此则汝有意示我，不入我之门也。然汝即使来我处一次，于汝能有何病乎？

尔还而入，我心易也。还而不入，否难知也。壹者之来，俾我祇也。

> 还，返也。◎言如尔当返来之时，能入我之门。
>
> 我心易也，则我之心可易忧伤而为悦也。
>
> 否，音丕，不通也。
>
> 祇，安也。
>
> 第六章，言尔如当返来之时，能入我之门，则我心可易忧伤而为悦也。然尔竟还来仍复不入，则尔我之间，情之不通已昭然矣；尔之于我，如何对待，是难知之事矣。但汝如能来我处一次，对面有所解释，则可使我心安也。
>
> 按：否，《释文》："方九反。"胡承珙云："此乃读符鄙切，与易之泰否，书之否德同，皆否字引申之义也。"胡说是。

伯氏吹壎，仲氏吹篪。及尔如贯，谅不我知。出此三物，以诅尔斯。

> 壎，音埙，乐器名，土制烧之。大如鹅卵，锐上底平，上有空，周有六孔。由上吹之，指按六孔为音。
>
> 篪，音池，乐器名，以竹为之。长一尺四寸，围三寸，七孔，另上出一孔，横吹之。以指按孔为音。
>
> 贯，相连也。
>
> 谅，诚也。
>
> 三物，犬豕鸡也。

诅，音祖，盟也。

第七章，言尔与我，若伯仲兄弟也。昔者尔与我，兄为吹埙，弟为吹篪，兄弟相和，吾与汝亲近如相连贯。汝岂诚不知我者乎？苟曰诚不我知，则出此犬豕鸡三物，刺其血祭神以与尔盟可也。言欲盟者，以见其心不愧于神明也。

为鬼为蜮，则不可得。有靦面目，视人罔极。作此好歌，以极反侧。

蜮，音域，短狐也。江淮水中皆有之，传说能含沙以射水中人影，其人辄病。

则不可得，言鬼蜮之害人，人不能得见也。

靦，音腆，面见人之貌，谓面对人也。有靦即靦然。

视人罔极，视人无有穷极，言人相见无极时，终必能相见也。

极，究也。◎反侧，反复不定也。

第八章，言若彼人者，真为鬼为蜮，其能害人，而人不得见也。若此人者，尚能靦然面对于众人之前，不自惭愧。然人之相见，无有极时，彼终必与我相见。彼时不知其何以为颜也。因作此好歌，以究极其反复无常之行为，揭以示其丑也。

按：靦，面见人之貌，胡承珙说甚当。谓其不知自愧也。

按《诗序》云："《何人斯》，苏公刺暴公也。暴公为卿士而谮苏公焉。故苏公作是诗以绝之。"朱传谓于诗无明文可考，未敢信其必然。但朱传释诗则仍以暴公与其徒释之，未另立说也。然观诗之词，诗人所指之人，是从暴公也，非暴公本人。是明明可见诗人所讥之人，原与诗人亲近，后以趋势而转亲于暴公。谓之苏公刺暴公则不可通也。朱传因谓："不欲直斥暴公，故但指其欲行者而言。"亦善为《诗序》解者矣。朱传既疑《序》，又为《序》解，亦用意不明之处。细读此诗，名"暴"者有之，名"苏"者无之。所讥者从暴之人，非暴本人。是诗人伤友之趋势附暴，反复无常，故为是歌耳。若云诗人为苏公，则无据也。

巷伯

此寺人孟子所作，以遭谗被宫，而为巷伯，故诗以倾其怨也。

萋兮斐兮，成是贝锦。
彼谮人者，亦已大甚。

哆兮侈兮，成是南箕。
彼谮人者，谁适与谋？

缉缉翩翩，谋欲谮人。
慎尔言也，谓尔不信！

捷捷幡幡，谋欲谮言。
岂不尔受？既其女迁。

骄人好好，劳人草草。
苍天！苍天！
视彼骄人，矜此劳人！

彼谮人者，谁适与谋？
取彼谮人，投畀豺虎。

豺虎不食，投畀有北。
有北不受，投畀有昊。

杨园之道，猗于亩丘。
寺人孟子，作为此诗。
凡百君子，敬而听之。

萋兮斐兮，成是贝锦。彼谮人者，亦已大甚。

萋斐，文章相错也。

贝锦，似贝之锦文也。贝为水中介虫，文彩似锦。

谮，进谗诬人也。

第一章，谓进谗者之巧佞也。言彼进谗之人，刻意巧佞，错其文章，以成此如贝文彩锦之言词，用以谮人。彼谮人之人，亦已太甚矣。

哆兮侈兮，成是南箕。彼谮人者，谁适与谋？

哆，音侈。大貌。◎侈，亦大也。大，张大之义。

南箕，星也。

适，主也。

第二章，复言进谗者之巧佞也。言彼能张大其词，以成是南箕之星。谓成其文彩若南箕者之谗言也。彼谮人者，竟能如是，是谁与主其谋邪？

缉缉翩翩，谋欲谮人。慎尔言也，谓尔不信！

缉缉，口舌声。◎翩翩，往来貌。

末二句言汝且慎尔之言，言多亦当有使王疑者，则谓尔之言不诚信，则不信汝矣。

第三章，言彼进谗之人，口舌缉缉，往来翩翩于王之前也。王以其善也，故而信之。实则彼欲谮人也。然谮人之人，尔宜慎尔之言。不知何时，王亦能发现汝之不诚信，而不肯信汝也。

捷捷幡幡，谋欲谮言。岂不尔受？既其女迁。

捷捷，犹缉缉也。◎幡幡，犹翩翩也。

岂不尔受，言王在初岂能不受尔之言邪？

既，既而。◎女，读为汝。◎迁，去也。◎言既而能悟，则去汝而不信也。

第四章，前二句与上章同义。继云王在始匆促之间，岂能不听受尔之巧言乎？既而渐悟，其将去汝而不信也。

骄人好好，劳人草草。苍天！苍天！视彼骄人，矜此劳人！

骄人，指谮人之人，得意而骄，故曰好好。好好，乐也。

劳人指被谮之人，劳而忧。◎草草，忧也。

第五章，写忧乐之对照也。言彼谮人之人，得意而骄，自甚乐也；我被谮之人，焦劳而忧伤，祸及于身。因而呼天：苍天，苍天，视彼骄人，何其恶而得福，天乎！矜怜我劳人，何其善而得祸！

彼谮人者，谁适与谋？取彼谮人，投畀豺虎。豺虎不食，投畀有北。有北不受，投畀有昊。

畀，音必，与也。

有北，北方寒凉不毛之地也。有，语首助词，如言有虞有夏。

有昊，昊天也。

第六章，谓谮人者恶极，当获惩也。言彼谮人之人，谁主与谋？当取彼谮人者，投与豺虎。豺虎或嫌其恶而不食也。可投与北方寒凉不毛之地。北方之地，或亦以其恶而不肯受也。

则惟有投之昊天，由天降罪其矣。

杨园之道，猗于亩丘。寺人孟子，作为此诗。凡百君子，敬而听之。

> 杨园，园名。当为众知之园。
>
> 猗，同倚，依也。◎言杨园之道依于亩丘。亩丘，高地也。
>
> 寺人，内小臣，被宫者。◎孟子，寺人之字。
>
> 君子，指诸大臣也。
>
> 敬，儆也。
>
> 第七章，自叙作诗之意也。言杨园之道，是小路也。然其依于高大之丘亩。若我寺人孟子之言，固不足道之言也，然其亦有关于大事。今我作为此诗，希凡为君子，听而儆之，勿以我人之卑微而不经意也。
>
> 按：猗，同倚，胡承珙有说。

按《诗序》云："《巷伯》，刺幽王也。寺人伤于谗，故作是诗也。"朱传云："时有遭谗而被宫刑为巷伯者，作此诗。"复引班固司马迁赞："迹其所以自伤悼，《小雅·巷伯》之伦。"谓班固之意，亦谓巷伯本以被谮而遭刑也。朱传此说颇为近似。盖此诗为遭谗被宫之人，以之为巷伯，幽愤乃为诗。其后司马迁之事乃类此，自在理中也。而此作诗者明言为寺人孟子。此诗衔恨至深，他人不能代作。则孟子当即是巷伯矣。《诗序》以为刺幽王，仍是寻求大题之弊，不足道。巷伯者，掌管宫内巷道之长。与寺人皆奄人官名。意当为作者故作不同，以示非为一人。或先后有此两职也。

谷风之什

谷风

此伤朋友能共患难而不能共安乐之诗也。

习习谷风，维风及雨。
将恐将惧，维予与女。
将安将乐，女转弃予。

习习谷风，维风及颓。
将恐将惧，寘予于怀。
将安将乐，弃予如遗。

习习谷风，维山崔嵬。
无草不死，无木不萎。
忘我大德，思我小怨。

习习谷风，维风及雨。将恐将惧，维予与女。将安将乐，女
转弃予。

习习，和舒貌。◎谷风，东风也。

将，且也。

女读为汝。

第一章，写相扶助而又相弃也。由"习习谷风"起兴。言
和舒之东风，是协调之象也，然竟成为风雨大作之情况。因以
兴起在昔且恐且惧之际，维我与汝合作互助，同其忧患，何其
协调邪？及今且安且乐矣，汝转弃我而去，何其不顾友情邪？

习习谷风，维风及颓。将恐将惧，寘予于怀。将安将乐，弃
予如遗。

颓，焚轮谓之颓。焚轮者，暴风从上下降。

寘，置也。◎置我于怀，言亲近也。

如遗者，如人行道，遗忘物，忽然不记其为有也。

第二章，义同上章。换韵而重言之。

按：颓，暴风从上下降。陈奂有说。

习习谷风，维山崔嵬。无草不死，无木不萎。忘我大德，思
我小怨。

崔嵬，山高貌。

第三章，以"习习谷风"四句起兴。言习习东风，吹彼高山。
山之上草木为之茂盛矣。然草必有死，木必有萎，东风能使其
茂，不能使其不枯萎也。朋友之间，可以互助，但不能永远扶

持之，永远为之服务也。今彼乃以小不如意之怨，以为我不肯助彼，乃忘我以往助彼之大德，以致弃我而去，是可伤痛也。

按《诗序》云：“《谷风》刺幽王也。天下俗薄，朋友道绝焉。”谓刺幽王，距题太远。朱传谓朋友相怨之诗，则近之。此诗忧患与安乐对照而言，明是朋友于忧患中相扶持倚赖，而安乐则龃龉相弃，故有是诗也。

蓼莪

此孝子哀父母早逝，而自伤不得奉养以报之诗。

蓼蓼者莪，匪莪伊蒿。
哀哀父母，生我劬劳。

蓼蓼者莪，匪莪伊蔚。
哀哀父母，生我劳瘁。

缾之罄矣，维罍之耻。
鲜民之生，不如死之久矣。
无父何怙？无母何恃？
出则衔恤，入则靡至。

父兮生我，母兮鞠我。
拊我畜我，长我育我，
顾我复我，出入腹我。
欲报之德，昊天罔极。

南山烈烈，飘风发发。
民莫不穀，我独何害？

南山律律，飘风弗弗。
民莫不穀，我独不卒！

蓼蓼者莪，匪莪伊蒿。哀哀父母，生我劬劳。

蓼，音路。蓼蓼，长大貌。◎莪，音鹅，美菜也。

伊，是也。◎蒿，贱草也。

劬，音区，劳也。劬劳，劳苦也。

第一章，由蓼莪二句起兴。言蓼蓼长大者是莪也，今知其
非为莪，乃是蒿耳。因以引起父母之生我养我教我，十分劳苦。
期望我能为高尚之人，而及我长大竟未能之，且亦未能奉养父
母，以报养育之德，故极哀也。

蓼蓼者莪，匪莪伊蔚。哀哀父母，生我劳瘁。

蔚，牡蒿也。多年生草本，夏日枝梢开小头状花。

瘁，病也。

第二章，义同首章，换韵而重言之。

按：蔚，《说文》："牡蒿也。"段注："小雅'匪莪伊蔚'，
《释草》、毛传皆云牡菣。按牡菣犹牡蒿也。郭云无子者。陆玑
云：'牡蒿七月华八月角，一名马新蒿。'"

缾之罄矣，维罍之耻。鲜民之生，不如死之久矣。无父何怙？
无母何恃？出则衔恤，入则靡至。

缾，取水之器。◎罄，尽也。

罍，盛水之器。罍以蓄水，瓶以取水。瓶无水可取，则是罍
已无水也，故为罍之耻。

鲜，寡也。指无父母之人。

怙，音户，依恃也。

恃，音市，依赖也。

恤，忧也。衔恤，谓心中怀忧也。

靡至，无所归至也。◎言虽归至家中，而感无依恃，故曰无所归至也。

第三章，由"缾之罄矣"二句起兴。言缾中水尽，是罍中无水之故，是罍之耻也。因以兴起，子女应奉养父母，若未能尽奉养父母之责，则是耻也。故若我父母俱丧者，皆以我未能善于奉养之故。父母已逝，我鲜民之生，久矣惭愧忧伤，不如死也。久矣者，言早已如此。若我者，无父何依？无母何赖？出门则心中满怀忧伤，归家则仍如未有所归也。

按：以上三章，蓼莪缾罍诸语，是起兴之言。毛传朱传以及马瑞辰胡承珙陈奂诸说，多用心于起兴之言，喻后面所言之事，致多牵强。起兴之语，惟联想而已，不必喻后言之事，更不必以比作其事，否则即为比矣。起兴之言，但以其所言引起联想，若莪蒿之优劣，缾罍之不能供求取，则已足够；不必以缾喻子以罍喻父母，则不洽矣。兴之作法，是用以兴接近之联想，非作类似之联想者。若必求其类似，则必牵强矣。请参阅本书绪论第七节。

父兮生我，母兮鞠我。拊我畜我，长我育我，顾我复我，出入腹我。欲报之德，昊天罔极。

鞠，养也。

拊，与抚通。◎畜，养也。

顾，旋视也，言回顾。◎复，反复也。◎言反复爱视之。

腹，怀抱也。

末句言欲报父母之恩德，其恩之大如天之无极，不知何以为报也。

第四章，述父母抚育子女之深恩也。言父生我，母养我，抚我养我，回顾我，反复爱视我，出入皆怀抱我。我受此深恩，欲报此恩德。然此德若天之无穷极，至高至大，不知何以为报也。

南山烈烈，飘风发发。民莫不穀，我独何害？

烈烈，高大貌。

发发，疾貌。

穀，善也。

第五章，以南山起兴。言南山高大，而飘风疾吹。此孝子所见当前之景象也。南山高而大，一若平日也；飘风疾吹，动人忧思也。南山永不变，而人世则常变；飘风则吹以动我之思。故兴起民莫不善者，我何独以遭此害乎？以写景引起情感，亦引起联想之一种，后世多用。如青青河畔草，如忽见陌头杨柳色，皆此类也。说诗者往往不察，而多所牵引，乃附会而失之矣。

南山律律，飘风弗弗。民莫不穀，我独不卒！

律律，犹烈烈也。

弗弗，犹发发也。

不卒，不能卒报其父母之恩也。

第六章，义同五章，换韵重言之。不卒，谓不能终养其父母而得报父母养育之恩德，故以为恨也。

按《诗序》云："《蓼莪》，刺幽王也。民人劳苦，孝子不得终养尔。"然此诗纯是孝子哀父母早逝，自伤不得奉双亲以报养育之恩者，固与幽王无干。其中"有人莫不穀"之语，显见他人父母皆在，并非民皆丧父母或流离失所者。彼一人之遭遇，非关邦国之事，何以用刺幽王？《诗序》之力作牵附，不免不智。朱传但云："人民劳苦，孝子不得终养而作此诗。"已不信其刺幽王，然仍含刺王之义，似乎不言美刺则不足为诗也。此亦受《序》之影响耳。此诗发于至情，足见父母子女间之天性，哀感动人。若以为刺诗则尽失其情，而诗意索然矣。

大东

此伤东国役频赋重，人民劳苦，而怨西人骄奢之诗。

有饛簋飧，有捄棘匕。
周道如砥，其直如矢。
君子所履，小人所视。
睠言顾之，潸焉出涕。

小东大东，杼柚其空。
纠纠葛屦，可以履霜。
佻佻公子，行彼周行。
既往既来，使我心疚。

有冽氿泉，无浸获薪。
契契寤叹，哀我惮人。
薪是获薪，尚可载也。
哀我惮人，亦可息也。

东人之子，职劳不来。
西人之子，粲粲衣服。
舟人之子，熊罴是裘。

私人之子，百僚是试。

或以其酒，不以其浆。
鞙鞙佩璲，不以其长。
维天有汉，监亦有光。
跂彼织女，终日七襄。

虽则七襄，不成报章。
睆彼牵牛，不以服箱。
东有启明，西有长庚。
有捄天毕，载施之行。

维南有箕，不可以簸扬。
维北有斗，不可以挹酒浆。
维南有箕，载翕其舌。
维北有斗，西柄之揭。

有饛簋飧，有捄棘匕。周道如砥，其直如矢。君子所履，小人所视。睠言顾之，潸焉出涕。

饛，音蒙，满簋貌，有饛即饛然。◎簋，音轨，竹制容器，容一斗二升，内方外圆，以盛黍稷。◎飧，音孙，熟食也。

捄音求，曲貌。有捄即捄然。◎棘，枣木也。匕，音比，匙也。棘匕，以枣木作成之匙，用以取食物者也。

周道，大道也。◎砥，砺石也。如砥，言其平也。

睠，音眷，反顾也，言语词。

潸，音山，涕下貌。

第一章，述赋税繁重而皆致送于西也。始言熟食满于簋，而以曲匙取之矣，是西方之享受也。西方何以能如此？以东方赋税致送于西也。故曰大道平坦，其直如矢，而此道则彼君子取赋之所履者，而平民但能望其财物西去耳。顾此情形，则不禁潸然涕下也。

小东大东，杼柚其空。纠纠葛屦，可以履霜。佻佻公子，行彼周行。既往既来，使我心疚。

小东大东，东方大小之国也。皆诸侯之国。

杼，音伫，梭子，织布之持纬者。◎柚，音逐，织布中卷经之圆木也。◎空，尽也，言杼柚之上空尽无物，织布全停也。

纠纠，缠结之貌。◎葛屦，用葛织成之草鞋，夏日所用。屦，音句。

履霜，以夏日之履，行于冬日冰霜之上，见其贫也。

佻，音挑。佻佻，轻薄不耐劳苦之状。◎公子，指贵人也，与上章君子之义同。

行，音杭。周行，大道也，与上章周道同。

疾，病也。

第二章，义同首章。言东国因赋敛之重，民间至于织布皆停，而以夏日之屦，行于冬日霜雪之上矣。然彼纨袴公子，行彼大道，往来游乐，所用者皆我等所供之赋也。我心于是为之痛疾焉。

有冽氿泉，无浸获薪。契契寤叹，哀我惮人。薪是获薪，尚可载也。哀我惮人，亦可息也。

冽，寒意。有冽即冽然。◎氿，音轨，侧出之泉曰氿泉。

获，刈也。获薪，已刈获之薪也。

契，音器。器器，忧苦也。

惮，音朵，劳也。

薪是获薪，尚可载也，二句言薪如被浸，当可以车载之而易其地以保全之也。

亦，语词。◎末二句言哀我劳人，则不如薪之当可载易其地而免被浸。若我则只可息止于此而永为劳人也。

第三章，述役频之劳也。言侧出之寒泉，勿浸我已刈存之薪，因水一浸之则薪腐而无用也。至我身体之劳，实使我忧苦而于寤寐之间皆叹息也。若薪者，虽遭泉浸，当可载而易地保全之也；而我服役之劳，则无可逃避，只能止息于此也。

东人之子，职劳不来。西人之子，粲粲衣服。舟人之子，熊罴是裘。私人之子，百僚是试。

东人，东国之人。◎之子，是子。◎东人之子，泛言诸侯国之民也。

职，专主也。◎来，音赖，抚慰也。

西人之子，句法如前东人之子，指两京之人也。

粲粲，鲜盛貌。

舟，当作周。谓周世臣之子也。

熊罴是裘，言其富也。

私人，私家之人也，指显贵私家皂隶之属也。

僚，官也。◎百僚是试，言百官皆可以试用也。

第四章，述东西之不平也。言东人所主职事，虽劳苦而不加抚慰。西人京师之人，则鲜盛其衣服，游娱自乐。周世臣之子，则衣贵裘；私家皂隶，则百官皆可自试。其不平也如此。

按：舟人，郑笺："舟，当作周。"

或以其酒，不以其浆。鞙鞙佩璲，不以其长。维天有汉，监亦有光。跂彼织女，终日七襄。

首二句言或有人醉于酒，视酒不若浆也。仍言西人之奢。

鞙，音选。鞙鞙，长貌。◎璲，音遂，瑞也。◎佩瑞玉而鞙鞙然。

鞙鞙佩璲，不以其长，二句言或有人佩瑞玉而鞙鞙然长美，而仍不以其长玉为足。仍谓西人奢也。

汉，天河也。

监，视也。

襄，驾也。驾谓变更其所止也。昼夜周天十二辰。终日则由卯至酉，共七辰，每辰移一次，故曰七襄。

第五章，仍叹西人之奢而怀东人之苦也。言彼西人有酒矣；

0793

然彼饮之，视之尚不若浆也。彼西人有长长之佩玉矣；然彼尚以为不足为长美。西人之奢，至足叹也。当此夜间，仰视天河，粲然有光，是良夜也。而吾人未曾能乐，是何可慨？跂望彼织女之星，仍如常态，终日有七襄之移而无止焉。然若吾东国者，则杼柚皆空，无织者矣！

虽则七襄，不成报章。睆彼牵牛，不以服箱。东有启明，西有长庚。有捄天毕，载施之行。

报，反报也。◎章，文章也，指织成之帛锦。◎不成报章，言不能反报织成帛锦也。反报者，织时梭往反以成其织也。

睆，音莞，视也。◎牵牛，星名。

服，驾也。◎箱，车箱也。

启明，星名。先日而出，故曰启明。

长庚，星名。后日而入，故曰长庚。启明长庚实为一星。于晨曰启明，于暮曰长庚。

天毕，星名。状如捕兔之毕。毕，网也。

行，音杭。◎载，则也。◎施，行也。◎行，行列也。

第六章，接五章中夜仰视河汉众星而抒感也。言虽则织女之星，日则七襄，然不能反报成章，织成帛锦也。则虽有织女，岂不仍为杼柚皆空之情形乎？今视彼牵牛之星，亦徒为牵牛之星而未曾可以驾车箱。然则此织女牵牛之星，固皆空有而无助于人耳。因思及晨有启明，暮有长庚，昼夜相替，以成岁月。然亦徒增吾人之岁月耳，无救吾人之忧伤也。至若天毕之星，徒俱兔网之状，而无实用，灿然成行，徒有其光彩而已。

维南有箕，不可以簸扬。维北有斗，不可以挹酒浆。维南有箕，载翕其舌。维北有斗，西柄之揭。

箕，星名。

簸，音跛，扬米去糠曰簸扬。

斗，星名，南斗也。南斗在箕之北。似星形似勺，有柄。

挹，挹注也。取彼大器中之水，注之小器中曰挹注。

翕，音锡，引也。

揭，举也，西柄，言其柄向西也。

第七章，续上章述见众星之感。言南有箕星，虽似箕，名箕而不可以簸扬也；北而有斗，虽似斗，名斗而不可以用之挹注酒浆也。箕也斗也，皆徒有其形其名而已。不仅如此也，其箕且引其舌，其斗且举其西向之柄；引其舌若有所吞噬，举其西向之柄似有所挹取于东也。岂天亦助西而祸我东国乎？

按：斗星有南斗及北斗，皆俱斗形有柄。南斗柄向西不动，北斗柄则移转。北斗在北，南斗虽在南而亦在箕之北。故曰北有斗。诗中言西柄之揭，以南斗为是。

按《诗序》云：“《大东》，刺乱也。东国困于役而伤于财，谭大夫作是诗以告病焉。”朱传从之。然此诗惟伤于东国役频民因而怨是矣。不必强指为刺，更不必指为谁氏所作。所谓谭大夫者，毫无所据。谭国在东，鲁庄公十年，齐师灭谭。作《序》者或以此臆断为谭大夫，盖以谭之困多耳。自周视之，诸侯之国皆在东方，东国皆诸侯之国。幽王之时，号令尚行于诸侯之国，故其民愁怨如此。东迁之后则王命不行，不必有此诗矣。故知此诗为东迁以前之作。

四月

此当是诗人遭乱流落南方，伤感而作。

四月维夏，六月徂暑。先祖匪[fēi]人，胡宁忍予？

秋日凄凄，百卉具腓[fēi]。乱离瘼[mò]矣，奚[jì]其适归？

冬日烈烈，飘风发发。民莫不穀，我独何害？

山有嘉卉，侯栗侯梅。废为残贼，莫知其尤。

相彼泉水，载清载浊。我日构祸，曷云能穀？

滔滔江汉，南国之纪。尽瘁以仕，宁莫我有。

匪鹑[tuán]匪鸢[yān]，翰飞戾[zhān]天[wěi]。匪鳣匪鲔，潜逃于渊。

山有蕨[jué]薇[xí]，隰有杞桋[yí]。君子作歌，维以告哀。

四月维夏，六月徂暑。先祖匪人，胡宁忍予？

四月，夏历之四月，时为首夏。

六月，夏历之六月也。◎徂，始也。徂暑言暑之始也。夏历与周历不同，夏之四月为周之六月，夏之六月为周之八月，参前《豳风·七月》。

匪，非也。匪人即非人。◎先祖匪人，言我之先祖亦是同样之人也，而天之待我，何不若人耶？

宁，曾也。曾音增，乃也。◎胡宁忍予，言何乃忍而置予于此祸乱艰苦之中耶？

第一章，诗人遭乱南迁，感时而忧伤也。言四月夏已来，六月暑已始矣。时间如逝水，又是此季节矣。而我仍流落于此，不能得归。想我之先人，亦与常人同也，我与他人之遭遇亦固应相同也。而天何乃忍置我于祸乱之中邪？

秋日凄凄，百卉具腓。乱离瘼矣，奚其适归？

凄凄，凉风也。

卉，花草也。◎腓，音肥，病也。

瘼，音莫，病也。

奚，何也。◎其，语词。其音纪。◎适，之也。之，往也。

第二章，感时思归也。言时已至凄凄凉风之秋日矣，百卉俱已凋伤矣。乱离之祸，使我病矣，然我何以能往归于故国乎？

按：奚其适归，毛传作"爰其适归"。朱传作"奚"，盖本《家语》引《诗》作奚。读其全章，以作奚为通顺，今从朱传。

冬日烈烈，飘风发发。民莫不穀，我独何害？

烈烈，犹栗烈也。栗烈，寒气也。

发发，疾貌。

穀，善也。

第三章，亦感时自伤也。言冬日至矣，寒气烈烈，飘风疾吹，岁暮天寒之时也，能不令人感时抚事而忧伤乎？视他人无不甚善，而我独何遭此害乎？

山有嘉卉，侯栗侯梅。废为残贼，莫知其尤。

嘉，善也。

侯，维也。语词。

废，变也。◎残贼，指在位者贪残，为贼民之人也。

尤，过也。

第四章，怨在位者也。言我故国，山有嘉善之草木，维栗，维梅。因以起兴，联想及今因动乱，皆不能见矣。盖以在位者变为残贼害民之人，而不自知其过，乃致如此也。

相彼泉水，载清载浊。我日构祸，曷云能穀？

相，视也。

载，则也。

构，合也。

曷，何也。

第五章，见泉而兴叹也。言视彼泉水，且有清之时，有浊之时也。若我者，日日与祸相合，生活于祸乱之中，何云能获善乎？

滔滔江汉，南国之纪。尽瘁以仕，宁莫我有。

> 滔滔，大水貌。◎江，汉，水名，皆南方之大水也。

> 纪，纪网，即总领之义。

> 瘁，病也。尽瘁，言尽我之力，以至于病。◎仕，事也。

> 宁，乃也。见第一章。

> 第六章，回忆往事，见江汉之水以兴感也。言滔滔江汉二水，是南国之纲纪。谓此二水总领南国之水，以成巨流也。是见凡物之有纲有领，则成其体制而有秩序也。而我在我之故国，曾尽瘁以从事于我之职事，然仍莫能有所成也。言国政之乱，无复能理，故至此也。言滔滔江汉者，以己身播迁于南国也。

匪鹑匪鸢，翰飞戾天。匪鳣匪鲔，潜逃于渊。

> 匪，非也。◎鹑，音团，雕也。◎鸢，音沿，鸷鸟也。

> 翰，羽也。戾，至也。

> 鳣，音沾，鲤也。◎鲔，音尾，似鲤而小。

> 第七章，述自己无所逃祸也。言我非鹑非鸢，彼皆大鸟，可以振羽高飞至天；我亦非鳣非鲔，可以深潜至于渊。我既非若彼者，固无所逃祸乱也。

山有蕨薇，隰有杞桋。君子作歌，维以告哀。

> 蕨，音厥，植物，可食。◎薇，植物名，可食。

> 杞，枸杞也，木名。◎桋音夷，木名。◎隰，音习，下湿之地也。

> 第八章，感生不逢时，述作歌示哀伤之意。言山上生有蕨与薇矣，下湿之地，生有杞木及桋木矣。彼草木皆生而有地，

而吾人则不能得其安处，而流徙于异地。思归不得，故作此歌，以示哀伤也。

按《诗序》云："《四月》，大夫刺幽王也。在位贪残，下国构祸，怨乱并兴焉。"《序》之言只最后一句，微近诗义。《序》之好为牵强之说亦甚矣。朱传则云："此亦遭乱自伤之诗。"义颇近之，然稍嫌泛。细读原诗，是遭乱南迁，思归不得，感时而作。

北山

此行役之大夫，感劳役不均而作是诗也。

陟彼北山，言采其杞。
偕偕士子，朝夕从事。
王事靡盬^{gǔ}，忧我父母。

溥^{pǔ}天之下，莫非王土。
率土之滨，莫非王臣。
大夫不均，我从事独贤。

四牡彭^{páng}彭，王事傍^{bēng}傍。
嘉我未老，鲜我方将。
旅力方刚，经营四方。

或燕燕居息，或尽瘁事国；
或息偃在床，或不已于行。

或不知叫号^{háo}，或惨惨劬劳；
或栖迟偃仰，或王事鞅掌。

或湛乐饮酒，或惨惨畏咎；
或出入风议，或靡事不为。

陟彼北山，言采其杞。偕偕士子，朝夕从事。王事靡盬，忧我父母。

陟，升也。

言，语词。◎杞，枸杞，可食。

偕偕，强壮貌。◎士子，诗人自谓也。

王事指国家之事。◎靡，无也。◎盬，音古，止息也。参《唐风·鸨羽》。

第一章，言升彼北山，采杞以食。强壮之士子，朝夕从事于行役矣。今王事无所止息，我终年行役在外，故心中忧父母之无能奉养也。

溥天之下，莫非王土。率土之滨，莫非王臣。大夫不均，我从事独贤。

溥，音普，大也。

率，循也。◎滨，涯也。

独贤者，谓我独贤于他人，劳役独多也。

第二章，怨行役不均也。言普天之下，莫非王之土地，循土之涯，莫非王之臣也。而大夫之行役则劳逸不能均平。只我似贤于他人，故行役独多也。

四牡彭彭，王事傍傍。嘉我未老，鲜我方将。旅力方刚，经营四方。

牡，雄马。◎彭，音旁。彭彭，行不得息貌。

傍傍，音崩崩，不得已之貌。

嘉，善也。

鲜，善也。◎将，壮也。

旅，同膂，脊骨也。◎刚，坚强也。

第三章，仍怨行役不均也。言四马彭彭不得息，王事不能得已止。王当是善我之未老，善我之方壮而膂力方强，故经营四方之事，皆命我服其劳役也。

或燕燕居息，或尽瘁事国；或息偃在床，或不已于行。

燕燕，安息貌。

偃，仰卧也。

不已，不止也。

第四章，述劳逸不同之状也。言或燕燕然安居而休息；或尽瘁从事于国家之事；或仰于床，或行而不能休止。其或为逸，或为劳，甚不均矣。

或不知叫号，或惨惨劬劳；或栖迟偃仰，或王事鞅掌。

叫，呼也。◎号，召也。

惨惨，犹戚戚也。◎劬，劳也。劬劳，劳苦也。

栖迟，游息也。

鞅掌，事烦劳之状也。

第五章，仍述劳逸不同之状也。言或不知何者为呼召，谓从不被王呼召者也。或戚戚然劳苦不停也。或游息仰卧，或王事烦劳。

按：鞅掌，毛传："失容也。"孔氏《正义》："传以鞅掌为烦劳之状，故云失容。言事烦鞅掌然，不暇为容仪也。今俗语以职烦为鞅掌，其言出于此传也。"

或湛乐饮酒，或惨惨畏咎；或出入风议，或靡事不为。

湛，音耽，乐也。

咎，罪过也。

风，犹放也。放议，言放言议论也。

靡，无也。无事不为，言诸事皆须作也。

第六章，仍述劳逸不同之状。言或饮酒作乐，或戚戚然畏惧有罪；或出入自由，但放言议论而不必作事；或无事不作，诸劳苦皆落于其身。相形之下，劳逸诚不能均平也。

按《诗序》云："《北山》，大夫刺幽王也。役使不均，已劳于从事，而不得养其父母焉。"《序》又牵以为刺幽王，颇感其好多事。朱传但言："大夫行役而作此诗。"未免太泛。细读之，此诗是行役大夫，感劳役不均，乃有此作。其中有忧我父母之辞，固有不得养之义，但非全篇之主。全篇主题，在怨劳逸不能均耳。

无将大车

此是诗人自作宽解之诗。

无将大车，祇自尘兮。
无思百忧，祇自疧^{qí}兮。

无将大车，维尘冥冥。
无思百忧，不出于颎^{jiǒng}。

无将大车，维尘雝^{yōng}兮。
无思百忧，祇自重兮。

无将大车，祇自尘兮。无思百忧，祇自疧兮。

　　将，扶进也。◎大车，平地任载之车，驾牛者也。

　　祇，适也。◎尘，尘污也。

　　疧，应作疷，音祈，病也。

　　第一章，诗人自宽，愿能不思眼前之忧，乃从无将大车起兴。言不可以扶进大车，扶进之则适足以自遭尘污而已；故不可以思眼前百忧，思则适足以自获病耳。

　　按：疧，毛传："疧，病也。"《释文》："都礼反。"音底。《唐石经》作疷。《释诂》："疷，病也。"《说文》："疷，病也。"疷音祁，古音脂真互转为韵，故与尘叶。段玉裁《诗经小学》，马瑞辰陈奂胡承珙皆主此说，是也。

无将大车，维尘冥冥。无思百忧，不出于颎。

　　冥冥，蔽人目明也。

　　颎，同耿，小明也。耿耿然忧也。◎不出于颎，言不能离于忧也。

　　第二章，义同首章，换韵而重言之。

无将大车，维尘雍兮。无思百忧，祇自重兮。

　　雍，犹蔽也。

　　自重，犹自累也。

　　第三章，义同前二章，又换韵而叠唱之。

按《诗序》云："《无将大车》，大夫悔将小人也。"纯为好作附会之语。朱传谓"亦行役劳苦而忧思者之作"。然诗中并无行役之言。揆其词，明显为感时忧伤自作宽解之语，不及其他也。

小明

此行役者久不得归，咏以寄其僚友者。

明明上天，照临下土。我征徂西，至于丩野。

二月初吉，载离寒暑。心之忧矣，其毒大苦。

念彼共人，涕零如雨。岂不怀归？畏此罪罟。

昔我往矣，日月方除。曷云其还？岁聿云莫。

念我独兮，我事孔庶。心之忧矣，惮我不暇。

念彼共人，睠睠怀顾。岂不怀归？畏此谴怒。

昔我往矣，日月方奥。曷云其还，政事愈蹙。

岁聿云莫，采萧获菽。心之忧矣，自诒伊戚。

念彼共人，兴言出宿。岂不怀归？畏此反覆。

嗟尔君子，无恒安处。靖共尔位，正直是与。

神之听之，式穀以女。

嗟尔君子，无恒安息。靖共尔位，好是正直。

神之听之，介尔景福。

明明上天，照临下土。我征徂西，至于艽野。二月初吉，载离寒暑。心之忧矣，其毒大苦。念彼共人，涕零如雨。岂不怀归？畏此罪罟。

征，行也。◎徂，往也。

艽，昔求。艽野，地名，荒远之地。

二月，夏历之二月。◎初吉，朔日。

载，则也。◎离，罹也，遭也。

毒，中心之苦，如有毒药也。◎大，音泰。

共人，同恭人。宽柔之人也。犹言君子，指僚友之未行役者。即所寄之人。

怀，思也。

罟，音古，网也。

第一章，行役之人述远役久不得归之情。言明明上天，照临下土。此感于无可奈何乃呼天也。继曰：我行而往西，至于艽野，其始行之日为二月初一，而至今则已遭寒而逾暑矣。言时又岁暮也。故心中忧伤，如毒在心，而极为苦痛。念及君子，我之僚友之留而未行者，则涕零如雨。盖思同僚之情而及己身之苦，故涕泣不能禁也。然我岂不怀归去之心哉？惟畏此罪网，故不敢归也。意谓不奉公而归，必获罪也。

按：共恭同。恭人，宽柔之人也。见《大雅·抑》毛传。马瑞辰云："共人即恭人，诗人以念居者，犹下言君子也。"

昔我往矣，日月方除。曷云其还？岁聿云莫。念我独兮，我事孔庶。心之忧矣，惮我不暇。念彼共人，睠睠怀顾。岂不怀归？畏此谴怒。

> 除，除旧而生新也。

> 曷，何时也。◎云，语词。◎言何时能得归还？

> 聿、云，皆语词。◎莫同暮。

> 庶，众也。

> 惮，音朵，劳也。◎言劳役我，使我不能得暇。

> 睠，音卷。睠睠，勤厚之意。

> 谴怒，罪责也。

第二章，言昔我往彼西方之时，当日月除旧而生新之时也。今未知何时可得归还，而岁已暮矣。念我在外，身孤独而事多。我心为之忧，以劳而不得暇也。念彼恭人，睠睠然怀顾不已。我今岂无怀归之意？然畏归去则必遭谴怒罪责也。

昔我往矣，日月方奥。曷云其还，政事愈蹙。岁聿云莫，采萧获菽。心之忧矣，自诒伊戚。念彼共人，兴言出宿。岂不怀归？畏此反覆。

> 奥，音郁，暖也。

> 蹙，促也，急也。◎言我所司之政事益为急促也。

> 采萧获菽，采萧及获菽二事，皆秋季之事。夏之季秋，则周之冬也。故曰岁暮。菽，音叔，豆也。

> 诒，遗也。◎伊，语词。◎戚，忧也。◎言我在乱世而仕，乃自遗此忧，悔仕之辞也。

> 兴，起也。◎出宿，出宿于外也。言，语词。◎此言忧不能寐，起而宿于外也。

反覆，无常也。◎言畏此反覆无常之世事。恐劳而反获罪之意也。

第三章，言昔我往之日，日月方暖。出已甚久，不知何时得还。今政事由我所司者愈益促急。岁已暮矣，已至采萧获豆之时矣，仍无还之望。心中忧伤，自知此乃我于此乱世出仕而自遗忧戚也。此时念彼宽柔之人，忧不能寐，乃起而宿于外，以解吾忧。吾岂不怀归乎？惟畏此反覆无常之世事，恐吾劳役甚久，归则反而得罪也。盖谓行役甚劳，宜有功也。而不至时而归，或反而获罪。以世事反覆无常，功过颇难言也。

嗟尔君子，无恒安处。靖共尔位，正直是与。神之听之，式谷以女。

君子，指所寄之人。

恒，常也。◎言无求常安之处。

靖，同静。◎共，恭也。◎言沈静而恭勤于汝之职位。

与，共也。◎言行事当与正直之人相共。

神之听之，神之所听闻者。

式，语词。◎谷，善。◎女，汝也。◎言神将予汝以善。

第四章，告所寄之人之语也。言嗟乎尔君子，勿求常安之处，而求逸乐。应静而勤慎于职位，行事与正人相共。能如此，则神能听闻之，将降汝以善福也。

嗟尔君子，无恒安息。靖共尔位，好是正直。神之听之，介尔景福。

息，犹处也。

好，犹与也。

介，景，皆大也。◎言大降尔之大福。

第五章，义同四章，换韵而重言之。

按《诗序》云："《小明》，大夫悔仕于乱世也。"读其词，是行役者之语，《序》说未合。朱传云："大夫以二月西征，至于岁暮而未得归，故呼天而诉之。复念其僚友之处者，且自言其畏罪而不敢归也。"极为近似。惟未必为大夫作，且其畏罪不敢归之语，是寄与僚友，非自言之也。

鼓钟

此在淮水之畔，祭祀追悼之词也。所追悼者当为国君。

鼓钟将将，淮水汤汤，忧心且伤。
淑人君子，怀允不忘。

鼓钟喈喈，淮水湝湝，忧心且悲。
淑人君子，其德不回。

鼓钟伐鼛，淮有三洲，忧心且妯。
淑人君子，其德不犹。

鼓钟钦钦，鼓瑟鼓琴，笙磬同音。
以雅以南，以籥不僭。

鼓钟将将，淮水汤汤，忧心且伤。淑人君子，怀允不忘。

将，音锵。将将，声也。

汤，音伤。汤汤，大水貌。

淑，善也。淑人君子，指被追悼之人。

怀，思也。◎允，信也。◎言思念而信仰之，永不能忘也。

第一章，述追悼之状。言鼓钟锵锵然，淮水浩荡疾流。以地在淮水之畔，故写淮水也。忧心且伤是悼念之心情。淑人君子指被悼念之人。此人是我怀念信仰而不能忘者也。

鼓钟喈喈，淮水湝湝，忧心且悲。淑人君子，其德不回。

喈，音皆。喈喈，犹将将，声也。

湝，音谐。湝湝犹汤汤。

回，邪也。◎其德不回，言君子之德，正而不邪也。

第二章，义同首章，换韵而重言之。

鼓钟伐鼛，淮有三洲，忧心且妯。淑人君子，其德不犹。

鼛，音高，大鼓也。◎伐，即击。

三洲，淮上之地也。

妯，音抽，悼也。

犹，已也。◎言其德永存也。

第三章，义同前二章，又换韵而叠唱之。

按：犹，已也。义见《尔雅》。

鼓钟钦钦，鼓瑟鼓琴，笙磬同音。以雅以南，以籥不僭。

钦钦，声也。

雅，中原之正声也。◎南，南国之乐也。◎以雅以南者，言奏正声及南国之乐也。诗中有《大雅》《小雅》《周南》《召南》。

籥，音药，籥舞也。籥舞者，吹籥以成乐，和之而作舞也。籥似今之笛，三孔。◎僭，音钦，乱也。不僭，言能和籥乐钟鼓琴瑟笙磬而不乱也。

第四章，写追祀舞蹈之状也。言鼓钟钦钦然，琴瑟笙磬同音，以奏《雅》，以奏《南》，因以籥舞，和而不乱。

按《诗序》云："《鼓钟》，刺幽王也。"幽王于史无至淮之事，《序》说之不合固不待言。朱传初云未详。继又引王氏说，谓幽王鼓钟淮水之上云云。既云未详，又引此说，令人不解。此诗说者多谓不详，或附《序》说。《序》说固不能成立，不详亦不负责之言而已。若诗者，有文字在，何能竟尔不详其义？今细读其诗，是忧伤追念之语。鼓钟为诸侯以上之乐，屡言淮水，其地当在淮水之畔。屈万里云："此疑悼南国某君之诗。"愚意以为不必疑之可矣。

楚茨

此记王者祭祀之诗。

楚楚者茨，言抽其棘。自昔何为？我蓺黍稷。我黍
与与，我稷翼翼。我仓既盈，我庾维亿。以为酒食，以
享以祀，以妥以侑，以介景福。

济济跄跄，絜尔牛羊，以往烝尝。或剥或亨，或肆
或将。祝祭于祊，祀事孔明。先祖是皇，神保是飨。孝
孙有庆，报以介福，万寿无疆！

执爨踖踖，为俎孔硕，或燔或炙。君妇莫莫，为豆孔庶。
为宾为客，献酬交错。礼仪卒度，笑语卒获。神保是格，
报以介福，万寿攸酢！

我孔熯矣，式礼莫愆。工祝致告，徂赉孝孙。苾芬孝祀，
神嗜饮食。卜尔百福，如几如式。既齐既稷，既匡既敕。
永锡尔极，时万时亿！

礼仪既备，钟鼓既戒。孝孙徂位，工祝致告。神具醉止，
皇尸载起。鼓钟送尸，神保聿归。诸宰君妇，废彻不迟。
诸父兄弟，备言燕私。

乐具入奏，以绥后禄。尔殽既将，莫怨具庆。既醉既饱，小大稽首。神嗜饮食，使君寿考。孔惠孔时，维其尽之。子子孙孙，勿替引之！

楚楚者茨，言抽其棘。自昔何为？我蓺黍稷。我黍与与，我
稷翼翼。我仓既盈，我庾维亿。以为酒食，以享以祀，以妥
以侑，以介景福。

楚楚，盛貌。◎茨，蒺藜也。

言，词也。◎抽，除也。◎谓蒺藜甚盛，除其棘刺是所宜行，
以利农物之生长也。

蓺，音艺，种也。

与与，蕃盛之貌。

翼翼，蕃盛貌。

盈，满也。

庾，积谷之困也。◎维亿，言其多也。维，语词。

享，献也。

妥，安坐也。◎侑，劝也。

介，景，皆大也。

第一章，言收获之丰，由楚茨说起。言蒺藜甚盛，当除其
棘刺矣。自昔即如此从事，其意为何？盖为所种植黍稷之蕃盛
也。乃仓庾既满，而积存极多至于亿万矣。此祭祀时，告先王
以效法先王之治田而获之结果，足以告慰于先人者也。因以为
酒食，以享献之以为祀；请安坐以受之，我将劝尸多受酒食，
以大其大福也。

济济跄跄，絜尔牛羊。以往烝尝。或剥或亨，或肆或将。祝
祭于祊，祀事孔明。先祖是皇，神保是飨，孝孙有庆，报以
介福，万寿无疆！

济济，有容止之貌。◎跄，音枪。跄跄，行动有容，威仪敬慎之貌。

絜，洁也。◎牛羊，祭之物也。

烝，冬祭也。◎尝，秋之祭也。

剥，解剥其皮。◎亨，烹同。

肆，陈之也。◎将，奉持以进之也。

祊，音崩，门内也。

孔，甚也。◎明，备也。

皇，大也。

保，安也。◎飨，食也。◎谓神能受其祀也。

孝孙，主祭之人也。◎庆，犹福也。

第二章，写祭之状也。言祭祀之人，行有威仪；洁其牛羊，以行烝尝之祀。或剥解其皮，或烹之，或陈之，或持而进之，祝祭于门内。其行事甚为明备，而合于礼。于是先祖乃能大，神安而来飨之矣。孝孙亦因之而有福。孝孙之祀，乃得获报以大福，致万寿无疆。自孝孙有庆至万寿无疆三句，是孝孙致祭，祝为尸致福于主人之辞。尸者，古代祭祀，设生人以为尸主，而代为受祭者也。

按：孝孙有庆以下三句，是祝为尸致福于主人之辞，陈奂引《礼运》说之甚详。

执爨踖踖，为俎孔硕，或燔或炙。君妇莫莫，为豆孔庶。为宾为客，献酬交错。礼仪卒度，笑语卒获。神保是格，报以介福，万寿攸酢！

爨，音窜，灶也。执爨谓持灶下烹调之事也。◎踖，音积。踖踖，态度敬慎也。

俎，盛牲体之器也。◎硕，大也。

燔，音烦，烧肉也。◎炙，以物贯肉举于火上以炙之。

君妇，主妇也。◎莫莫，敬慎之貌。

豆，盛器，以盛庶羞。◎庶，众也，多也。◎言豆之所盛甚多。

宾客，助祭之人。◎言豆为宾客而设也。

酢，音酬，导饮也。始主人酌宾为献，宾既酢主人，主人又自饮酌宾曰酬。

度，法度也。卒度谓尽其法度也。

笑语卒获，笑语乃能卒得有之也。

格，来也。

酢，音作，报也。◎攸，语助词。◎万寿攸酢，言报以万寿也。

第三章，再写祭之状。言持灶下烹调之事者，态度敬慎。盛牲体之俎甚大，或燔或炙，主妇敬慎以献尸。豆盛庶羞甚多，以为宾客之用。主人酌宾，宾酢主人，主人又自饮，往来交错，尽其礼仪。礼仪尽其法度，乃能卒得笑语。神安而来降，报以大福，报之以万寿。大福万寿，指主人而言也。

我孔熯矣，式礼莫愆。工祝致告，徂赉孝孙。苾芬孝祀，神嗜饮食。卜尔百福，如几如式。既齐既稷，既匡既敕。永锡尔极，时万时亿！

熯，音善，敬也。

式，法也。◎愆，音铅，过也。◎言法于礼而无过失也。

工，善其事也。工祝，善其事之祝也。◎致告，致告于神。如今之祈祷。

徂，音除，往也。◎赉，音赖，赐予也。◎言望神能往赐孝孙以福也。

苾，音弼，香也。◎孝祀，以孝敬享祀也。

神嗜饮食，神乃嗜汝之饮食。

卜，予也。

几，期也。◎式，法也。

齐，整也。◎稷，疾也。

匡，正也。◎敕，戒也。

永，长也。◎锡，赐也。◎极，至也，言善之极至。

时，是也。◎万亿，言其多也。

第四章，仍写祀之状。言我行祭祀之礼甚敬矣。法于礼而无过。能善其事之祝者，祈祷于神，求神往赐孝孙以福曰："此祭礼以芬芳洁美之食，以孝敬祀神；神将嗜此饮食，故赐予汝以百福。神之来降，如期而如法式，礼容既齐整而敏疾，既正而戒饬。将长赐众善之极，是万是亿，多而无穷也。"此一段皆祝者祈祷之言也。

礼仪既备，钟鼓既戒。孝孙徂位，工祝致告。神具醉止，皇尸载起。鼓钟送尸，神保聿归。诸宰君妇，废彻不迟。诸父兄弟，备言燕私。

戒，告也。告祭者以祭事毕也。

徂位，祭事既毕，主人往堂下西面位也。

具醉，醉也。犹言具有醉意。◎止，语尾词。

皇，大也。尊称之也。◎尸，祭时设生人以为尸主以受祭，以代今之设受祭之像也。◎载，则也。祭祀已毕，尸则起以离其受祭之位。

鼓钟送尸，以鼓钟之礼送尸，尸出入奏肆夏，所以为王者礼也。

聿，语词。

宰，家宰。诸宰谓多也。

废彻，犹言除去也。

备，俱也，皆也。◎言，语词。◎燕私，私燕也。◎谓家人同姓乃皆参与私宴。

第五章，写祭礼已毕也。言礼仪既已完备；钟鼓既已鸣，以戒告参与祭祀者，祭礼已毕。孝孙乃往堂下西面之位，祝者乃再作祷告，神乃醉而归去。言醉者，视神如真在，受享而醉也。于是尸起离位，鼓钟以送尸。此时神安而归，诸家宰君妇皆迅速退除。祭礼已毕，诸父兄弟，家人同姓，乃皆参加私宴。

乐具入奏，以绥后禄。尔殽既将，莫怨具庆。既醉既饱，小大稽首。神嗜饮食，使君寿考。孔惠孔时，维其尽之。子子孙孙，勿替引之！

乐具入奏，乐皆入奏于寝也。寝在庙后，祭时在庙，燕时在寝。故曰入奏。

绥，安也。以安后日之福禄。

将，进也。

莫怨具庆，言莫有怨者，而皆欢庆。

小大，犹长幼也。◎稽首，拜，头至地而稽留多时，拜中最重之礼，臣拜君之拜。

神嗜饮食，使君寿考，言神既嗜君之饮食，故使君寿考也。考，老也。

惠，顺也。◎孔惠孔时，言甚顺而甚得其时。

维其尽之，言能尽礼也。

替，废也。◎勿替引之，言勿废而能引长之也。

第六章，写私燕及燕后之事也。言私燕在寝，故乐皆入奏于寝，以安后日之福禄。尔之殽羞既进，众莫有怨者而皆欢庆。既醉既饱，长幼皆稽首拜谢而言曰：“向者之祭，神既嗜君之饮食矣，是以必使君能寿考也。”君之祭祀，甚顺而又甚得其时，并能尽礼。子子孙孙，当勿废而引长之也。

按：庙寝，《礼记·月令》：“庙寝毕备。”注：“凡庙，前曰庙，后曰寝。”疏：“庙是接神之处，其处尊，故在前；寝，衣冠所藏之处，对庙为卑，故在后。”《诗经》朱传云：“祭于庙而燕于寝，故于此将燕而祭之时，乐皆入奏于寝也。”

按《诗序》云：“《楚茨》，刺幽王也。政烦赋重，田莱多荒，饥馑降丧，民卒流亡。祭祀不飨，故君子思古焉。”然诗中皆详叙祭祀，始终无刺意，何得谓之为刺？鼓钟送尸，乃奏肆夏，是王者之礼。是记王者祭宗庙之诗也。

信南山

此叙王者祭祀之诗。

信彼南山，维禹甸之。
畇畇原隰，曾孙田之。
我疆我理，南东其亩。

上天同云，雨雪雰雰。
益之以霡霂，既优既渥。
既霑既足，生我百谷。

疆場翼翼，黍稷彧彧。
曾孙之穑，以为酒食。
畀我尸宾，寿考万年。

中田有庐，疆場有瓜。
是剥是菹，献之皇祖。
曾孙寿考，受天之祜。

祭以清酒，从以骍牡，享于祖考。
执其鸾刀，以启其毛，取其血膋。

是烝是享，苾苾芬芬。
祀事孔明，先祖是皇。
报以介福，万寿无疆。

信彼南山，维禹甸之。畇畇原隰，曾孙田之。我疆我理，南东其亩。

信彼南山，言信乎彼南山之野。

甸，治也。

畇，昔匀。畇，高平为原，下湿畇，垦辟貌，为隰。隰音习。

曾孙，主祭者之称。曾，重也。自曾祖以至无穷皆得称之。◎田之，以之为田也。

疆者为之大界也。理者定其沟涂也。

亩，垄也。或南其垄，或东其垄。

第一章，述锦绣河山也。言信乎彼南山之野，禹之冶也。而今其原隰之地，则曾孙得以为田也。于是为之疆界，为之沟涂，或南其垄，或东其垄。

上天同云，雨雪雰雰。益之以霢霂，既优既渥。既霑既足，生我百谷。

同云，云一色也。

雨，音御，雪落也。◎雰，音分。雰雰，雪貌。

霢，音麦。霂，音木。小雨曰霢霂。

优渥，饶洽之义。

霑，足，亦饶洽之意。

第二章，述天降之福也。言上天之云同一色，谓阴霾也。于是降雪纷纷，又加之以小雨，既已饶洽，大地乃生我之百谷也。

疆埸翼翼，黍稷彧彧。曾孙之穑，以为酒食。畀我尸宾，寿考万年。

> 埸，音亦，畔也。◎翼翼，整饬貌。
>
> 彧，音郁。彧彧，茂盛貌。
>
> 穑，敛税也。
>
> 畀，予也。◎以为酒食，以酒食予尸及宾。
>
> 寿考万年，以酒食予尸及宾，以敬神，神佑之则可寿考万年也。
>
> 第三章，述田产丰足，足以祭祀也。言疆畔整理，黍稷茂盛，曾孙之税敛得以富裕。乃以为酒食，予我尸及宾，以为祭祀，则得寿考万年也。

中田有庐，疆埸有瓜。是剥是菹，献之皇祖。曾孙寿考，受天之祜。

> 中田，田中也。
>
> 剥瓜为菹。菹，音居，腌所剥之瓜。
>
> 皇，君也。
>
> 祜，音户，福也。
>
> 第四章，再述以农获祭祀。言田中有农人之庐，疆畔则种有瓜。瓜成剥之，腌渍以为菹，献之于皇祖。言祭祀也。于是曾孙得寿考而受天之福也。

祭以清酒，从以骍牡，享于祖考。执其鸾刀，以启其毛，取其血膋。

> 清酒，清洁之酒，郁鬯之属。

骍牡，赤色之雄牲也。

享，献也。

鸾，铃也。铃刀，刀之有鸾者。

启，开也。开启其毛，以告其色之纯也。

膋，音聊，脂膏也。取其血脂以告杀也。

第五章，叙祭之行事。言祭以清洁之郁鬯之酒，从之以赤色雄牲，以享进于祖考。主人亲执鸾刀，以开启其毛，以告其纯；取其血脂，以告其杀。杀之以献祭也。

是烝是享，苾苾芬芬。祀事孔明，先祖是皇。报以介福，万寿无疆。

烝，进也。◎享，献也。

苾，音弼，香也。

孔，甚也。◎明，备也。

皇，大也。

介，大也。

第六章，述祭之备而得福也。言既进其祭物，其祭芬芳，其礼甚完备，先祖乃能大也。于是能报之以大福，乃至万寿无疆也。

按《诗序》云：："《信南山》，刺幽王也。不能修成王之业，疆理天下，以奉禹功，故君子思古焉。"《序》说与诗之内容相去甚远，自不必信其附会。朱传云："此诗大指与楚茨略同。"惟朱传以为公卿之祭。此诗有"献之皇祖"等语，当是王者之祭礼。

甫田之什

甫田

此君王祈年祭祀之诗。

倬彼甫田，岁取十千。
我取其陈，食我农人。
自古有年。
今适南亩，或耘或耔。
黍稷薿薿。
攸介攸止，烝我髦士。

以我齐明，与我牺羊，以社以方。
我田既臧，农夫之庆。
琴瑟击鼓，以御田祖。
以祈甘雨，以介我稷黍，以榖我士女。

曾孙来止，以其妇子，馌彼南亩。
田畯至喜，攘其左右，尝其旨否。
禾易长亩，终善且有。
曾孙不怒，农夫克敏。

曾孙之稼，如茨如梁。

曾孙之庾，如坻如京。

乃求千斯仓，乃求万斯箱，黍稷稻粱。

农夫之庆，报以介福，万寿无疆。

倬彼甫田，岁取十千。我取其陈，食我农人，自古有年。今适南亩，或耘或耔，黍稷薿薿。攸介攸止，烝我髦士。

　　倬，音卓，明貌。◎甫，大也。

　　岁取，每岁抽税也。◎十千，言多也。

　　我，主祭之君王也。◎陈，旧也。指旧粟。

　　食，音嗣，以食与人也。

　　有年，丰收有获之年也。

　　耘，音芸，除草也。◎耔，音子，雝本也。雝本者，覆土培根也。

　　薿，音蚁。薿薿，茂盛貌。

　　攸，是也。◎介，舍也。◎止，息也。◎是舍是息，言君王舍息之状也。

　　烝，进也。◎髦，俊也。髦士，指农夫之俊，治田多获者也。◎烝我髦士，言使俊士进于我之面前，以慰问鼓励之也。

　　第一章，将祭告神之语也。言彼倬然明大之田，岁取十千之赋，为数甚多。新者堆积，用之不尽。故我取陈旧之粟，以予我之农人为食，使其有余。因自古至今，丰年连续，故有此富裕也。此谓自古丰年者，未必尽然，但为祭祀而告神，故云如此也。又云：今往南亩，见农人或除草，或培根覆土，黍稷甚为茂盛。于是乃止于舍中，使俊士进于我之面前，我乃慰问而鼓励之。此言适彼南亩者，告神以我之勤劳关心农作之状也。

以我齐明，与我牺羊，以社以方。我田既臧，农夫之庆。琴瑟击鼓，以御田祖。以祈甘雨，以介我稷黍，以穀我士女。

　　齐，音咨，同粢，稷也。齐明，明粢也。明粢者，祭神用之粢盛，以明水涤之者。

牺羊，纯色之羊也。

社，后土。此言祭祀后土也。◎方，四方。此言祭祀四方也。

臧，善也。

御，迎也。◎田祖，先啬，始发明耕田之人也。◎此言迎祭其神也。

介，大也。此处大作动词用。

穀，养也。

第二章，祭之情形也。言以我之明粢，与我纯毛之羊，以祭于后土，以祭四方。我田既已善矣，则是农夫之福而当庆也。乃鼓琴鼓瑟，以迎先啬。以求甘雨，以长大我之稷黍，以养我之士女。

按：齐明，即明齐，朱传与陈奂并谓以便文协韵故曰齐明。明齐即明粢，又作明齍。《周礼·秋官司烜氏》："以共祭祀之明齍，明烛共明水。"孙诒让《正义》："《诗·小雅》：'以我齐明。'毛传：'器实曰齐。'《释文》：'齐本又作齍。'按《诗》齐明即此明齍。又《士虞礼》祝辞亦有明齐，注云'今文曰明粢'。王引之谓之即经之明齍，其说甚碻。是齍粢齐三字并通也。"

曾孙来止，以其妇子，馌彼南亩。田畯至喜，攘其左右，尝其旨否。禾易长亩，终善且有。曾孙不怒，农夫克敏。

曾孙，祭之主人，参前《信南山》。

以其妇子，因见其农夫之妇子。

馌，音叶，馈也。◎言送饭至南亩以供耕者食用。

畯，音俊。田畯，田大夫，劝农之官也。

攘，取也。◎左右，左右之食也。

易，治也。◎长，竟也。

克敏，能敏于其事也。

第三章，述君王视田之状，以告神也。言曾孙来至田家，因见农夫之妇子，正往南亩送饭，乃偕至田中。田大夫亦至，见其田之美而喜，因取农夫左右之食，尝其食之甘美与否，是关心农夫之食也。其禾能治而甚茂；其田亩能竟尽如一，无稍荒芜；其最后所获当必获善而且多。故曾孙无有所责怒，以农夫能敏于事也。

曾孙之稼，如茨如梁。曾孙之庾，如坻如京。乃求千斯仓，乃求万斯箱，黍稷稻粱。农夫之庆，报以介福，万寿无疆。

茨，屋盖也。◎梁，屋梁也。

庾，积谷之囷也。

坻，音池，水中之高地。◎京，高丘也。

斯，语词。

箱，车箱也。

黍稷稻粱，言黍稷稻粱藏于千仓，载于万车也。

末三句言农夫有福。乃颂扬君王之德，求报之以大福，祝其万寿无疆。

第四章，祈年祝祷之词也。言曾孙之稼，将高及屋盖，高如屋梁。曾孙之囷，如水中高地，如高丘。于是积谷甚多，乃求千仓以藏之，万车以载之，黍稷稻粱皆富足矣。是乃农夫之福，实君王之德所致，望能报之以大福，至于万寿无疆。

按：如茨如梁，旧谓茨为屋盖，而梁为车梁。若屋盖则言其高，若车梁则不得像稼也。愚意以为此梁为屋栋也。《庄子·秋水》："梁丽可以衝城。"《列子·汤问》："余音绕梁欐三日不绝。"梁欐同梁丽，屋栋也。郭庆藩有详说。

按《诗序》云："《甫田》，刺幽王也。君子伤今而思古焉。"《序》说于《鼓钟》以下，皆以为刺幽王，皆去题远甚，其不足采，固不待言。此诗所言，显为君王祈丰年祭祀之词。盖诗人所作，而祭祀时所歌耳。

大田

此农夫乐丰年之诗。

大田多稼，既种既戒。
既备乃事，以我覃耜。
俶载南亩，播厥百谷。
既庭且硕，曾孙是若。

既方既皂，既坚既好，不稂不莠。
去其螟螣，及其蟊贼，无害我田稺。
田祖有神，秉畀炎火。

有渰萋萋，兴雨祁祁。
雨我公田，遂及我私。
彼有不获稺，此有不敛穧；
彼有遗秉，此有滞穗。
伊寡妇之利。

曾孙来止，以其妇子，
馌彼南亩，田畯至喜。
来方禋祀，以其骍黑，与其黍稷。
以享以祀，以介景福。

大田多稼，既种既戒。既备乃事，以我覃耜。俶载南亩，播厥百谷。既庭且硕，曾孙是若。

多稼，言种之丰也。

种，读为种子之种，择选种子也。◎戒，整饬其农具也。

乃，其也。◎既备乃事言既完备其耕田准备之事。

覃，音焰，通剡，利也。◎耜，音似，田器，末下端刺土之插也。

俶，音处，始也。◎载，事也。◎俶载南亩，言始从事于南亩。

厥，其也。

庭，直也。◎硕，大也。

若，顺也。◎曾孙指君王。

第一章，言大田则必种之多，故今必须选择种子，整备农具。一切准备既已完成，然后以我之利耜，始从事耕事于南亩，播种百谷。其谷既直且大，乃能顺曾孙之所望也。

既方既皂，既坚既好，不稂不莠。去其螟螣，及其蟊贼，无害我田稚。田祖有神，秉畀炎火。

方，房也。谓孚甲始生而未合时也。◎皂，实未坚者曰皂。

稂，音郎，童粱也，害田之草。◎莠，音酉，似苗之草，害田者也。

螟，食心之虫。◎螣，音特，食叶之虫。

蟊，音矛，食根之虫。◎贼，食节之虫。

稚，稚禾，谓幼苗也。

田祖，田之神也。故曰田祖有神。

秉，持也。◎畀，音必，与也。◎炎火，火可以焚虫。◎此谓除此四虫，将以火焚之，虽为人事，但颂之于神，谓此火是神持之以焚害虫，故虫能灭也。

第二章，言禾既已孚甲始生矣；随之既结实而实尚未坚；及既坚而好，而又不生害苗之杂草，此时则必去其害虫，如螟螣蟊贼，无使害我幼苗也。我以火焚虫，田祖有神，能持火焚灭之也。

有渰萋萋，兴雨祁祁。雨我公田，遂及我私。彼有不获稺，此有不敛穧；彼有遗秉，此有滞穗。伊寡妇之利。

渰，音掩，云兴貌。◎萋萋，盛貌。

祁祁，徐也。

公田，井田之中为公田。

私，其余八家为私田。

不获稺，未收获之稺禾。

穧，音剂，既刈之禾也。不敛穧，言刈而未收束之也。

秉，把也。遗秉，遗弃之禾把。禾把指收禾成把者。

滞穗，遗弃之穗。

伊，是也。

第三章，言云兴甚盛，雨来徐徐，徐徐者，可以皆入土也。雨落公田，遂亦及我私田。因雨之及时，故收获极丰。彼处有不曾刈之禾，此处有刈而未束之穧，彼有遗落已刈之成把之禾，此有遗弃之穗。此皆属于矜寡之利，彼等可以取以食用也。

按：公田，《孟子·滕文公上》引此诗，以为周亦行助法。助法者，画地为九，井田之制也。方里而井，井九百亩，八家各授一区百亩，中间为公田百亩。公田但借八家之力，以助其耕，而不复税其私田。详朱传及陈奂胡承珙皆有说。

曾孙来止，以其妇子，馌彼南亩，田畯至喜。来方禋祀，以其骍黑，与其黍稷。以享以祀，以介景福。

> 首四句，见前一篇《甫田》第三章。
>
> 方，四方也。◎禋音因。禋，洁祀也。禋祀，洁斋以祀也。
>
> 骍，赤牲也。◎黑，黑牲也。
>
> 享，献也。
>
> 介，景，皆大也。
>
> 第四章，言君王来矣，以农夫之妇子至南亩送饭，乃偕至南亩，以视其田。田大夫亦来，见田之丰，亦甚喜悦。曾孙之来，又禋祀四方之神，各用其赤黑之牲，与黍稷，以献以祀，以大曾孙之大福也。

按《诗序》云："《大田》，刺幽王也。言矜寡不能自存焉。"朱传云："此诗为农夫之辞，以颂美其上，若以答前篇之意也。"《序》说又谓刺幽王，自不可取。朱说颇为近似，然非以答前篇也。此只是农夫乐丰年之诗，亦非为颂美其上者也。

瞻彼洛矣

朱传云："此天子会诸侯于东都，以讲武事，而诸侯美天子之诗。"

瞻彼洛矣，维水泱泱。
君子至止，福禄如茨。
_{cì}
靺韐有奭，以作六师。

瞻彼洛矣，维水泱泱。
君子至止，鞞琫有珌。
_{bǐngběng bì}
君子万年，保其家室。

瞻彼洛矣，维水泱泱。
君子至止，福禄既同。
君子万年，保其家邦。

瞻彼洛矣，维水泱泱。君子至止，福禄如茨。韎韐有奭，以作六师。

洛，洛水。

泱泱，深广貌。

君子指天子也。◎止，语尾词。

茨，音次，屋盖。喻多也。

韎，音昧，茅蒐所染之皮。茅蒐，草名，染绛色。◎韐，音阁，韠也。合韦为之，以蔽前，兵事之服也。◎奭，赤貌。有奭犹奭然。

作，犹兴也。◎六师，六军也。天子六军。

第一章。言行而至洛也，故曰瞻彼洛水，洛水深广。天子至矣，其禄福有如居市之屋盖，喻其多也。其所率之士以韎皮为韠，奭然色赤，以兴六师。

瞻彼洛矣，维水泱泱。君子至止，鞞琫有珌。君子万年，保其家室。

鞞，音柄，刀鞘也。◎琫，音菶，佩刀鞘上饰。◎珌，音必，刀鞘下饰。◎有，又也。

第二章，重言天子至矣，其刀鞘上下饰琫珌甚美。君子其宜万年，而能保其家室。颂美之也。

瞻彼洛矣，维水泱泱。君子至止，福禄既同。君子万年，保其家邦。

同，聚也。

第三章，义同前章，换韵而叠唱之。

按《诗序》云："《瞻彼洛矣》，刺幽王也。思古明王，能爵命诸侯，赏善罚恶焉。"此诗中所言皆颂美之辞，而序仍以为刺幽王。而指为思古明王以刺之，能不为极尽牵强之能事者乎？朱传之说是也。

裳裳者华

朱传云："此天子美诸侯之辞，盖以答《瞻彼洛矣》也。"

裳裳者华，其叶湑兮。
我觏之子，我心写兮。
我心写兮，是以有誉处兮。

裳裳者华，芸其黄矣。
我觏之子，维其有章矣。
维其有章矣，是以有庆矣。

裳裳者华，或黄或白。
我觏之子，乘其四骆。
乘其四骆，六辔沃若。

左之左之，君子宜之。
右之右之，君子有之。
维其有之，是以似之。

裳裳者华，其叶湑兮。我觏之子，我心写兮。我心写兮，是以有誉处兮。

裳裳，犹堂堂。◎华，花也。

湑，音叙，盛貌。

觏，音构，见也。◎之子，是子，指被颂美之诸侯也。

写，输泻也。◎我心写兮，言心情舒放。

誉，乐也。◎处，安处也。

第一章，由"裳裳者华"起兴。言彼花堂堂，而叶甚盛。由花之美，足以悦性情，因以引起我见是子，我心中忧愁输泻，而乃为之舒放，是以有欢乐而能安处也。

裳裳者华，芸其黄矣。我觏之子，维其有章矣。维其有章矣，是以有庆矣。

芸，黄盛也。言花开黄色而极盛也。故云芸其黄矣。

章，礼文也。◎有章，言有礼度而有文章也。

庆，福也。

第二章，起兴如前章。我见是子，有礼度而有文章。维其如此，是以有福庆也。

裳裳者华，或黄或白。我觏之子，乘其四骆。乘其四骆，六辔沃若。

骆，白马黑鬣者。

六辔，四马共八辔。两骖马内辔纳于觖，故言六辔，请参看《秦风·驷驖》。◎沃若，沃，润泽。若，如也。沃若，润泽之貌。

第三章，起兴如前二章。我见是子，乘其四骆，六辔润泽，言其车马威仪之盛也。

左之左之，君子宜之。右之右之，君子有之。维其有之，是以似之。

左之左之，言左则能左也。

君子宜之，言左则君子能宜其左。

右之右之，君子有之，言右则能右，而君子皆能有之。

似，嗣也。言嗣其先人之官爵也。

第四章，赞美其人之能也。言若左之则能左，君子能宜其左；右之则右，君子亦能有其右。谓此君子左右任事无所不能也。维其能有如此之才能，故能嗣续其先人之官爵也。诸侯皆世袭爵，故云。

按《诗序》云："《裳裳者华》，刺幽王也。古之仕者世禄，小人在位，则谗谄并进，弃贤者之类，绝功臣之世焉。"然此诗皆美辞，何得谓之为刺？固不足采。何玄子以此诗为美郑武公之诗，亦无确据。朱传以为答前篇《瞻彼洛矣》之辞。细审之，其首章绝似《蓼萧》之首章。《蓼萧》为天子燕诸侯而美之之诗，此则天子美诸侯之辞，是同一类也。

桑扈

朱传云：“此亦天子燕诸侯之诗。”

交交桑扈，有莺其羽。
君子乐胥，受天之祜。

交交桑扈，有莺其领。
君子乐胥，万邦之屏。

之屏之翰，百辟为宪。
不戢不难？受福不那？

兕觥其觩，旨酒思柔。
彼交匪敖，万福来求。

交交桑扈，有莺其羽。君子乐胥，受天之祜。

交交，通咬咬，鸟声也。参前《秦风·黄鸟》。◎桑扈，鸟名，肉食而不食粟。参前《小宛》。

莺，文彩貌，有莺即莺然。◎言其羽莺然有文彩。

君子，指诸侯。◎胥，皆也。◎乐胥言皆乐。

祜，福也。

第一章，由"交交桑扈"起兴，言交交然桑扈之鸟飞鸣，其羽灿然有文彩。因以引起赞美诸侯之语，盖以羽之文彩联想诸侯之英姿也。乃言君子皆乐而受天之福也。

交交桑扈，有莺其领。君子乐胥，万邦之屏。

领，颈也。

屏，蔽也。

第二章。仍由"交交桑扈"起兴。其颈莺然有文彩。君子皆乐，能为万邦之屏蔽，以卫国家也。

之屏之翰，百辟为宪。不戢不难？受福不那？

之，是也。◎翰，干也。

辟，音璧，君也。◎宪，法也。◎百君者，指天下各国之君，皆以在座之诸侯为法则也。

戢，敛也。难，慎也。◎不戢，岂不收敛检束乎？不难，岂不自难戒慎乎？

那，多也。◎受福不那，言受福岂能不多乎？

第三章，言是屏蔽是桢干，皆卫国者也。天下各国之君，皆应以之为法则。此诸侯之任事，岂不检束乎？岂不戒慎乎？任事如此，岂能不多受福乎？

兕觥其觩，旨酒思柔。彼交匪敖，万福来求。

> 兕，独角兽。兕觥，以兕角作成之。◎觩，音求，角上曲貌。旨，美也。◎思，语词。◎柔，嘉也，善也。
>
> 彼，指诸侯。◎交，交往于人也。◎匪，非也。◎敖，傲也。求，聚也。
>
> 第四章，由兕觥上曲，美酒嘉善起兴。正燕饮之间故以美爵美酒以引起赞美之辞，言彼诸侯，交往于人，能不骄傲，故万福自来而聚于彼也。
>
> 按：柔，嘉也，善也。马瑞辰说。求，与逑同，聚也。《经义述闻》说。

按《诗序》云："《桑扈》，刺幽王也。君臣上下，动无礼文焉。"《序》说毫无可取之理，不必多论。朱传之说是也。

鸳鸯

鸳鸯于飞，毕之罗之。
君子万年，福禄宜之。

鸳鸯在梁，戢其左翼。
君子万年，宜其遐福。

乘马在厩，摧之秣之。
君子万年，福禄艾之。

乘马在厩，秣之摧之。
君子万年，福禄绥之。

鸳鸯于飞，毕之罗之。君子万年，福禄宜之。

于，助词，于飞即正在飞。

毕，小网长柄。

君子，指天子也。

第一章，由"鸳鸯于飞"起兴。鸳鸯匹鸟也，飞则为双，福禄之象也。故曰毕之罗之，取其福禄也。因以颂祷天子万年，福禄宜之也。

鸳鸯在梁，戢其左翼。君子万年，宜其遐福。

梁，石绝水为梁。参前《邶风·谷风》。

戢，收也。二鸟收其左翼以相并也。

遐，远也，久也。

第二章，义同首章，换韵而重唱之。戢其左翼言二禽相并，相偕福禄之象也。

乘马在厩，摧之秣之。君子万年，福禄艾之。

乘音胜，四马也。◎厩，音救，养马之处。

摧，音错，同莝，刍也。刍者，新刍，以食马也。◎秣，音末，食马以谷也。

艾，养也。

第三章，改以乘马起兴。言四马在厩，斩草以食，取谷以食之。四马者，意谓备天子所用，故曰天子万年，福禄养之。

乘马在厩，秣之摧之。君子万年，福禄绥之。

绥，安也。

第四章，义同三章，换韵而重唱之。

按:《诗序》又以此诗为刺幽王。然此诗皆颂祷之辞,《序》说之谬,不辩自明。朱传之说甚是。盖《桑扈》与此诗，当时或即天子燕诸侯所通用，一唱一答，以成其礼也。

頍弁

朱传云："此亦燕兄弟亲戚之诗。"

有頍者弁，实维伊何？尔酒既旨，尔殽既嘉。
岂伊异人？兄弟匪他。茑与女萝，施于松柏。
未见君子，忧心奕奕。既见君子，庶几说怿。

有頍者弁，实维何期？尔酒既旨，尔殽既时。
岂伊异人？兄弟具来。茑与女萝，施于松上。
未见君子，忧心忉忉。既见君子，庶几有臧。

有頍者弁，实维在首。尔酒既旨，尔殽既阜。
岂伊异人？兄弟甥舅。如彼雨雪，先集维霰。
死丧无日，无几相见。乐酒今夕，君子维宴。

有頍者弁，实维伊何？尔酒既旨，尔殽既嘉。岂伊异人？兄弟匪他。茑与女萝，施于松柏。未见君子，忧心奕奕。既见君子，庶几说怿。

頍，音跬，举首貌。有頍即頍然。◎弁，音卞，皮弁也，冠名。此作动词用。言举首而戴皮弁也。

维，是也。◎伊，语词。◎言实是何事乎？

旨，美也。

嘉，善也。

伊，彼也。◎言彼岂是他人耶？

兄弟匪他，是兄弟而非他人也。言非外人，承上句岂伊异人而言。

茑，音鸟，植物名，寄生也。◎女萝，菟丝也。◎二植物皆蔓生。

施，音异，伸长而蔓延也。

奕奕，不定之貌。

说，读为悦。◎怿，音异，亦悦也。

第一章，言举首而戴皮弁，实为何事邪？盖以尔之酒既美，尔之殽既善，则可以燕矣。故戴弁也。所燕者谁？岂为他人？是兄也。寄生与菟丝，延展蔓生于松柏，有相附之理也。兄弟亦然。故未见兄弟，忧心奕奕然不定；既见兄弟，庶几大悦也。

有頍者弁，实维何期？尔酒既旨，尔殽既时。岂伊异人？兄弟具来。茑与女萝，施于松上。未见君子，忧心恞恞。既见君子，庶几有臧。

何期，犹伊何也。◎期，音基，语词。

时，善也。

具，俱也。

恌，音柄。恌恌，忧盛貌。

臧，善也。

第二章，义同首章，换韵而重言之。

有颍者弁，实维在首。尔酒既旨，尔殽既阜。岂伊异人？兄弟甥舅。如彼雨雪，先集维霰。死丧无日，无几相见。乐酒今夕，君子维宴。

在首，言戴在头上也。

阜，犹多也。

雨，音遇。雨雪，降雪也。

霰，音线。雪之初凝若细粒者。

死丧无日，言人之生命有限，死丧之期，计无多日而将至也。

无几相见，相见无多几日也。

宴，宴飨以乐也。

第三章，起法仍如前二章。所宴者何人，岂有别人，兄弟甥舅是也。若天之将欲降雪，霰必先集，然后雪至；人之老已至，如霰之集；死丧之期至，则如雪之降。今老既至，故谓无多日也。相见欢娱之时既无几，故今夕当乐饮以尽欢，故君子乃有此宴飨也。

按《诗序》云："《颍弁》，诸公刺幽王也。暴戾无亲，不能宴乐同姓，亲睦九族，孤危将亡，故作是诗也。"后世多以为然。姚际恒且为之辩。然皆附会之词。朱说为是。

车舝

此自叙结婚亲迎之诗也。

间关车之舝^{xiá}兮，
思娈^{luán}季女逝兮。
匪饥匪渴，德音来括。
虽无好友，式燕且喜。

依彼平林，有集维鷮^{jiāo}。
辰彼硕女，令德来教。
式燕且誉，好尔无射^{yì}。

虽无旨酒，式饮庶几。
虽无嘉殽，式食庶几。
虽无德与女^{rǔ}，式歌且舞。

陟彼高冈，析其柞^{zuó}薪。
析其柞薪，其叶湑^{xǔ}兮。
鲜我觏^{gòu}尔，我心写^{xiè}兮。

高山仰止，景行行^{háng xíng}止。

四牡騑騑，六辔如琴。
觏尔新婚，以慰我心。

间关车之辖兮，思娈季女逝兮。匪饥匪渴，德音来括。虽无好友，式燕且喜。

间关，展转也。◎辖，音辖，车声也。又辖为车轴头之铁也，无事则脱，行则设之。◎此句言车行展转也。

娈，音鸾，美貌。◎逝，往也。◎言思彼美女，故而往迎也。

匪饥匪渴，言并非饥与渴也。

德音，他人之语言，参前《秦风·小戎》。◎括，会也。◎言望其德音，故来相会，乃如饥如渴耳。来会即来迎娶也。

式，语词。◎言燕饮以相喜乐也。

第一章，叙亲迎之状及心情也。言车行展转，以思彼美貌之季女，故而往迎娶之也。此时并非饥渴，然以希望得闻语言，故心中如饥如渴也。虽无好友来贺，亦当燕饮以相喜乐也。

按：间关，毛传："设辖也。"马瑞辰以为间关二字叠韵，犹展转也。

依彼平林，有集维鷮。辰彼硕女，令德来教。式燕且誉，好尔无射。

依，茂木貌。

鷮，音骄。雉也。即野鸡。

辰，时也。时，善也。◎硕，大也。

令，美也。◎言曾以美德教育之也。

誉，乐也。参前《蓼萧》。

好，喜好也。◎射，音亦，厌也。

第二章，以"依彼平林"起兴。言平林茂盛，则有雉集之。

是茂盛华美之象也。因以兴起淑女善美，曾有美德之教。有淑
女以配君子，是盛美之事也。如此美事，固宜燕饮欢乐。我当
爱好尔淑女而无厌也。

虽无旨酒，式饮庶几。虽无嘉殽，式食庶几。虽无德与女，式歌且舞。

式饮庶几，言庶几亦足饮乐也。

女，读为汝。

第三章，想象结婚之宴也。言虽无美酒，庶几足以饮而乐；
虽无善殽，庶几足以食而乐；我虽无德以与汝，亦当饮食歌舞
以相乐也。

陟彼高冈，析其柞薪。析其柞薪，其叶湑兮。鲜我觏尔，我心写兮。

陟，登也。

柞，音昨，栎也。

湑，盛貌。

鲜，少也。◎觏，见也。

写，除也。言舒快也。

第四章，叙路上所见。言登彼高冈，有人砍其柞薪。砍其
柞薪，我见其叶甚盛，因而思女之美也。故曰我少见尔。故思
见之也。今将见之，故我心舒快也。

高山仰止，景行行止。四牡骓骓，六辔如琴。觏尔新婚，以

慰我心。

止，语尾词。

行，音航。景，大也。景行，大道也。◎行止，行于大道之谓也。

牡，雄马。◎骓，音非。骓骓，行不止貌。

六辔，四马八辔，二辔纳于觖，故言六辔，参看《秦风·驷驖》。◎如琴，言调协如琴瑟也。

尔，指淑女也。

第五章，迎娶礼成，返家途中所记也。言前有高山，我仰望之，是路上景物也。前有大道，我车行之。四牡行行不已，六辔在手，如琴瑟之调协。此时即将载新妇还家，心中快慰，乃曰见尔与我新婚，而使我心中安慰也。

按《诗序》云："《车舝》，大夫刺幽王也。褒姒嫉妒，无道并进，谗巧败国，德泽不加于民。周人思得贤女以配君子，故作是诗也。"牵附之远，令人难信其真能有此想法也。而郑笺竟据此释之。先儒之解诗，真不可解也。朱传云："此燕乐其新婚之诗。"已甚近似。惟诗中所叙，始云"间关车辖"，末云"四牡骓骓，六辔如琴"，是首尾皆写亲迎之事，并非主在燕乐。

青蝇

此伤于谗者之诗也。

营营青蝇，止于樊。
岂弟君子，无信谗言。
<small>kǎi tì</small>

营营青蝇，止于棘。
谗人罔极，交乱四国。

营营青蝇，止于榛。
谗人罔极，构我二人。

营营青蝇，止于樊。岂弟君子，无信谗言。

营营，往来飞声。◎青蝇，污秽之飞虫。

樊，藩篱也。

岂弟，音凯惕，乐易也。乐易言和乐而平易。◎君子，谓王也。

第一章，以青蝇比于谗人。言营营往来飞动之青蝇，应令止息于藩篱之外，勿使近人。若此则乐易君子，可无信彼之谗言也。

营营青蝇，止于棘。谗人罔极，交乱四国。

棘，枣木，所以为藩篱者也。

罔极，无所已止也。◎谗人罔极，言进谗不已。

交乱者，进谗使彼此相疑相攻而为乱。◎四国，四方之国也。

第二章，述谗人进谗之恶也。言营营青蝇，应令止息于棘木篱外，勿使近人。因谗人进谗无已，能使四方之国交相攻击而为乱也。

营营青蝇，止于榛。谗人罔极，构我二人。

榛木亦为藩者。

构，合也，交也。◎言已谗我二人，使交相猜疑攻击而同归于败也。构之义犹交乱也。

第三章，诗人自述受害之状，所以作此诗也。

按：《诗序》仍以此诗为刺幽王者，虽不尽是而尚接近。因此诗首章是望勿信谗之语。朱传则谓以王好听谗言，故戒王勿听，实与《序》无异。愚意以为"构我二人"一语，明言彼我之间之关系，已伤于谗者而交相攻击。是遭谗之人，指责谗人之诗，极为显著。诗人之为诗，感于自身哀乐者多。此诗明言构我二人，若必指为刺王，则似诗人皆不觉自身有哀乐，而一意专为美刺他人之诗者。

宾之初筵

此戒于典礼燕饮中多饮之诗也。

宾之初筵^{yán}，左右秩秩。
笾^{biān}豆有楚，殽^{yáo}核维旅。
酒既和旨，饮酒孔偕。
钟鼓既设，举酬^{chóu}逸逸。
大侯既抗，弓矢斯张。
射夫既同，献尔发功。
发彼有的^{dì}，以祈尔爵。

籥^{yuè}舞笙鼓，乐既和奏。
烝衎^{kàn}烈祖，以洽百礼。
百礼既至，有壬有林。
锡尔纯嘏^{gǔ}，子孙其湛^{dān}。
其湛曰乐，各奏尔能。
宾载手仇，室人入又。
酌彼康爵，以奏尔时。

宾之初筵，温温其恭。
其未醉止，威仪反反。

曰既醉止，威仪幡幡。
舍其坐迁，屡舞僊僊。_{xiān xiān}

其未醉止，威仪抑抑。
曰既醉止，威仪怭怭。_{bì}
是曰既醉，不知其秩。

宾既醉止，载号载呶。_{náo}
乱我笾豆，屡舞僛僛。_{qī}
是曰既醉，不知其邮。
侧弁之俄，屡舞傞傞。_{biàn} _{suō}
既醉而出，并受其福。
醉而不出，是谓伐德。
饮酒孔嘉，维其令仪。

凡此饮酒，或醉或否。
既立之监，或佐之史。
彼醉不臧，不醉反耻。
式勿从谓，无俾大怠。_{tài}
匪言勿言，匪由勿语。
由醉之言，俾出童羖。_{gǔ}
三爵不识，矧敢多又！_{shěn}

宾之初筵，左右秩秩。笾豆有楚，殽核维旅。酒既和旨，饮酒孔偕。钟鼓既设，举醻逸逸。大侯既抗，弓矢斯张。射夫既同，献尔发功。发彼有的，以祈尔爵。

初筵，初即席也。

秩秩，有次序也。

笾，音边，竹豆也，礼器，以竹为之，盛物之器，受四升，盛枣粟脩脯之类，祭祀燕享所用。◎豆，古食肉之器，以木为之，形如笾。木豆曰豆，竹豆曰笾。◎楚，列貌，谓笾豆陈列楚然有其秩序也。有楚即楚然。

殽，肉食也。◎核，肉之有旨者。◎旅，陈也。

和，调也。◎旨，美也。

偕，齐一也。◎饮酒孔偕，言众同饮之而和谐也。

醻，音酬，主人自饮，复酌以进客也。◎逸逸，往来有序也。

大侯，君侯也。◎抗，举也。◎侯，备射之鹄也。◎此言君之备射之鹄既已举而待射。

射夫，众射之人也。◎同，同聚也。

献，奏也。◎发，发矢也。发功，发矢之功也。

的，鹄的也。发彼有鹄的之矢，言中鹄也。

射之礼，胜者饮不胜。◎以祈尔爵者，以求爵汝也。爵汝谓饮汝。胜者以酒饮不胜者也。

第一章，言宾之初即席，或坐于左，或坐于右，秩秩然有序。笾中盛食物，豆中盛食物，皆陈列于前。其中有肉食，有骨肉之食，皆在陈列之中焉。其酒既调和而美，众饮之而齐一和谐。此时钟鼓既已设矣，鸣声以和，主宾酬饮，往来逸逸然有序。君之侯既已举，余侯亦皆举焉。于是弓矢乃张，射夫同聚，乃发矢而奏功。彼发者有的，以求以爵饮不胜者也。

簫舞笙鼓，乐既和奏。烝衎烈祖，以洽百礼。百礼既至，有壬有林。锡尔纯嘏，子孙其湛。其湛曰乐，各奏尔能。宾载手仇，室人入又。酌彼康爵，以奏尔时。

簫，音月，管也，乐器。簫舞，文舞也。

烝，进也。◎衎，音看，乐也。◎烈，业也。烈祖，有功业之祖也。

洽，合也。

壬，大也。◎林，盛也。◎有壬，有林，言大然盛然。

锡，赐也。◎尔，主祭者也。◎纯，大也。◎嘏，福也。

湛，音耽，乐也。

奏，献也。◎尔能，尔善射之能力也。

载，则也。◎手，挹也。言取酒。◎仇，匹也。指同射之人。谓取酒以献同射之人。

室人，主人也。◎入又，又入于席也。

康，安也。酒所以安礼也。

奏，献也。◎时，中者也。

第二章，言簫舞而笙歌，其乐既已和奏，则以乐有功业之祖，以合于礼之完备。百礼既已备矣。大而且盛焉，祖乃能锡主祭者以大福，子孙能乐其乐。因而各献尔善射之能。宾客则挹取酒浆以献同射之人，主人则又入于席酌彼安礼之爵，以献于中者。中者乃以爵致不胜者饮也。

按：尔能，马瑞辰以为古时以善射为能。

宾之初筵，温温其恭。其未醉止，威仪反反。曰既醉止，威
仪幡幡。舍其坐迁，屡舞僊僊。其未醉止，威仪抑抑。曰既
醉止，威仪怭怭。是曰既醉，不知其秩。

温温其恭，温温然其貌和柔而恭敬。

止，语尾词。

反反，重慎也。

曰，语词。

幡幡，轻数也。指轻动，移数，不安于坐之貌。

舍其坐迁，舍其坐而迁徙。

屡，多次也。◎僊僊，轩举之状。

抑抑，慎密也。言无失也。

怭，音弼。怭怭，媟嫚也，不恭之貌。

秩，常也。

第三章，述饮酒者常始乎治而卒乎乱也。言宾之始入席，
温温然其貌恭敬，其未醉时，威仪反反然重慎。既醉之后，则
威仪乃失，幡幡然轻举妄动，不安于座；舍其座而迁徙，多次
起舞轩举。其未醉时，威仪抑抑然慎密无失，既醉之后，威仪
乃失，而怭怭然媟嫚。是曰既醉之后，则不知常态矣。

宾既醉止，载号载呶。乱我笾豆，屡舞僛僛。是曰既醉，不
知其邮。侧弁之俄，屡舞傞傞。既醉而出，并受其福。醉而
不出，是谓伐德。饮酒孔嘉，维其令仪。

号，呼也。◎咴，音铙，喧哗也。

傞，音欺，傞傞，倾侧之状。

邮，过也。

弁，冠也。◎俄，倾貌。

傞，音娑。傞傞，不止也。

既醉而出，并受其福，言既醉则离席，则可不失仪而有福。

伐，害也。

孔，甚也。◎嘉，善也。

维有美仪，方得谓饮酒甚善。如无美仪，则饮酒之善不存矣。

第四章，评饮酒失仪之过也。言宾客既醉，则呼号喧哗矣。乱其笾豆，屡舞而呈倾侧不正常之状，而不知其失态之过失也。倾侧其冠，且屡舞不止。是真失仪者也。若饮酒既醉则离席以休息，则并能受其福。如醉而不出，在席上露其丑态，是谓害于德行。饮酒固甚善，贵于能保持其美仪，若失仪则善不存矣。

凡此饮酒，或醉或否。既立之监，或佐之史。彼醉不臧，不醉反耻。式勿从谓，无俾大怠。匪言勿言，匪由勿语。由醉之言，俾出童羖。三爵不识，矧敢多又！

监，饮酒之监，使视之以劝多饮。立监，言立饮酒之监。

史，督酒者也。史以佐监，劝使必醉。

臧，善也。

彼醉不臧，不醉反耻，言彼醉者丑态百出，固不善，然反使不醉者自以为羞愧也。

式，语词。◎谓，告也，劝也。◎言勿从而劝之饮，使失态也。

俾，使也，大读为太。◎言勿使更过于怠慢也。

匪言勿言，不当言者不可言。

由，有所由。言合理当为者。◎此句言非合理当语之语，切勿说出也。

由醉之言，由醉中所说之言。

童，秃也。◎羖，音古，牡羊也。◎牡羊必有角，醉中之言，使竟说出无角之牡羊。

三爵不识，饮三爵即昏然不识事物矣。

矧，音审，况也。◎言三爵即已昏然，况敢又多饮乎！

第五章，写醉后丑态，言凡此饮酒者，或则醉，或则不醉。主人为使宾客必醉，或立饮酒之监，或佐以史，加意劝之多饮，以为取乐。彼醉者固已不善，然在此时，以醉为高尚之情形者，不醉者反或自以为耻！似此则太过矣。勿在饮酒时劝人多饮；无使过于怠慢。不当言者不可言，非合理当语之语，慎勿语也。醉中之言，甚至使其说出牡羊无角，岂不可笑？饮三爵即昏然无知矣，况又敢多饮乎！

按《诗序》云："《宾之初筵》，卫武公刺时也。幽王荒废，媟近小人，饮酒无度，天下化之。君臣上下，沉缅淫液，武公既入，而作是诗也。"所言与诗辞未能合，所指卫武公作诗之事亦无确据。朱传以为卫武公饮酒悔过而作此诗。指此诗咏卫武公饮酒之事，亦无确据。揆此诗先述射礼，后戒饮酒，则当是戒于典礼燕饮中多饮酒，以免出丑态之诗。燕饮多醉，想是当时风气也。

鱼藻之什

本什小雅之末，多收所余四篇共十四篇。

鱼藻

朱传云：“此天子燕诸侯，而诸侯美天子之诗。”

鱼在在藻，有颁其首。
王在在镐，岂乐饮酒。
_{kǎi}

鱼在在藻，有莘其尾，
王在在镐，饮酒乐岂。
_{shēn}

鱼在在藻，依于其蒲。
王在在镐，有那其居。

鱼在在藻，有颁其首。王在在镐，岂乐饮酒。

鱼在在藻，言鱼何所在？在于藻也。藻，水草也，鱼依水草乃得其性。

颁，大首貌。有颁即颁然。

王在在镐，王何在？在于镐也。

岂，音恺，乐也。

第一章，以鱼在藻起兴。言鱼何在？在于藻也。鱼在藻得其性，乃颁然大首。以引起王在何所？在于镐，镐京也，王在于京，施其政，乃天下澄平，故乐而饮酒也。

鱼在在藻，有莘其尾，王在在镐，饮酒乐岂。

莘，长貌。有莘即莘然。

第二章，义同首章，换韵而重唱之。

鱼在在藻，依于其蒲。王在在镐，有那其居。

蒲，蒲草也。

那，安貌。有那，即那然。

第三章，义同前之章，又换韵而叠唱之。尾云"有那其居"，以为结束。

按《诗序》云："《鱼藻》，刺幽王也。言万物失其性，王居镐京，将不能以自乐，故君子思古之武王焉。"牵附过远。朱说是。屈万里云："诗中言王在镐，而又一片太平气象，疑宣王时之作品也。"可信。

采菽

此美诸侯来朝之诗也。

采菽采菽，筐之筥之。君子来朝，何锡予之？
虽无予之，路车乘马。又何予之？玄衮及黼。

觱沸槛泉，言采其芹。君子来朝，言观其旂。
其旂淠淠，鸾声嘒嘒。载骖载驷，君子所届。

赤芾在股，邪幅在下。彼交匪纾，天子所予。
乐只君子，天子命之。乐只君子，福禄申之。

维柞之枝，其叶蓬蓬。乐只君子，殿天子之邦。
乐只君子，万福攸同。平平左右，亦是率从。

汎汎杨舟，绋纚维之。乐只君子，天子葵之。
乐只君子，福禄膍之。优哉游哉，亦是戾矣。

采菽采菽，筐之筥之。君子来朝，何锡予之？虽无予之，路车乘马。又何予之？玄衮及黼。

菽，音叔，大豆也。

筐，筥，皆盛物竹器。方曰筐，圆曰筥。筥，音举。此作动词用。

君子，指诸侯。

锡，赐也。

路车，诸侯所乘之车也。◎乘，音胜，四马曰乘。

玄衮，玄衣而画以卷龙也。◎黼，白与黑谓之黼。言衣有黑白之文也。

第一章，以采菽起兴。言采菽采菽，以筐盛之，以筥盛之。所以为王飨宾客，故引起君子来朝之语。然诸侯来朝，何赐予之？今虽无何佳物以予之，然亦有路车乘马以予之矣。又有何予之？有玄衮及黼以予之矣。

按：路车，《公羊传》昭二十五年："乘大路。"注："礼，天子大路，诸侯路车，大夫大车，士饰车。"陈立义疏："诸侯路车者，《诗·小雅·采芑》咏方叔云：'路车有奭。'又《采菽》云：'路车乘马。'以周礼巾车次之，同姓诸侯宜金路，异姓以象路，四卫以革路，蕃国木路也。皆在王五路内，故统称之路车也。'故朱传云：路车，金路以赐同姓，象路以赐异姓。"

觱沸槛泉，言采其芹。君子来朝，言观其旂。其旂淠淠，鸾声嘒嘒。载骖载驷，君子所届。

觱，音必。觱沸，泉出貌。◎槛泉，正涌出之泉也。

言，语词。◎芹，水草，可食。

旂，音祈，旗有绘龙及上铃者。

渂，音譬。渂渂，动貌。

鸾，铃也。◎嘒，音慧。嘒嘒，声也。

骖，骖马也。一车四马，中间二马曰服，外面二马曰骖，居两服之两外边而稍后。◎驷，四马也。◎载骖载驷者，言其服之外有两骖，而并服则四马也。

届，至也。

第二章，由槛泉起兴言正涌出之泉在焉，由泉边以采其芹。芹亦备以待君子也。故引起君子来朝之语。于是使人迎之，乃见其旂矣。其旂飘飘然动，渐闻铃声嘒嘒矣。又见其骖服为四马矣，君子至矣。此章写诸侯之来，由见旂，闻声，至察其马之数，一路写来见其由远至近也。

赤芾在股，邪幅在下。彼交匪纾，天子所予。乐只君子，天子命之。乐只君子，福禄申之。

芾，音费，冕服之韠也，用以蔽膝。大夫以上者服赤芾。以其蔽膝，故曰在股。

邪幅，偪也，以布斜缠，自足至膝，即今之裹腿也。故曰在下。

交，交际也。◎纾，缓也。◎言彼与人交际不敢缓怠。

彼交匪纾，天子所予，谓赤芾邪幅为天子所予。既服天子所予之服，故不敢怠缓也。

只，语词。无义。

命之，命予之也，即谓赐之。

申，重出，再也。◎福禄申之，言再予之以福禄。

第三章，言诸侯之赤芾在于股，邪幅在于下，其我服乃天子所赐，故与人交际，不敢怠缓失仪。乐哉此诸侯，天子赐之，而重予之以福禄也。

维柞之枝，其叶蓬蓬。乐只君子，殿天子之邦。乐只君子，万福攸同。平平左右，亦是率从。

　　柞，音昨，栎也。

　　蓬蓬，盛貌。

　　殿，镇也。

　　攸，所也。◎同，聚也。

　　平平，辩治也。◎左右，诸侯之臣也。

　　率，循也。

　　第四章，以柞之枝为比。言柞之枝，其叶甚盛，是比诸侯为枝，其先祖为柞。今其枝叶皆已甚盛，足以镇天子之邦矣。故曰乐只君子，万福所聚。而其左右之臣，亦能辩治，且能循而顺从之，是贤诸侯也。

汎汎杨舟，绋纚维之。乐只君子，天子葵之。乐只君子，福禄膍之。优哉游哉，亦是戾矣。

　　汎汎，浮动貌。

　　绋，音弗，绊也。即系舟之绳。◎纚，音黎，绥也。系索也。◎维，系也。

　　葵，揆也。揆，度也。◎言度其心意而能制之也。

　　膍，音琵，厚也。

优哉游哉，优游自安。

戻，至也。◎亦，语词。◎言优游而至于如是可矣。意谓至此亦福禄之厚矣。然亦不可太过也。

第五章，以"汎汎杨舟"为比。言杨舟浮动，藉绋纚绳索以维系之。若乐只君子，如此诸侯者，天子则度其心意而能制之。乐只君子，福禄厚加之于身，优游自安，至此亦足矣。

按《诗序》云："《采菽》刺幽王也。侮慢诸侯，诸侯来朝，不能锡命以礼。数征会之而无信义，君子见微而思古焉。"此说与《鱼藻》序说同弊，欲牵美辞必以为刺，乃附会于思古，不可信也。朱传谓是天子答《鱼藻》之诗，亦不类。姚际恒云："大抵西周盛王，诸侯来朝，加以锡命之诗。"方玉润云："美诸侯来朝也。"二说近而以方氏所言者为明朗。方氏并云："非出自朝廷制作，乃草野歌咏其事而已。"是为的当之见。

角弓

此刺王勿远亲族，宜远小人；并戒小人勿因一时之得势而自以为得计也。

骍骍角弓，翩其反矣。兄弟昏姻，无胥远矣。

尔之远矣，民胥然矣。尔之教矣，民胥效矣。

此令兄弟，绰绰有裕。不令兄弟，交相为瘉。

民之无良，相怨一方。受爵不让，至于己斯亡。

老马反为驹，不顾其后。如食宜饇，如酌孔取。

毋教猱升木，如涂涂附。君子有徽猷，小人与属。

雨雪瀌瀌，见晛曰消。莫肯下遗，式居娄骄。

雨雪浮浮，见晛曰流。如蛮如髦，我是用忧。

骍骍角弓，翩其反矣。兄弟昏姻，无胥远矣。

骍，音形。骍骍，弓调利貌。调利者，弓不用则弛，用则调以张之，乃利于用也。◎角弓，以角饰弓也。

翩，反貌。弓弛则反张。

胥，相也。

第一章，以角弓起兴。言角弓调以张之，则利于用矣。不调则翩然反矣。以引起兄弟婚姻，相近则和顺，否则必远。故曰勿相远也。

尔之远矣，民胥然矣。尔之教矣，民胥效矣。

尔之远矣，言尔之远兄弟婚姻。

胥，皆也。

第二章，言今尔之远兄弟婚姻，民皆如此。因汝之教如此，故民皆效汝之所为也。

此令兄弟，绰绰有裕。不令兄弟，交相为瘉。

令，善也。

绰绰，宽裕貌。

瘉，音愈，病也。

第三章，言汝之教虽不善，然此善兄弟，仍感情融洽，相处绰绰有余而无不相容之处。若不善兄弟，则交相指其病，而不相容矣。

民之无良，相怨一方。受爵不让，至于己斯亡。

一方，彼一方也。言只责别人而不责己也。

至于己斯亡，言行为如此，至于己身灭亡而已。

第四章，言人之无良心者，只怨彼一方；凡事责人，而不责己。遇爵禄则争取而不让，只求利己，不顾一切。行为如此，致己身灭亡而已。

老马反为驹，不顾其后。如食宜馂，如酌孔取。

老马反为驹，言老马已不足任事，今反自以为驹，而争前为事也。

不顾其后，不自顾其后将不能胜任也。

馂，音豫，饱也。◎如食宜馂，言食宜饱而止。

酌，酌酒也。◎孔，甚也。孔取，言取之过多则醉也。

第五章，言彼无良者，已为不足任事之老马。但今反自以为驹，而遇事争取，不顾其以后能否胜任也。然人之行事，应如食之宜饱而止，过则不适；酌而取之过多则醉矣。

毋教猱升木，如涂涂附。君子有徽猷，小人与属。

猱，昔挠，猕猴也。善升木，不待教也。

如涂涂附，上涂，涂也。下涂，泥也。◎如涂泥附着于物，薄而不固。此以喻小人亲情之薄也。

徽，美也。◎猷，道也。

属，附也。

第六章，言小人之为不良，如猱之善升木，不待教而能之。小人亲情之薄，如涂泥附着于物，薄而不固也。若君子有美道以教之，则小人相与附之矣。此谓对小人宜教以美道，勿教以其本性之长，若教猱之升木，以避免助其恶也。

雨雪瀌瀌，见晛曰消。莫肯下遗，式居娄骄。

雨，音豫，雨雪，落雪也。◎瀌瀌，音标，盛貌。

晛，音现，日气也。◎曰，语词。

遗，读曰随。◎莫肯下遗，言不肯谦虚而随他人之意也。

式，语词。◎娄，音屡。◎言自居于屡为骄慢之状。屡骄，言经常骄慢而不改也。

第七章，以雨雪为比。言落雪甚盛，然见日气则融消矣。若不肯谦下而听从他人之意见者，居于骄慢之态而不能改，虽云势盛，岂能久乎？

雨雪浮浮，见晛曰流。如蛮如髦，我是用忧。

浮浮，盛貌也。

流，融为水，而流去也。

蛮，南蛮也。◎髦，夷髦也。

用，以也。

第八章，言落雪甚盛见日则化为水而流去矣。若彼如蛮如髦，不知礼义者，我是以忧其必败亡也。

按《诗序》云："《角弓》，父兄刺幽王也，不亲九族而好谗佞，骨肉相怨，故作是诗也。"谓幽王无据。惟揆其语意，是刺王者则无疑。自四章以后，多指责小人，兼刺王者，亦有戒小人之义也。

菀柳

此伤彼在上而残暴者之不可近也。

有菀者柳，不尚息焉？
上帝甚蹈，无自暱焉。
俾予靖之，后予极焉。

有菀者柳，不尚愒焉？
上帝甚蹈，无自瘵焉。
俾予靖之，后予迈焉。

有鸟高飞，亦傅于天。
彼人之心，于何其臻？
曷予靖之？居以凶矜。

有菀者柳，不尚息焉？上帝甚蹈，无自瘵焉。俾予靖之，后予极焉。

菀，音郁。茂盛貌。有菀即菀然。

尚，庶几也。◎言彼茂盛之柳，岂不庶几可以息于其下乎？

蹈，动也。◎上帝，呼天也。◎言天乎，此人多动而无常。非静止不动者也。

瘵，近也。◎言勿自近彼而致于罪愆也。

俾，使也。◎靖，治也。

极，诛也。

第一章，以菀柳起兴。言郁然者柳，岂不庶几可以息于其下乎？乃联想于彼高位之人，岂不庶几乎得其荫乎？然而竟不可近也。乃呼天以诉之：谓彼人甚好动，而变化无常，慎勿自近之而取罪也。今彼使我治此事，而后我将受诛焉。

有菀者柳，不尚愒焉？上帝甚蹈，无自瘵焉。俾予靖之，后予迈焉。

愒，音器，息也。

瘵，音债，病也。

迈，行也。行，放逐也。

第二章，义同首章，换韵而重唱之。

有鸟高飞，亦傅于天。彼人之心，于何其臻？曷予靖之？居以凶矜。

传，至也。

于何其臻，其至于何也？

曷，何也。

矜，危也。

第三章，言有鸟能高飞，至于天而已。若彼人之心，真不知何所至也。若此人者，予何能治之乎？若求治之，则自取居于凶危也。

按《诗序》云："《菀柳》，刺幽王也。暴虐无亲，而刑罚不中，诸侯皆不欲朝，言王者之不可朝事也。"谓不欲朝似不合理。伤在上者残暴则是，亦或指王。有谓幽王，有谓厉王，亦未能定也。但言在上者或无过耳。

都人士

此怀念镐京人物仪容之诗也。

彼都人士，狐裘黄黄。
其容不改，出言有章。
行归于周，万民所望。

彼都人士，台笠缁撮。
彼君子女，绸直如发。
我不见兮，我心不说。

彼都人士，充耳琇实。
彼君子女，谓之尹吉。
我不见兮，我心苑结。

彼都人士，垂带而厉。
彼君子女，卷发如虿。
我不见兮，言从之迈。

匪伊垂之，带则有馀。
匪伊卷之，发则有旟。
我不见兮，云何盱矣！

彼都人士，狐裘黄黄。其容不改，出言有章。行归于周，万民所望。

都，指旧都镐京也。

不改，有常态也。

章，文章也。

周，忠信也。◎行归于周，所行归于忠信。

第一章，言彼旧时镐京之人士，狐裘黄色，其容有常态。出言有文章，其行皆归之于忠信，故为万民所望也。

按：朱传以周为镐京，然于全章不作解。反复咏之，周作镐京，则全章不能通顺。且尾语言万民所望，自是其人有可仰望之处，依毛传周训忠信，则豁然贯通。

彼都人士，台笠缁撮。彼君子女，绸直如发。我不见兮，我心不说。

台，夫须也。即莎草也。◎笠，笠帽。◎台笠，以夫须制成之笠帽也。◎缁撮，缁布冠也。其制小，仅可撮其髻也。故曰缁撮。

君子女，都人贵家子女也。

绸直如发，此倒句也。意即发美如绸而直。

第二章，言彼旧都人士，戴台笠缁撮；彼贵家子女，发如绸之光美而直。然今我已不能见之，我心不悦。言怀念昔日旧都也。

彼都人士，充耳琇实。彼君子女，谓之尹吉。我不见兮，我心苑结。

充耳，瑱也，以玉塞耳之饰。◎琇，音秀，美石。◎实，谓塞于耳也。

尹吉，尹氏姞氏，周昏姻旧姓也。吉读为姞。

苑，音郁，苑结即郁结。

第三章，义同上章，换韵而重言之。

彼都人士，垂带而厉。彼君子女，卷发如虿。我不见兮，言从之迈。

厉，带之垂者。◎垂带而厉言垂其厉带也。

虿，音瘥，蝎也。其尾上挺卷，故曰卷发如虿。

言，语词。◎迈，行也。◎谓如能得见，则从之行，是思之甚也。

第四章，义同上章，又换韵而叠唱之。

匪伊垂之，带则有馀。匪伊卷之，发则有旟。我不见兮，云何盱矣！

垂之，带长有余，故垂之，非故意垂之。

旟，扬也。以其发自扬起，故卷起耳，非故意卷之之也。◎有旟即旟然。

云，语词。云何，如何。◎盱，音须，张目远望也。◎言将如何张目以远望之也。

第五章，义仍如前章。惟以作结，乃总束三四二章之语。言其带之垂，非故垂之，以带长乃自垂也。此言都人士衣饰之华贵，皆用长带。彼发之卷，非故卷之，以其自扬起，故卷耳。此言士女发式之华贵也。然后以我不能见，故张目远望之作结，仍然前章作结之法，以为呼应也。

按《诗序》云："《都人士》，周人刺衣服无常。古者长民，衣服不贰，从容有常，以齐其民，则民德归一。伤今不复见古人也。"其说之远不合理，自不待言。朱传以为乱离之后，人不复见昔日都邑之盛，人物仪容之美，而作此诗以叹惜之。则甚近之。此为怀念镐京人物仪容之诗，乱离迁徙，言念旧都，人之情也。固不必叹今不如昔也。

采绿

此思妇待劳人约期不至，乃咏叹之诗也。

终朝采绿，不盈一匊。
予发曲局，薄言归沐。

终朝采蓝，不盈一襜。
五日为期，六日不詹。

之子于狩，言韔其弓。
之子于钓，言纶之绳。

其钓维何？维鲂及鱮。
维鲂及鱮，薄言观者。

终朝采绿，不盈一匊。予发曲局，薄言归沐。

终朝，自旦至食时曰终朝。◎绿，王刍也，易得之菜也。

盈，满也。◎匊，昔菊。两手曰匊。◎不满一匊，言思之深，故不专事于采，故少得也。

局，卷也。

薄，语词。◎言，语词。

第一章，言终朝采绿，不能满双手之合捧。以思彼人之未还，故不能专心采菜，乃少得也。现予头发曲卷不整，必当归而沐，整装以待君子之还也。

终朝采蓝，不盈一襜。五日为期，六日不詹。

蓝，染草也。

襜，音詹，衣蔽前谓之襜，即蔽膝也。提襜可以容物。

詹，至也。

第二章，言终朝采蓝，而不能满一襜。我与彼约以五日为期，至期当归。而今已六日，彼竟未至也。

之子于狩，言韔其弓。之子于钓，言纶之绳。

之子，是子，指所思君子。◎于，助词。于狩，言正在行其狩之事也。

韔，音畅，盛弓之囊也。韔之谓盛其弓于韔。

于钓，言正在钓鱼也。

纶，理丝也。◎之，犹其也。

第三章，思妇心中之意也。言彼君子今正在狩猎乎，此时当在盛其弓；彼君子正在钓鱼乎，此时当在理其绳。盛其弓理其绳，谓结束其事将欲归也。此思之甚切之想象也。

其钓维何？维鲂及鱮。维鲂及鱮，薄言观者。

鲂，音房。鱮，音叙，皆鱼名。

薄言，语词，见前《芣苢》。◎此句谓将从而观之也。

第四章，言其钓则将有获，获何鱼邪？必为鲂及鱮也。有此鲂鱮之获，我将从而观之也。亦思之甚而设想之语也。

按《诗序》云：“《采绿》，刺怨旷也。幽王之时，多怨旷者也。”怨旷已近此诗之义，然又谓刺，又谓幽王，仍是多所牵附之弊。朱传以为思其君子，斯已得之。是约期不至而思之也。

黍苗

此召穆公营谢城邑，功成而士役美之也。

芃芃黍苗，阴雨膏之。
悠悠南行，召伯劳之。

我任我辇，我车我牛。
我行既集，盖云归哉！

我徒我御，我师我旅。
我行既集，盖云归处！

肃肃谢功，召伯营之。
烈烈征师，召伯成之。

原隰既平，泉流既清。
召伯有成，王心则宁。

芃芃黍苗，阴雨膏之。悠悠南行，召伯劳之。

芃，音蓬。芃芃，长大貌。

膏，润泽也。

悠悠，远行之意。

召伯，召穆公虎也。◎劳，音涝，犒劳也。

第一章，由"芃芃黍苗"起兴。兴之所引，多眼前所见，若芃芃黍苗者，亦行路所见；言阴雨润泽之者，以黍苗必有雨润乃能作，因以引起悠悠南行，召伯劳之。劳之者，营城南行，行役辛苦，有召伯劳来劝说，乃能振奋，若雨之润苗也。

我任我辇，我车我牛。我行既集，盖云归哉！

任，负任也。◎辇，挽车也。◎言我负物，我挽车。

我车，我驾驶我之车。◎我牛，我驱我驾车之牛。

集，成也。

盖，读为盍，曷也。◎盖云归哉，言盍云归哉，谓何不归乎！云，语词无义。

第二章，言我等行役之时，我负物，我挽车，我驶车，我驱牛。远路劳苦至此，以营此邑。今此行任务已成矣，何不归乎！

按：盖读为盍，陈奂马瑞辰并有说。

我徒我御，我师我旅。我行既集，盖云归处！

徒，徒步行。◎御，驾车。

我师我旅，五百人为旅，五旅为师。言彼等行役时人众之编制也。

处，居也。

第三章，义同二章，换韵而重言之。

肃肃谢功，召伯营之。烈烈征师，召伯成之。

  肃肃，严正之貌。◎谢，邑也。◎功，工役之事，指营城也。

  营之，治之也。

  烈烈，威武貌。◎征，行也。

  成之，使其有成也。

  第四章，言谢邑工事肃肃然严正，召伯营治之矣。我威武远征之师，召伯使其有所成就矣。有所成指营城之成功也。

原隰既平，泉流既清。召伯有成，王心则宁。

  原，隰，高平为原，下湿之地曰隰。隰，音习。土之治曰平。

  水之治曰清。

  有成，谓营城已成功也。

  王，指宣王。

  第五章，言现原隰既已治矣，泉流既已清矣。召伯营城之事功已成，则王之心必安宁矣。

按《诗序》云："《黍苗》，刺幽王也。不能膏润天下，士不能行召伯之职焉。"此诗明言召穆公营谢，而《诗序》又云刺幽王，诚令人不解。朱传云："宣王封申伯于谢，命召穆公往营城邑。故将徒役南行，而行者作此。"甚为近之。然诗之四章，明言召伯有成，王心则宁。故知其非将南行之作，乃功成后美成之作也。

召穆公，召虎也，周召公裔孙，为宣王辅。宣王时辟江汉之域。《大雅·江汉》之篇咏其事。谢，邑名，申伯所封之国，在今河南信阳。

隰桑

此男女期会之诗。

隰桑有阿，其叶有难。
既见君子，其乐如何？

隰桑有阿，其叶有沃。
既见君子，云何不乐？

隰桑有阿，其叶有幽。
既见君子，德音孔胶。

心乎爱矣，遐不谓矣？
中心藏之，何日忘之？

隰桑有阿，其叶有难。既见君子，其乐如何？

　　隰，音习，下湿之地也。◎阿，美貌。有阿即阿然。

　　难，盛貌。有难即难然。

　　第一章，言湿中之桑甚美，其叶甚盛，此相约会晤之地也。
今既在此见君子矣，其乐如何？

隰桑有阿，其叶有沃。既见君子，云何不乐？

　　沃，光泽貌。

　　第二章，义同首章，换韵而重言之。

隰桑有阿，其叶有幽。既见君子，德音孔胶。

　　幽，黑色也。叶之盛貌。

　　德音，指君子之言语也。◎孔，甚也。◎胶，固也。谓其心
之不变也。

　　第三章，义同前章，又换韵而叠唱之。德音孔胶亦含甚乐
之义，盖闻其言之固则心中甚乐也。

心乎爱矣，遐不谓矣？中心藏之，何日忘之？

　　遐，同何。◎谓，告也。

　　藏，藏之于心中也。

　　第四章，言心爱之矣，何不径告之乎？今日相会之乐，藏
于心中，何日能忘之邪？

按《诗序》云："《隰桑》，刺幽王也。小人在位，君子在野。思见君子，

尽心以事之。"不免牵强之甚。朱传谓喜见君子之诗，但不知何所指。盖诗在《小雅》，朱传则不敢指为淫奔，不敢谓为男女间诗矣。然诗中明言见君子于隰桑之间，何必固持不合诗词之说？或明知其旨而仍谓不知何所指乎？愚意以为，此径是男女期会之诗耳！

白华

此弃妇之诗也。

白华菅兮，白茅束兮。之子之远，俾我独兮。

英英白云，露彼菅茅。天步艰难，之子不犹。

滮池北流，浸彼稻田。啸歌伤怀，念彼硕人。

樵彼桑薪，卬烘于煁。维彼硕人，实劳我心。

鼓钟于宫，声闻于外。念子懆懆，视我迈迈。

有鹙在梁，有鹤在林。维彼硕人，实劳我心。

鸳鸯在梁，戢其左翼。之子无良，二三其德。

有扁斯石，履之卑兮。之子之远，俾我疧兮。

白华菅兮，白茅束兮。之子之远，俾我独兮。

白华，野菅也。菅，言尖。草名。菅似茅而滑泽无毛，根下五寸中有白粉者宜为索。沤乃尤善矣。白华之已沤者为菅。沤者，以水久渍之也。此菅作动词用，渍之使为菅也。

白茅束兮，白茅以束白华沤成之菅。

之子，指其夫也。◎之远，去远也。

俾，使也。

第一章，言白华沤以为菅，则以白茅束之矣。此二者且相倚而成事。若尔我为夫妇者，固宜长相倚也。而汝今竟去远，而使我独处，故令我忧伤也。

英英白云，露彼菅茅。天步艰难，之子不犹。

英英，轻明之貌。

露，如露下而润彼菅茅也。

天步，犹言时运也。

犹，如也。

第二章，言轻明之白云，且能如露下而润彼菅茅。而今时运不济之时，汝尚不能如白云之能润物也。

滮池北流，浸彼稻田。啸歌伤怀，念彼硕人。

滮，音掊，流貌。滮池水名，在丰镐之间，水北流。

硕，大也。此指其夫。

第三章，言滮池北流，浸彼稻田，以使滋长。彼稻且有此浸润，而今我则无此浸润，故啸歌伤怀，念彼硕人也。

樵彼桑薪，卬烘于煁。维彼硕人，实劳我心。

樵，采也。◎桑薪，桑之善者。

卬，音昂，我也。◎烘，燎也。◎于，助词。◎煁，音忱，无釜之灶也。若今之火炉也。

第四章，言采彼桑薪，我以桑薪置煁中为烘燎之用矣。桑薪为薪之善者，当为烹饪之用，然今以桑薪用于烘燎，用非其当也。以此兴起：我与汝之为夫妇，彼此相依。而汝今竟弃我而去，不以我为有用也。故叹息彼人之远去，思之实劳我心也。

鼓钟于宫，声闻于外。念子懆懆，视我迈迈。

闻，音问，传而使人听之也。

懆，音草。懆懆，忧愁貌。

迈迈，很怒也。

第五章，言有鼓钟于宫中者，则其声将使外面之人闻之，不可避免也。今汝弃我之事，人皆知是汝自为之，非我之过也。今我惟思念汝，而心中忧愁不安。汝则反以我为仇，视我而恨怒也。

按：迈迈，《释文》："《韩诗》及《说文》并作怖怖。"引许云："很怒也。"马瑞辰云："迈迈即怖怖之假借。毛韩《诗》字异而义同。《说文》今本怖字注："恨怒也。"当从《释文》引作很怒。《广雅》："怖，怒也。"怖，孚吠反，音肺。

有鹙在梁，有鹤在林。维彼硕人，实劳我心。

鹙，音秋，秃鹙也。似鹤而大。◎梁，鱼梁也。参前《邶风

·谷风》。

第六章，言有鹜鸟，是恶鸟也。而栖在鱼梁，所以能得食也。鹤为清高之鸟，而栖在林，故孤寂寒馁也。此弃妇自喻为鹤，而以鹜喻男子之新欢也。故云维彼硕人，实使我心忧劳也。

鸳鸯在梁，戢其左翼。之子无良，二三其德。

戢，收也。收其左翼以相并也。

良，善也。

二三其德，言其德不能始终如一，而屡易其心也。

第七章，言鸳鸯且能栖止于梁，收其左翼，相并而立。今汝竟不良，与我相处，不能始终如一，而弃我也。

有扁斯石，履之卑兮。之子之远，俾我疧兮。

扁，卑貌。

疧，音底，病也。

第八章，言有扁然而卑之石，供足履之者，亦低卑矣。今之子竟而去远离我，而履彼扁石，故使我为之忧而病也。

按《诗序》云："《白华》，周人刺幽后也。幽王取申女以为后，又得褒姒而黜申后，故下国化之，以妾为妻，以孽代宗。而王弗能治。周人为之作是诗也。"《序》于《小雅》多谓刺幽王，其不可取，不必多辩。朱传以为申后被黜后作此诗，盖受《序》之影响。又以其诗在《小雅》，故必以为有关王后始为妥适。细味此诗，毫无申后之语，只为弃妇之言耳。

绵蛮

此微臣感于行役时帅者之厚遇，故作此诗美之也。

绵蛮黄鸟，止于丘阿。
道之云远，我劳如何！
饮之食之，教之诲之，
命彼后车，谓之载之。

绵蛮黄鸟，止于丘隅。
岂敢惮行？畏不能趋。
饮之食之，教之诲之，
命彼后车，谓之载之。

绵蛮黄鸟，止于丘侧。
岂敢惮行，畏不能极。
饮之食之，教之诲之，
命彼后车，谓之载之。

绵蛮黄鸟，止于丘阿。道之云远，我劳如何！饮之食之，教
之诲之，命彼后车，谓之载之。

绵蛮，小鸟貌。

阿，曲阿也。

云，语词无义。

后车，倅车也。倅车，副车也。

谓，告也。

第一章，以黄鸟起兴。言彼绵蛮之黄鸟，止息于丘之曲处矣。
因以联想如我微臣，行役甚苦，止息于路矣。我之行役，道途
甚远，是何等劳苦！但此时帅者，饮我以水，食我以物，教诲
我如何行彼艰难之路，渡彼深阔之水。我已无力前进矣，彼帅
我者，命彼副车，告之载我而行。遇我之厚，至足感也。

绵蛮黄鸟，止于丘隅。岂敢惮行？畏不能趋。饮之食之，教
之诲之，命彼后车，谓之载之。

惮，畏也。◎岂敢惮行，言岂敢怕行邪？

畏不能趋，恐不能疾趋耳。

第二章，义同首章，换韵而重言之。

绵蛮黄鸟，止于丘侧。岂敢惮行，畏不能极。饮之食之，教
之诲之，命彼后车，谓之载之。

极，至也。言至所行之目的也。

第三章，义同前章，又换韵叠唱之。

按《诗序》云："《绵蛮》，微臣刺乱也。大臣不用仁心，遗忘微贱，不肯饮食教载之，故作是诗也。"此说之弊仍在专寻大题目，不必多议。朱传云："此微贱劳苦而思有所托者，为鸟言以自比也。"此说似受《鸱鸮》一诗之影响，故谓之托之鸟言，而将全诗解为"比"，然未合也。愚意以为，此诗是微臣行役甚苦，感于帅者之厚遇，故作诗以美之也。

瓠叶

朱传云：“此亦燕饮之诗。”

幡幡瓠叶，采之亨之。
君子有酒，酌言尝之。

有兔斯首，炮之燔之。
君子有酒，酌言献之。

有兔斯首，燔之炙之。
君子有酒，酌言酢之。

有兔斯首，燔之炮之。
君子有酒，酌言酬之。

幡幡瓠叶，采之亨之。君子有酒，酌言尝之。

幡，音翻。幡幡，瓠叶貌。

亨，同烹。

言，语词无义。

第一章，言幡幡然瓠叶采之而烹之。此菜甚薄也，然君子有酒，亦可藉此薄菜，酌献宾客而尝之也。此如今日主人宴客，每言"今日之菜甚薄，不足以待嘉宾，请多喝一杯"等语。实则菜未必如此之薄也。

有兔斯首，炮之燔之。君子有酒，酌言献之。

斯，白也。◎言有白首之兔也。

炮，音庖。带毛裹泥以烧之曰炮。◎燔，音烦。烧也。以火烧之曰燔。

献之，言献于宾客也。

第二章，言有兔一头，带毛而裹泥烧之。其肴甚薄也，然肴虽薄而待客之意甚殷。君子有酒，乃酌而献之宾客。此亦主人自言菜薄客气之语也。

有兔斯首，燔之炙之。君子有酒，酌言酢之。

炙，音只。以物贯之，而举于火上以炙之谓之炙。犹今言烤也。

酢，音作，报也。◎言宾既饮主人之酒，乃酌以还敬主人也。

第三章义同二章，换韵而唱之。

有兔斯首，燔之炮之。君子有酒，酌言酬之。

酬，音酬，导饮也。导饮者，主人既饮酢酒，又自饮，然后又酌以献宾客。

第四章，义同上章，又换韵唱之。

按《诗序》云："《瓠叶》，大夫刺幽王也。上弃礼而不能行，虽有牲牢饔饩不肯用也。故思古之人不以微薄废礼焉。"《序》说牵附过远，自不足取。朱说是。

渐渐之石

此东征将士，怨行役劳苦之诗也。

渐渐之石，维其高矣。
山川悠远，维其劳矣。
武人东征，不皇朝矣。
^{zhāo}

渐渐之石，维其卒矣。
^{cuì}
山川悠远，曷其没矣。
武人东征，不皇出矣。

有豕白蹢，烝涉波矣。
^{shǐ dí}
月离于毕，俾滂沱矣。
武人东征，不皇他矣。

渐渐之石，维其高矣。山川悠远，维其劳矣。武人东征，不皇朝矣。

渐渐，高峻之貌。

悠，远也。

皇，通遑，暇也。◎朝音朝夕之朝。◎言无朝旦之暇，形容其劳苦也。

第一章，言山石高峻，攀登之实感其高难陟矣。若行山川悠远，此役实甚劳苦矣。今我武人东征，无朝旦之暇矣。

渐渐之石，维其卒矣。山川悠远，曷其没矣。武人东征，不皇出矣。

卒，音萃，崔巍也。

曷，何也。◎没，尽也。◎言何能行尽。

不皇出矣，言但能愈行愈远，入于深山遑谋出此山，而归还也。

第二章义同首章，换韵而重唱之。

有豕白蹢，烝涉波矣。月离于毕，俾滂沱矣。武人东征，不皇他矣。

豕，猪也。◎蹢，音的，蹄也。

烝，众也。◎涉波，渡水也。

离，遭也。◎毕，星宿名，有星八，列如毕。毕者，捕兔之网也。

俾，使也。◎滂沱，大雨貌。古谓月行遭遇毕星，则必大雨。

不皇他矣，言只能应付劳苦水患，不及其他矣。

第三章，言有猪而白蹄。日常猪在栏中，蹄在泥中，不见白蹄也。今见白蹄，是水多成患，猪蹄因水冲洗，乃见其白蹄，可见水患之大也。故众乃涉水而行矣。然仰望天际，月行又遭遇毕宿，知必又将天降大雨矣。既已有水患，又将降大雨，则困难更多。武人东征，只能应付眼前艰苦水患，无暇及其他矣。

按《诗序》云："《渐渐之石》，下国刺幽王也。戎狄叛之，荆舒不至，乃命将率东征，役久病于外，故作是诗也。"刺幽王与戎狄叛之，荆舒不至，皆无据。朱传以为将帅出征，经历险远，不堪劳苦，而作此诗，是也。

苕之华

此伤周衰世乱，人民饥馑之诗。

苕之华，芸其黄矣。
心之忧矣，维其伤矣。

苕之华，其叶青青。
知我如此，不如无生。

牂羊坟首，三星在罶。
人可以食，鲜可以饱。

苕之华，芸其黄矣。心之忧矣，维其伤矣。

苕，音条，陵苕。即今之紫葳，蔓生，附于乔木，其华黄赤色。

芸，黄盛也。此言其华正黄盛也。

第一章，以苕华起兴。言陵苕之华，曾华茂而黄盛矣。然彼附物而生，荣华不能久也。故兴起周之昔盛今衰也。思己之生于斯世，值时衰而未及盛世，乃心为之忧。盖饥馑已见，故心为之伤也。此章以苕华黄盛，而引起衰落之思，更见盛衰之感。

苕之华，其叶青青。知我如此，不如无生。

青青，盛貌。

第二章，仍以苕华起兴。言苕之华有其茂盛之时矣，然今已不然。我生此衰世，实为不幸，如早知我遭遇如此，尚不如无生也。

牂羊坟首，三星在罶。人可以食，鲜可以饱。

牂，音臧。牂羊，牝羊也。◎坟，大也。◎羊瘠瘦则见其首大而身细也。

罶，音柳，笱也。捕鱼之具。◎三星在罶，罶置水中捕鱼，今而能映见三星，则是无鱼可捕也。言饥馑之日，水中亦平静无鱼矣。三星，参宿也。

鲜，少也。

第三章，言今饥馑之况甚为严重，牝羊以无草可食，但见其首大而身细矣；水中已无鱼，三星可以倒映于罶边矣。人固尚有可食，然少有能饱者矣。

按《诗序》云：“《苕之华》，大夫闵时也。幽王之时，西戎东夷，交侵中国，师旅并起，因之以饥馑，君子闵周宣之将亡，伤己逢之，故作是诗。”大旨近之。但大夫闵时，亦未必可信。此但诗人忧世之诗耳。

何草不黄

此行役者怨辞也。

何草不黄？何日不行^{háng}？
何人不将？经营四方。

何草不玄？何人不矜^{guān}？
哀我征夫，独为匪民？

匪兕^{sì}匪虎，率彼旷野。
哀我征夫，朝夕不暇！

有芃^{péng}者狐，率彼幽草。
有栈之车，行彼周道。

何草不黄？何日不行？何人不将？经营四方。

　　草黄，是已衰，秋冬之际也。

　　行，音杭。◎何日不行，言日日行而不息也。

　　将，亦行也。

　　四方，四方之国也。

　　第一章，以"何草不黄"起兴。言时已秋冬之际矣，何草不为黄色邪？因以念及，何日不行于外邪？草之黄示季节之变，时间之逝。而行役之人，感久行在外，故叹何日不行也。然非独我也，何人不行乎？今之人皆征役不息，以经营四方也。

何草不玄？何人不矜？哀我征夫，独为匪民？

　　玄，赤黑色也。◎言时间又晚，草至枯而变为玄矣。

　　矜，读为鳏。无妻为鳏。从役者皆时已过不得归，故谓之矜。

　　独，岂也。◎匪民，非人也。

　　第二章，言何草不变玄邪，时序又更晚矣，而我仍行役于外。征役不息如此，何人不为鳏夫邪？我征夫真可哀也，我岂非人类乎？

匪兕匪虎，率彼旷野。哀我征夫，朝夕不暇！

　　匪，非也。◎兕，音四，兽名。

　　率，循也。

　　第三章，言我征夫，非兕也，非虎也。然一若虎兕，循彼旷野而行。哀哉！若我征夫，朝夕无暇以获休息也。

有芃者狐，率彼幽草。有栈之车，行彼周道。

芃，音蓬，茂盛貌。有芃即芃然。

幽，深也。

栈，车高之貌。有栈即栈然。

周道，大路也。

第四章，言肥大毛丰之狐狸，循彼深草而行。我高大之役车，则循大路而行。若我征夫者，真似与狐狸为伍者也。本篇二三四章先言岂非人乎，次言非兕非虎而循彼旷野，末言与狐狸为伍。三章皆比于禽兽，怨之深矣！

按：栈，车高之貌，马瑞辰有说。

按《诗序》云："《何草不黄》，下国刺幽王也。四夷交侵，中国背叛，用兵不息，视民如禽兽，君子忧之，故作是诗。"作《序》者似知其旨，而又故牵入刺幽王，复言君子忧之，是以又见其不妥矣。朱传云："周室将亡，征役不息，行者苦之，故作是诗。"是也。

大雅

说见前绪论。

文王之什

文王

此述文王之德，言天命之不易，告周之子孙，戒慎守成也。

文王在上，於^{wū}昭于天。

周虽旧邦，其命维新。

有周不显，帝命不时^{pī}^{pī}。

文王陟^{zhì}降，在帝左右。

亹亹^{wěi}文王，令闻不已。

陈锡哉周，侯文王孙子。

文王孙子，本支百世。

凡周之士，不显^{pī}亦世。

世之不显，厥犹翼翼。

思皇多士，生此王国。

王国克生，维周之桢。

济济多士，文王以宁。

穆穆文王，於缉熙敬止。

假哉天命，有商孙子。

商之孙子，其丽不亿。

上帝既命，侯于周服。

侯服于周，天命靡常。
殷士肤敏，祼将于京。
厥作祼将，常服黼冔。
王之荩臣，无念尔祖。

无念尔祖，聿修厥德。
永言配命，自求多福。
殷之未丧师，克配上帝。
宜鉴于殷，骏命不易。

命之不易，无遏尔躬。
宣昭义问，有虞殷自天。
上天之载，无声无臭。
仪刑文王，万邦作孚。

文王在上，於昭于天。周虽旧邦，其命维新。有周不显，帝命不时。文王陟降，在帝左右。

上，指天也。

於，音乌，叹词。◎昭，显明也。

旧邦，周自后稷始封，公刘而兴。古公亶父迁于岐下，有国甚久，故曰旧邦。

其命维新，而受天命为天子以代殷则自今始，故曰其命维新。

有，语词。◎不，通丕。丕，大也。

时，是也。

陟，音至，升也。陟降言或升或降。升于天，降于人也。

帝，上帝也。古以天为上帝。

第一章，言文王之神明在天上，於！显明于天也。周虽为旧邦，而新受天命以代殷，是以为新天子之国矣。周国乃大显赫，上帝之命甚是。而文王神明，或升在天，或降在人间，皆在上帝之左右，行上帝之意旨也。此言周受天命而兴，而由文王之德以成之，文王之神明以佑之也。

亹亹文王，令闻不已。陈锡哉周，侯文王孙子。文王孙子，本支百世。凡周之士，不显亦世。

亹，音尾。亹亹，勉强之貌。

令闻，善誉也。

陈，敷布也。◎锡，赐也。◎哉，语词。◎言上帝敷布其福，赐于周国也。

侯，维也。◎言敷赐于周者，维加于文王之孙子也。

本，宗子也。◎支，庶子也。

不，丕也。◎亦世，犹言长世累世也。

第二章，言文王勉力修德，善誉长播。天乃敷赐其福于周，而加于文王之孙子。文王之孙子，宗子及庶子，皆受其福。凡周之士，皆大显赫而永世不坠也。

按：亦世，毛传谓：亦得世之在位。马瑞辰以为亦世即奕世，奕世即长世，或训累世。较旧说为长。

世之不显，厥犹翼翼。思皇多士，生此王国。王国克生，维周之桢。济济多士，文王以宁。

厥，其也。◎犹，谋也。◎翼翼，恭敬也。

思，语词。◎皇，美也。◎思皇多士，言美哉多士。

克，能也。◎王国克生，言王国能生此多士。

桢，干也。

济济，多貌。

第三章，言周传世之必能大显，以其猷谋能恭敬戒慎也。美哉多士，生于此王国；王国能生此多士，皆周之桢干也。有此众多美士，故文王赖以安宁也。

穆穆文王，於缉熙敬止。假哉天命，有商孙子。商之孙子，其丽不亿。上帝既命，侯于周服。

穆穆，美也。

於，叹词。◎缉，续也。熙，明也。缉熙，持续光明不已也。
◎止，语尾词。

假，大也。

有，臣有之也。◎有商孙子，言能征服商之孙子，以为臣下也。

丽，数也。◎不亿，不止于亿也。

侯，维也。◎侯于周服，言维服于周。

第四章，言美哉文王，於！能持续其光明而不已，故为众所敬也。大哉天命，乃使周臣有商之孙子。商之孙子，其数不止于亿也，而上帝既已有此天命，商之孙子维臣服于周矣。

侯服于周，天命靡常。殷士肤敏，裸将于京。厥作裸将，常服黼冔。王之荩臣，无念尔祖。

靡常，言无定也。

殷士，殷之故臣。◎肤，美也。◎敏，捷也。

裸，音灌，灌鬯也。祭之礼也。以鬯酒献尸，尸受酒而灌于地，以降神也。裸灌古字通。◎将，行也，酌而送之也。◎京，周之京师也。

黼，黼裳也。◎冔，音许，殷冠也。

荩，音尽，进也。进其忠爱之臣曰荩臣。

末两句言周王之忠爱之臣，见此殷故臣之服于周，能无念尔祖文王之德，而戒慎乎！

第五章，言彼殷之臣服于周者，以天命之无定也。谓殷初承天命为王，以失道而天命乃变，故亡于周也。殷之故臣，美而且敏捷，归周为臣，助周为祭。行裸之时，常服黼裳冔冠，皆商之服也。周亦不禁，不必改其服也。然观此天命之易，我王之荩臣，能不念尔祖文王承天命之难，而戒慎其事乎！

无念尔祖，聿修厥德。永言配命，自求多福。殷之未丧师，克配上帝。宜鉴于殷，骏命不易。

聿，发语词。

永，长也。◎言，语词。◎配命，配合天命也。

自求多福，多福之途，在自求之也。

师，众也。

克配上帝，能配上帝之天命。

骏，大也。◎不易，难也。

第六章，言能无念尔祖文王之德乎！念之则当修其德也。能修其德，则能长配合天命，于是盛多之福，乃能因自求而得之矣。昔殷之未丧其众心之时，能配上帝天命。现殷以失道而亡，我实宜以殷为鉴；知天命之难得，而天命亦难持守，实应慎之也。

命之不易，无遏尔躬。宣昭义问，有虞殷自天。上天之载，无声无臭。仪刑文王，万邦作孚。

遏，绝也。◎躬，身也。

宣，布也。◎昭，明也。◎义，善也。◎问，闻通。

有，又也。◎虞，度也。

载，事也。

仪，象也。◎刑，法也。◎仪刑文王，言效法文王也。

作，则也。◎孚，信也。

第七章。言天命不易持守，故必戒慎，无自绝天命于尔之身。尔应明布善闻于天下。又宜思度殷之所以兴废之所获自天者，以为鉴戒。上天之事，既无声亦无味，故其变易动向，不可预测也。汝但效法文王，则万邦信服，天命可永矣。

按：作，则也。屈万里以甲骨文证之。

按《诗序》云："《文王》，文王受命作周也。"然文王未尝为天子，此说固非也。朱传云："周公追述文王之德，明周家所以受命而代商者，皆由于此，以戒成王。"此盖据《吕氏春秋·古乐》篇引此诗，谓周公旦作诗而言。然此诗是否果为周公所作，仍难言也。审其全诗，是述文王之德，以告后世子孙，创业之不易而戒以谨慎守成也。

大明

此述周德之盛，配偶之宜，乃生武王而伐商有天下也。

明明在下，赫赫在上。
天难忱斯，不易维王。
天位殷適，使不挟四方。

挚仲氏任，自彼殷商。
来嫁于周，曰嫔于京。
乃及王季，维德之行。
大任有身，生此文王。

维此文王，小心翼翼。
昭事上帝，聿怀多福。
厥德不回，以受方国。

天监在下，有命既集。
文王初载，天作之合。
在洽之阳，在渭之涘。
文王嘉止，大邦有子。

大邦有子，伣天之妹。

文定厥祥，亲迎于渭。
造舟为梁，不显其光。

有命自天，命此文王，于周于京。
缵女维莘，长子维行，笃生武王。
保右命尔，燮伐大商。

殷商之旅，其会如林。
矢于牧野：
维予侯兴，上帝临女，无贰尔心。

牧野洋洋，檀车煌煌，驷騵彭彭。
维师尚父，时维鹰扬。
凉彼武王，肆伐大商，会朝清明。

明明在下，赫赫在上。天难忱斯，不易维王。天位殷适，使
不挟四方。

明明，德之明也。◎在下，在人间也。

赫赫，显命也。◎在上，在于天也。

忱，信也。◎斯，语词。◎言天之意难信，即谓天命无常，
每更易也。

不易维王，其难为者，是天子也。

天位，天子之位。◎适音敌，嫡也。殷适，言天子之位，原
为殷之嫡嗣，指纣也。

使不挟四方，然又使不能挟四方而有之。以其不能行天之道也。

第一章，言文王之明德，在于人间；而赫赫显命，则在于
天而降于周也。然而天命实无常而难信也。为天子者，甚难为
之事也。天子之位，本在殷之嫡嗣，然而天又使其不能持四方
而有之，可见天命之善变也。

挚仲氏任，自彼殷商。来嫁于周，曰嫔于京。乃及王季，维
德之行。大任有身，生此文王。

挚，音至，国名，在殷畿内。◎任，姓也。◎仲氏，中女也。
言挚国任姓之中女，即大任也。大音太。

挚为诸侯之国，在殷畿内，故其女嫁于周，曰自彼殷商，来
嫁于周。

曰，语词。◎嫔，妇也。◎京，周京也。◎言嫁而为妇于周京。

王季，大王之子，文王之父，名季历。

行，音杭。◎维德之行，言女乃及王季共行仁义之德。

大任，读太任。挚仲氏任也。◎有身，有孕也。

第二章，述王季之能得嘉耦也。言挚国任氏之中女，自彼殷国畿内，来嫁于周，为妇于周京。乃与王季共行仁义之德。任女有孕，乃生此文王也。

维此文王，小心翼翼。昭事上帝，聿怀多福。厥德不回，以受方国。

翼翼，恭慎之貌。

昭，明也。

聿，语词。◎怀，来也。

厥，其也。◎回，邪也。

方国，四方来附之国也。

第三章，述文王之德也。言维此文王，小心恭慎，以明德事于上天，乃获来多福。以其德之不邪，故四方之国来附也。

天监在下，有命既集。文王初载，天作之合。在洽之阳，在渭之涘。文王嘉止，大邦有子。

监，视也。◎天监在下，言天视下民之事。

集，就也。◎有命既集，言天既有命就于周。

载，年也。

洽，水名。◎水北曰阳。

渭，水名。◎涘，涯也。

嘉，美也。◎止，语尾词。

大邦，指莘国也。◎有子，有女子也。

末二句为倒句法。言大邦有女子，文王美之也。

第四章，述文王得嘉耦也。言天视下民，乃降天命；天命既就于周，故文王之初年，天乃作之配合。在洽之阳，在渭之涯，有大邦焉。其国有女，文王美之。大邦者谓莘国，有女者谓大姒也。

按：洽，即郃之假借。郃在冯翊郃阳（今作合阳），故城在同州河西县南三里。后改夏阳县，县南有莘城，即古莘国。马瑞辰考之甚详。

大邦有子，伣天之妹。文定厥祥，亲迎于渭。造舟为梁，不显其光。

伣，音欠，譬也。◎言譬若天之妹，意谓似天女也。

文，礼也。◎言以礼定其吉祥，谓订婚也。

造舟为梁，造舟相接以为桥梁，若今之浮桥。

丕，丕也。丕，大也。

第五章，述文王婚也。言彼大邦莘国有女，如天上之女也。乃依礼定其吉祥，订为婚姻，亲迎于渭水，造舟以为浮梁，大显其光彩也。

有命自天，命此文王，于周于京。缵女维莘，长子维行，笃生武王。保右命尔，燮伐大商。

首三句，言天即命文王于周之京矣。

缵，音纂，继也。◎莘，国也。太姒之国。◎缵女维莘，言缵继挚大任之妇德者，是莘国之女也。

长子，莘之长女也。◎行，出嫁也。

笃，厚也。◎厚生武王，言天以是厚之，乃生武王也。

右，助也。◎保右命尔，言天保之，天助之，复天命之。尔，指武王也。

燮，音协，和也。和应天命以伐大商也。

第六章，述天命太姒生武王以伐商也。言天命既命此文王于周之京矣，乃有缵继大任之妇德者，即莘国之女是也。莘国之长女，乃嫁文王。天以是厚之，乃生武王。天于是保之，助之，复以天命命之。彼武王乃和应天命，以伐大商也。

殷商之旅，其会如林。矢于牧野：维予侯兴，上帝临女，无贰尔心。

旅，军旅也。

其会如林，言殷之军旅会聚如林。

矢，誓也。◎牧野，地名，在今河南洪县境。◎谓武王誓师于牧野也。

侯，维也。◎维予侯兴，言维予兴起也。

女读为汝。◎言上帝之命降临于汝等。

贰，怀疑不定也。

第七章，叙武王伐商也。言殷商之师众，聚会如林，以拒周师。武王乃誓师于牧野曰："今予当兴起，是上帝之命临于汝等也。同心齐力。心勿怀猜贰之心。"

牧野洋洋，檀车煌煌，驷騵彭彭。维师尚父，时维鹰扬。凉彼武王，肆伐大商，会朝清明。

洋洋，广大之貌。

檀，坚木，宜为车。◎煌煌，鲜明貌。

駵，音元。駵马白腹曰駵。駵音留，赤马黑尾也。驷駵即四匹駵马。◎彭，音旁，彭彭，强盛貌。

师，太师也。◎尚父，太公望为太师而号尚父。

鹰扬，如鹰之飞扬也。

凉，佐也。

肆，恣纵也。言纵其兵也。

会，合也。◎朝，朝夕之朝也。◎清明，言天下清明也。

第八章，述武王伐纣成功也。言牧野广大檀车鲜明，驷駵彭彭然盛壮。此写武王师旅之强大也。其时太师尚父，鹰扬奋兴，佐彼武王，纵兵以伐大商。于是于会合对战之朝，殷师崩溃。武王于是乃得天下，而天下清明矣。

按《诗序》云：“《大明》。文王有明德，故天复命武王也。”此说直似未读诗之前半者。此诗历述周德之盛及配偶之宜，以见天命之降于周。故以明武王之生，武王之得天下，诚非偶然。朱传以为此亦周公戒成王之诗，去诗义更远矣。

绵

《诗序》云："《绵》，文王之兴，本由大王也。"

绵绵瓜瓞，民之初生，自土沮漆。
古公亶父，陶复陶穴，未有家室。

古公亶父，来朝走马。
率西水浒，至于岐下。
爰及姜女，聿来胥宇。

周原膴膴，堇荼如饴。
爰始爰谋，爰契我龟。
曰止曰时，筑室于兹。

迺慰迺止，迺左迺右。
迺疆迺理，迺宣迺亩。
自西徂东，周爰执事。

乃召司空，乃召司徒，俾立室家。
其绳则直，缩版以载，作庙翼翼。

捄之陾陾，度之薨薨，
筑之登登，削屡冯冯。
百堵皆兴，鼛鼓弗胜。

迺立皋门，皋门有伉。
迺立应门，应门将将。
迺立冢土，戎丑攸行。

肆不殄厥愠，亦不陨厥问。
柞棫拔矣，行道兑矣。
混夷駾矣，维其喙矣。

虞芮质厥成，文王蹶厥生。
予曰有疏附；予曰有先后；
予曰有奔奏；予曰有御侮。

绵绵瓜瓞，民之初生，自土沮漆。古公亶父，陶复陶穴，未
有家室。

绵绵，不绝貌。◎大曰瓜，小曰瓞。瓜蔓生，其蔓引延不绝，
而末处瓜大。

民，指周人。◎初生，谓远世始祖也。

自，从也。◎土，地也。◎漆，沮，二水名，在豳地。◎此
言周之远祖，居从漆沮二水之地也。沮，音居。

古公，号也。◎亶父，名也。追称大王。

陶，取土作空以为穴也。◎复，重也。◎言掏以为重重之陶
穴。言其穴于穴后更有复穴。今西北地区之窑洞，多有前窑后窑，
亦如屋有数间焉。

家室，指房屋宫室。

第一章，述周代远祖至大王。言周世代之传，如瓜瓞之不
绝。周民之初，从始居于沮漆二水之地。及至古公亶父，凿穴
而居，未有房屋也。

古公亶父，来朝走马。率西水浒，至于岐下。爰及姜女，聿
来胥宇。

朝，音昭，早也。来早犹言早来。言早者谓不敢缓也。◎走
马，言驰马疾去。指避戎狄而去岐山之事也。

率，循也。◎浒，音虎，水厓也。◎言循西而趋于水厓也。

岐下，岐山之下也。岐山，在今陕西岐山县。

姜女，姜姓之女，谓大王之妃大姜也。

聿，语词。◎胥，相也。◎宇，居也。◎言姜女来相与居于

岐下也。

第二章，述大王之迁于岐下。言古公亶父，早来驰马循西而趋于水厓，至于岐山之下。大姜乃来相与居于岐下也。

按：大王由豳迁于岐下，避戎狄之侵。参《史记·周本纪》及《孟子·梁惠王下》。

周原膴膴，堇荼如饴。爰始爰谋，爰契我龟。曰止曰时，筑室于兹。

周原，周地，在岐山之南。广平曰原。◎膴，音武。膴膴，肥美貌。

堇，音谨，菜也。◎荼，音涂，苦菜。◎饴，音移，饧也。饧即糖浆。

爰，乃也。乃开始谋划。

契，以刀刻龟，钻之成孔。以火灼之而卜。此言卜也。

曰，是。曰止，言卜之兆，曰可以止。◎时，是也。

第三章，述岐下之可留。言周原肥美，堇荼甚甘。于是乃始谋划，乃契龟以卜，得兆曰："可止。"曰："是。"乃筑室于此。

迺慰迺止，迺左迺右。迺疆迺理，迺宣迺亩。自西徂东，周爰执事。

迺，同乃。◎慰，安也。◎止，居止也。

左，右，安排居止之所，在左在右也。

疆，划界也。◎理，使有条理也。

宣，宣导其沟洫也。◎亩，治其田亩也。

徂，往也。◎自西徂东，自西而往东，言自西循水浒而往东。

周爰执事，周乃执其创业之事。

末二句言周之人自西循水浒而东，至岐下执其创业之事。

第四章，述在岐下垦业也。言至于岐下，乃安，乃止居；乃各安排于左于右；乃各划其界，使有条理；乃各宣导沟洫，治其田亩。是周人自西循水浒而东，至岐下执其垦业之状也。

按：自西徂东，非自豳至岐下；豳至岐下，是自北而南。此盖指率西水浒而言。由豳西南行，再正东则为岐山。孔颖达有说。

乃召司空，乃召司徒，俾立室家。其绳则直，缩版以载，作庙翼翼。

司空，掌营国邑之官。

司徒，掌徒役之事之官。

俾，使也。

绳，古时以取直之器也。

缩，束也。◎版，筑墙用之版也。◎缩版言束版使就拟筑之型，然后投土于版空之中，以造墙。其方法颇若今之以木板夹成空，而投以水泥也。◎载者，载其土也。束版以载土乃成墙。

翼翼，严正也。◎庙，宗庙也。营宗室庙为先。

第五章，述始建宫室也。言乃召司空之官，司徒之官，使立室家。先以绳度之，则成直矣。然后束版以载土，先作宗庙，翼翼然严正。

捄之陾陾，度之薨薨，筑之登登，削屡冯冯。百堵皆兴，鼛
鼓弗胜。

捄，音俱，盛土于器也。◎陾，音仍。陾陾，筑墙之声也。
筑墙先盛土，土盛于器，其声陾陾。

度，投也。筑墙投土于版也。◎薨薨，土投入版之声。

筑之，筑墙捣土使坚也。◎登登，捣土之声也。

削，墙成而削之使平。◎屡，屡次削治之也。◎冯音凭。冯
冯，削墙之声。

堵，一丈为版，一平方丈也。五版为一堵。百堵言其多也。

鼛，音皋，大鼓，长一丈二尺。或击鼛，或击鼓，言以鼓声
劝事乐功也。◎弗胜，言击鼓者以工事甚多，不胜其击鼓之任也。
胜，音升。

第六章，述筑宫室之情况也。言盛土者其声陾陾；投土于
版者，其声薨薨；捣之使坚者，其声登登；然后去版而屡为削
治之，其声冯冯。于是百堵皆兴起矣。从事者多，击鼓以劝事
乐功者，不胜击矣。

按：陾陾，毛传："众也。"《释文》：筑墙声也。

迺立皋门，皋门有伉。迺立应门，应门将将。迺立冢土，戎
丑攸行。

皋门，王之郭门曰皋门。

伉，高貌。有伉即伉然。

应门，王之正门曰应门。

将音枪。将将，严正貌。

冢，大也。冢土，大社也。王为群姓立社为大社。社，土
神也。

戎丑，指戎狄丑类也。◎攸，语助辞。◎言戎狄混夷，见此
情况，乃行而他去也。

第七章，述建宫及大社。言乃立郭门，郭门甚高；乃立正
门，正门甚为严正；乃立大社，以为出大众、行大事之所祭告。
混夷原居此者，见此情况，乃行而他去。

按：戎丑，旧说戎，大也，丑，众也。谓指大社之为动大
众将有所告而言。屈万里谓戎丑指混夷而言，较旧说为长，以
其能引起下文"不殄厥愠"一语也。

**肆不殄厥愠，亦不陨厥问。柞棫拔矣，行道兑矣。混夷駾矣，
维其喙矣。**

肆，故也。◎殄，音忝，绝也。◎厥，其也，指混夷。◎愠，
怒也。◎言故虽不能灭绝混夷之怒。

陨，坠也。◎问，聘问也。◎言遣使聘问于混夷也。

柞，音昨，栎也。棫，白桵也。皆木名。◎拔，音佩，拔而
去之，使道通也。

兑，通也。

混，音昆。混夷，西北夷狄国也。◎駾，音兑，奔突惊走之貌。

喙，音讳，困也。

第八章，述大王立国，而文王事混夷。言大王虽已于岐下
建国，然岐下本混夷所居，兹不得已而他去，心必怀恨。故知
不能绝止混夷之怒也，因亦不失坠于聘问混夷，以为缓冲。及

立国渐久，丛林斩伐，造为大路。行道既通，混夷乃奔突惊走矣。盖混夷困，乃自服于周。此当是文王之时也。

虞芮质厥成，文王蹶厥生。予曰有疏附；予曰有先后；予曰有奔奏；予曰有御侮。

虞芮，二国名。芮，音瑞。虞在今山西解县。芮在今山西芮城县。◎质，正也。◎成，平也。◎文王之时，虞芮二国争田，不能决。求正于周，入周境，见耕者皆让畔，行者让路，乃自惭而还，俱让而争息。

蹶，动也。◎言文王动其生民之道。谓王之为治，能动其民使各成其业也。

予，诗人自谓也。◎疏附，疏远者来亲附也。

有先后者，有礼序也。言能以礼仪相导，知所先后，不失次序。全治之状也。

奔奏，奔走奏功之臣也。奏功盖指有功于济国安民者。

御侮，武臣抵御外侮也。

第九章，述文王之德也。言虞芮二国，能于周正其公平，而息争田之事。文王之德可以见矣。故文王乃能动其生民，使成其业也。诗人乃感叹而言曰：吾以为文王之兴，在于得人也。吾谓文王有疏远而能来亲附之臣；有能以礼仪相导，知所先后次序，以成其治之臣；有奔走经营以奏功之臣；有抵御外侮之臣。得人既备，故能如此也。

按：大王即古公亶父，居豳而戎狄攻之。去豳而迁于岐下，豳人举国从之。古公少子季历，娶大任，生子昌，即文王也。大王读为太王。

棫朴

此美周王能得人，能作人，乃能综理四方之诗。

芃芃棫朴，薪之槱之。
济济辟王，左右趣之。

济济辟王，左右奉璋。
奉璋峨峨，髦士攸宜。

淠彼泾舟，烝徒楫之。
周王于迈，六师及之。

倬彼云汉，为章于天。
周王寿考，遐不作人？

追琢其章，金玉其相。
勉勉我王，纲纪四方。

芃芃棫朴，薪之槱之。济济辟王，左右趣之。

芃，音蓬，芃芃，茂盛貌。◎棫，音域，白桵也。◎朴，丛生也。◎言丛生之棫，芃芃茂盛。

薪，采以为薪也。◎槱，音酉，积木以燎之，以祭天。

济济，多仪容之貌。◎辟，君也。辟音璧。

趣，音趋，赴也。◎言左右之臣皆趋赴于其祭事也。

第一章，述王主祭祀也。言丛生茂盛之棫，斫以为薪，积而燎之以祭天。君王仪容至美，左右之臣，皆疾行趋赴以成其祭。

济济辟王，左右奉璋。奉璋峨峨，髦士攸宜。

奉，捧也。◎璋，半珪曰璋。祭祀之礼，王裸以圭瓒，诸臣助之，亚裸以璋瓒。璋谓璋瓒，祭祀时裸酒之器也。裸，音灌，灌鬯酒于地以降神也，参前《文王》篇。

峨，音俄。峨峨，盛壮貌。

髦，俊也。俊士谓俊秀出众之卿士。◎攸，所也。

第二章，述王祭时，左右趣之之状也。言君王仪容至美，而左右之臣捧其璋瓒以助王之祭。捧璋瓒以行亚裸之礼者，仪态盛壮，俊秀之卿士所宜任之也。

淠彼泾舟，烝徒楫之。周王于迈，六师及之。

淠，音臂，舟行貌。◎泾，水名。

烝，众也。◎楫，棹也。

于，助词。◎迈，行也。

六师，六军也。天子六军。◎及，与也。

第三章，述王之德盛，众皆归从。言王行彼泾水之舟，则众徒以楫棹之而行也。周王所行之处，则六军与之从行而卫王。

倬彼云汉，为章于天。周王寿考，遐不作人？

倬，音卓，大也。◎云汉，天河也。

章，文章也。

考，老也。

遐，与何同。◎言何能不造就人才邪？

第四章，述周王美大寿考而能作人也。言彼云汉大哉，为文章于天也。以喻周王之美之大且寿考无尽，何能不选就人才，使兴国乎？

追琢其章，金玉其相。勉勉我王，纲纪四方。

追，雕也。镂金曰雕，镂玉曰琢。◎章，文章也，指花纹。

相，质也。

勉勉，勉之不已也。

纲，网之主绳，拉以收之者曰纲。◎纪，总要之也，综理也。◎言总理四方之国。

第五章，美周王勉力综理四方也。言金玉之质，美之至矣，而琢雕成文，则美而又美者矣。若我周王，勉之不已，以综理四方之国，乃使天下安乐，真美之又美者乎！

按：《诗序》以为文王能官人。朱传以为咏歌文王之德。然文王未尝为天子，焉得有六军？此诗所美之周王未知为何王也。屈万里但谓美周王是也。

旱麓

此祝周王祭祀得福之诗。

瞻彼旱麓，榛楛济济。
岂弟君子，干禄岂弟。

瑟彼玉瓒，黄流在中。
岂弟君子，福禄攸降。

鸢飞戾天，鱼跃于渊。
岂弟君子，遐不作人？

清酒既载，骍牡既备。
以享以祀，以介景福。

瑟彼柞棫，民所燎矣。
岂弟君子，神所劳矣。

莫莫葛藟，施于条枚。
岂弟君子，求福不回。

瞻彼旱麓，榛楛济济。岂弟君子，干禄岂弟。

旱，山名。在陕西南郑县，沱水所出。◎麓，山脚也。

榛，似栗而小。◎楛音户，似荆而赤。◎济济，多也。

岂音恺。弟音悌。岂弟，乐易也。

干，求也。◎禄，福也。

第一章，以旱麓起兴。言瞻望彼旱山之山麓，榛木及楛木众多。此兴盛之象也。因以引起和乐平易之君子，其求福亦必有其道，故能得福而乐易也。君子盖指所颂美之周王也。

按：旱山，见《汉书·地理志》。

瑟彼玉瓒，黄流在中。岂弟君子，福禄攸降。

瑟，洁鲜貌。◎玉瓒，圭瓒也。瓒，音赞。祭时祼之器，勺状有柄。以圭为柄，黄金为勺，青金为外，而朱其中。◎祼，以酒灌地也。参前《文王》篇。

黄流，郁鬯也，祼之酒。

攸，所也。

第二章，言彼光洁鲜明之玉瓒，黄流在其中，谓祭将祼也。乐易君子，能祭而以礼，故为福禄之所降也。

鸢飞戾天，鱼跃于渊。岂弟君子，遐不作人？

鸢，音渊，鸱类，状似鹰。◎戾，至也。

遐，何也。◎遐不作人，言何能不造就人才邪？

第三章，由鸢鱼起兴。言鸢可以高飞至天，鱼可以跃出于渊矣。因以引起，人岂能无奋起之机运乎。故乐易之君子，何能不造就人才邪？谓必能擢人兴国也。

清酒既载，骍牡既备。以享以祀，以介景福。

载，已在尊也。

骍，音辛，赤色牲也。◎牡，雄牲也。◎备，全具也。

享，献也。

介，助也。◎景，大也。

第四章，言清酒既已在尊中矣，赤色牡牲具已全备矣。于是以献以祭，以助成大福。

瑟彼柞棫，民所燎矣。岂弟君子，神所劳矣。

瑟，茂密貌。◎柞，栎木。◎棫，白桵也。

燎，爨也。◎民所燎矣，言为民爨炊之所用也。

劳音涝，慰劳也。

第五章，言彼茂密之柞棫甚多，皆民炊所用，故民不患无柴木也。是以乐易之君子，是神之所应慰劳者也。谓其有惠于民，故当获神之降福也。

莫莫葛藟，施于条枚。岂弟君子，求福不回。

莫莫，盛貌。◎葛藟，葛之属。藟，音垒。

施，音亦，延蔓也。◎枚，树干也。

回，邪也。不回，言得其正而不邪。

第六章，以葛藟起兴。言茂盛之葛藟延蔓于树干及枝条。葛藟缠绕，是依附之义。以兴君能有为，众民依之。此乃因乐易君子，求福之能得其正而致之也。

按《诗序》云："《旱麓》，受祖也。周之先祖，世修后稷公刘之业，大王王季申以百福干禄焉。"朱传以为咏歌文王之德。皆无据。审其诗二四章直写祭祀，其余各章亦述求福，是祝周王祭祀得福之诗也。周王为何王则未能定也。

思齐

朱传云："此诗亦歌文王之德，而推本言之。"

思齐大任，文王之母。
思媚周姜，京室之妇。
大姒嗣徽音，则百斯男。

惠于宗公，神罔时怨，神罔时恫。
刑于寡妻，至于兄弟，以御于家邦。

雝雝在宫。肃肃在庙。
不显亦临，无射亦保。

肆戎疾不殄，烈假不瑕。
不闻亦式，不谏亦入。

肆成人有德，小子有造。
古之人无斁，誉髦斯士。

思齐大任，文王之母。思媚周姜，京室之妇。大姒嗣徽音，则百斯男。

思，语词。◎齐，音斋，庄敬也。◎大，读为太。大任，王季之妃，文王之母也。挚国之女，参前《大明》。

媚，爱也。◎周姜，大王之妃，王季之母大姜也。参前《绵》。

京室，王室也。

大，读为太。大姒，文王之妃。参前《大明》。◎嗣，继承也。◎徽，美也。◎音，声誉也。

百男，言其多也。

第一章，述周之母德也。言庄敬之大任，乃文王之母，能爱事大姜，堪为王室之妇也。盖以大任之孝道能爱奉其婆母大姜，其德足为王室之妇也。其后则大姒能承继大任之美德，有其美誉，乃能子孙众多也。

惠于宗公，神罔时怨，神罔时恫。刑于寡妻，至于兄弟，以御于家邦。

惠，顺也。◎宗公，宗庙先公也。

罔，无也。◎时，是也。◎神罔时怨，言神乃无怨。

恫，音通。痛也。

刑，仪法也。◎寡妻，嫡妻。

御，音迓。又如本字。治也。

第二章，述文王之德。言文王能顺于先公，于是神能无怨恨，神能无伤痛。文王又能施其仪法于嫡妻，亦至于兄弟。于是家乃能齐，因以能治其家邦也。

雝雝在宫。肃肃在庙。不显亦临，无射亦保。

雝，音雍。雝雝，和之至也。◎宫，闺门之内。

肃肃，敬之至也。◎庙，宗庙之中。

不，丕也，大也。◎亦，语词。◎临，临民也。◎不显亦临，言以大显之道临民。

射，音亦，厌也。◎保，安也。◎无射亦保，此句为倒文，谓民安之而无厌憎之者也。

第三章，言文王在宫中闺门之内，则能和；在宗庙则能敬肃。以大显之道临民，故民能安而莫有厌憎者也。

按：不显亦临，无射亦保，解参陈奂说。

肆戎疾不殄，烈假不瑕。不闻亦式，不谏亦入。

肆，故也。◎戎，大也。◎疾，难也。◎殄，绝也。◎言故文王能当大难而不殄绝也。

烈，业也。◎假，大也。◎瑕，过也。◎言其大业无瑕过。

不闻，未曾先闻之也。◎亦，语词。◎式，有法式也。

不谏，未曾有人谏诤之也。◎亦，语词。◎入，能入于善也。

第四章，言文王能有上述之德，故当大难而不殄绝也。此盖指羑里之囚而言。于是其大业无瑕过。其处事也，虽未曾前闻之于人，而能合于法式；虽未曾有人谏诤之，然仍能入于善也。

肆成人有德，小子有造。古之人无斁，誉髦斯士。

成人，冠以上之年龄。◎有德，有其德行。

小子，未及冠之童子也。◎造，成就也。

古之人，指文王也。◎斁，音亦，厌也。◎言文王之为德不已也。

誉，名誉也。髦，俊也。二字皆作动词用。◎言文王之复，使士之有称誉而为俊义也。

第五章，言文王之德如此，故能使冠以上之成人有其德行。冠以下之童子有其成长造就。文王行德无厌，勉励不已，故使士皆能有称誉而成为俊义也。

按《诗序》云：“《思齐》，文王所以圣也。”义稍模糊。读其辞，则先述周之母德，历陈大姜大任大姒之德。然后再称文王之德，惠于宗公，刑于寡妻，雝雝在宫，肃肃在庙。是推本言之，朱说是也。

皇矣

《诗序》云："皇矣，美周也。天监伐殷，莫若周。周世世修德，莫若文王。"

皇矣上帝，临下有赫。监观四方，求民之莫。维此二国，其政不获。维彼四国，爰究爰度。上帝耆之，憎其式廓。乃眷西顾，此维与宅。

作之屏之，其菑其翳。修之平之，其灌其栵。启之辟之，其柽其椐。攘之剔之，其檿其柘。帝迁明德，串夷载路。天立厥配，受命既固。

帝省其山，柞棫斯拔，松柏斯兑。帝作邦作对，自大伯王季。维此王季，因心则友。则友其兄，则笃其庆，载锡之光。受禄无丧，奄有四方。

维此王季，帝度其心。貊其德音，其德克明。克明克类，克长克君。王此大邦，克顺克比。比于文王，其德靡悔。既受帝祉，施于孙子。

帝谓文王：无然畔援，无然歆羡，诞先登于岸。密人不恭，敢距大邦，侵阮徂共。王赫斯怒，爰整其旅，以按徂旅。以笃于周祜，以对于天下。

依其在京，侵自阮疆，陟我高冈。无矢我陵，我陵我阿。无饮我泉，我泉我池。度其鲜原，居岐之阳，在渭之将。万邦之方，下民之王。

帝谓文王：予怀明德，不大声以色，不长夏以革。不识不知，顺帝之则。帝谓文王：询尔仇方，同尔弟兄。以尔钩援，与尔临冲，以伐崇墉。

临冲闲闲，崇墉言言。执讯连连，攸馘安安。是类是祃，是致是附，四方以无侮。临冲茀茀，崇墉仡仡。是伐是肆，是绝是忽，四方以无拂。

皇矣上帝，临下有赫。监观四方，求民之莫。维此二国，其政不获。维彼四国，爰究爰度。上帝耆之，憎其式廓。乃眷西顾，此维与宅。

皇，大也。

临，视也。◎赫，威明也。有赫即赫然。

监，视也。

莫，定也。◎求民之定谓求民之能安定。

二国，指夏商也。

不获，不能得其正道也。

四国，四方之国也。

究，寻也。◎度，谋也。

耆，恶也。恶，音物。

式，语词。◎廓，大也。◎谓憎恶其侈淫过甚，故曰大也。大者，不当而过之谓。

眷，回顾貌。◎西顾，指顾于周。

宅，居也。◎此维与宅，言以此歧周之地，与太王为居宅也。

第一章，述天恶商而眷顾周。言大矣上天，临下威明，观察四方，在求生民之能安定也。夏商二国，其政不得正道，故天求于四方之国，以寻谋其可以受天命者。上天恶商之侈淫太过，乃眷顾西方之周，乃以岐周之地，与大王为居宅。

作之屏之，其菑其翳。修之平之，其灌其栵。启之辟之，其柽其椐。攘之剔之，其檿其柘。帝迁明德，串夷载路。天立厥配，受命既固。

作，读为柞，除木为柞。◎屏，音丙，除也。

菑，音缁，木立死者也。◎翳，自毙者也。

修，平，皆治之也。

灌，丛生者也。◎栵，音例，行生者也。

启，开也。◎辟，音辟，开辟也。

柽，音称，河柳也。似杨赤色。◎椐，音居，溃也，木有肿节，可以为杖。

攘，除去也。◎剔，甄别去其不合者，剔除之。如今言挑剔。

檿音厌，山桑也。◎柘，音蔗，木名，美材也。

帝迁明德，言天帝迁其命，就于明德之君，谓大王也。

串，音贯。串夷即混夷，西戎国名。◎载路，犹载途，谓满路而去。混夷若前《绵》篇所言混夷也。

配，偶也，指大姜也。

第二章，述大王迁岐，开辟草莱也。言于山林之辟，若木已死而立于地为蔽者，皆拔除之；丛生行生者，皆修治之；若河柳椐木，则开辟之；山桑柘木，则剔其朽败而留其美材。于是辟山林以为美厚之地矣。天帝乃迁其命，就于明德之君。大王乃建其业。混夷乃满路奔突而离去。岐下乃成周之安居开业之地。于是天又为之立贤妃以助之。受命既已坚固，故能卒成王业也。

帝省其山，柞棫斯拔，松柏斯兑。帝作邦作对，自大伯王季。维此王季，因心则友。则友其兄，则笃其庆，载锡之光。受禄无丧，奄有四方。

省，音醒，视也。

柞，音昨，栎也。◎棫音域，白桵。◎拔，音佩，拔而去之，使道通也。

兑，通也。言松柏直生，拔去柞棫，则松柏间路通矣，参前《绵》篇。

邦，国也。言天帝乃为周立邦国。◎对，配也。克配天命者也。◎作邦，而又作其克配天命，而能立国之人。故下文言王季也。

大读为太。太伯，王季之长兄，太王之长子也。适吴而不返，避而让于王季也。

因心，因其心之自然，非勉强而为之也。◎友，善兄弟也。◎谓王季因心之自然而善其兄大伯。意谓王季非勉强以友大伯也。故无争夺。

则友其兄，王季则友其兄大伯矣。

笃，厚也。◎则笃其庆，言能友其兄则厚其福庆矣。

载，则也。◎锡，赐也。◎光，光耀显大也。

受禄无丧，受福禄而不丧失也。

奄，覆也。

第三章，述太伯让王季也。言天帝视周之山，柞棫拔除，松柏直生，道路通矣。是贤君也。故为之立邦，而又为之作能配天命之人，则自太伯王季之生而见之矣。维此王季，因其心之自然而友爱其兄，毫无勉强之意。而太伯则纯以见王季之贤，而适吴避让，非出于争夺也。以王季能真友其兄，而其兄亦以求周道之兴而让之，乃能益厚其福庆也。天乃赐王季光显，使其受福而无丧失，至奄有四方也。

维此王季，帝度其心。貊其德音，其德克明。克明克类，克长克君。王此大邦，克顺克比。比于文王，其德靡悔。既受帝祉，施于孙子。

度，音惰。心能度物判义曰度。言帝使王季之心能制义也。

貊，音陌，静也。◎德音，美誉也。◎言天帝清静其美誉，使无非间之言。

克，能也。

类，能分善恶也。

克长克君，堪为长，堪为君也。

王，动词，为业邦之王也。

顺，慈和遍服也。◎比，上下相亲附也。

比于，至于也。

悔，遗憾也。

祉，福也。

施，音异，延也。

第四章，述王季之德，至于文王也。言此王季，天帝使其心能度物制义；帝又清静其美誉，使无非间之言。于是其德能明大，其心能明察，能分辨善恶。其人乃足以为长，足以为君，而王此大邦，能慈和遍服，上下相亲附，诚为贤君矣。至于文王，则其德更无遗憾。既受天帝所赐之福，乃能延及于子孙也。

帝谓文王：无然畔援，无然歆羡，诞先登于岸。密人不恭，敢距大邦，侵阮徂共。王赫斯怒，爰整其旅，以按徂旅。以笃于周祜，以对于天下。

无然，不可如此也。◎畔，离畔也。◎援，攀畔也。◎言勿为离畔，勿为攀援取求于不义。

歆，欲之动也。◎言勿动欲而羡慕也。

诞，语词也。登成也。◎岸，讼也。

密，密须氏之国也。姞姓之国。

距，抗拒也。◎大邦，指周。

阮，国名。共，国名，皆在今甘肃泾川县。◎徂，往也。◎言密须氏国往侵此二国也。共，音恭。

赫，盛怒貌。

旅，师也。

按，止也。◎徂，往也。◎旅，指密之师。

祜，福也。

以对于天下，言以此平乱之事，对天下人而示以征伐也。

第五章，述文王平密须氏之侵阮共也。言帝谓文王。此意想之事，以文王受天命也。告文王：“为勿畔离，勿攀援为不当之求取，勿动欲念而羡慕侈淫。惟先求成狱讼之平，正其曲直，以成美德。”密须氏不恭顺，敢抗拒大邦，侵攻阮共二国。文王赫然而怒，乃整其师，以遏止密须氏往阮共之师旅。用以厚周之福，而以对天下之人示以义师征伐之功也。

按：诞，语词，马瑞辰有说。

依其在京，侵自阮疆，陟我高冈。无矢我陵，我陵我阿。无饮我泉，我泉我池。度其鲜原，居岐之阳，在渭之将。万邦之方，下民之王。

依，据也。◎京，高丘也。◎言密须氏据其高丘之地。

侵自阮疆，自阮疆而侵及周之地。

陟我高冈，言密侵自阮疆出而升我之高冈。

矢，陈也。

大陵曰阿。

度，越也。◎鲜原，地名，近岐周之地。

将，侧也。

方，则也。

第六章，述文王征伐密须，而作下都程邑也。言彼密须之国，据其高丘，而自阮侵入。此重叙密须侵阮之事，以启下文也。彼密之师，升我之高冈，我周民众起而驱之，曰："无陈兵于我之陵，此乃我文王之陵，我文王之阿；勿饮我之泉，此乃我文王之泉，文王之池。"密须既逐，文王乃度越鲜原之地，作下都于程邑。而国仍在岐周，故曰居岐之阳。岐周在渭水之北，故曰在渭之侧。于是周乃为万邦之所法，而为下民之王也。

按：本章解说参孔疏及陈奂疏。

陈奂云："文王度鲜原，为作下都于程邑。而国仍在岐周。故下文云'居岐之阳'也。"

朱传谓程邑之地："于汉为扶风安陵，今在京兆府咸阳县。"

帝谓文王：予怀明德，不大声以色，不长夏以革。不识不知，顺帝之则。帝谓文王：询尔仇方，同尔弟兄。以尔钩援，与尔临冲，以伐崇墉。

予，帝自言也。◎怀，眷念也。◎明德，文王之明德也。

不大声以色，不大声为严厉之色，言能温善也。

长夏，为诸夏之长也。◎革，变也。◎言文王不以其周之兴而为诸夏之长乃改其德也。

不识，不自作聪明。◎不知，不自以为知虑过人。

顺帝之则，但能顺天帝之法则，则其知虑乃纯而无失。

仇，匹也。仇方即与国也。

兄弟，同姓国也。

钩援，钩梯也。言钩而可援而上城，攻城之具也。

临，临车也。冲，冲车也。临车高，可从上临下而攻。冲车可用以冲突击敌者也。二者皆攻击之车。

崇，国名，在今陕西鄠县。◎墉，城也。

第七章，述文王伐崇，是顺天命也。言天帝谓文王："我眷念尔文王之明德，尔不大声为严厉之色，能待人以温善；不因为诸夏之长为迁变其德；不自作聪明而一意孤行；不自以为知虑过人而拒人之言。但顺天帝之法则，是以知虑纯而无失也。"帝乃谓文王："征询尔与国之意见；亦询尔同姓兄弟之国之意见，合力出正义之师，以尔之钩援之梯，临冲之车，以伐崇国，攻其城而灭此凶暴。"

按：仇方，兄弟。参马瑞辰说。崇，朱传谓在京兆府鄠县。

临冲闲闲，崇墉言言。执讯连连，攸馘安安。是类是祃，是致是附，四方以无侮。临冲茀茀，崇墉仡仡。是伐是肆，是绝是忽，四方以无拂。

闲闲，强盛貌。

言言，高大。

执，生得之也。◎讯，可讯口供之俘虏也。◎连连，连续，言其多也。

攸，所也。◎馘，音帼，杀敌而取其左耳也。取左耳者，以计功，每耳计一首也。安安，不轻暴也。

类，出征祭上帝曰类。◎祃，音骂，至所征之地而祭曰祃。

致，招致之使来也。◎附，使之亲附也。

茀，音弗。茀茀，车强盛貌。

仡，音屹。仡仡，高大貌。

肆，纵兵也。意谓长驱而进。

忽，灭也。

拂，违逆也。

第八章，述伐崇之事功也。言临车冲车，闲闲强盛。而崇国之城甚为高大。文王之师，连续虏其生俘，讯其军情，然后所斩之敌甚多，皆从容安取其左耳。文王之出师，先为类以祭上帝；至征地则为祃以祭之。乃获全功，致之使来，亲附于周。四方乃无侮侵之事。至此诗人又重言之曰："临冲兼兼强盛，崇城仡仡高大，文王伐之，绝之灭之，四方无敢违逆之矣！"

按：闲闲，盛也。见《广雅》。

按朱传云："此诗叙大王大伯王季之德，以及文王伐密伐崇之事也。"朱所言者，诗中所叙之事也。《诗序》所言者，诗之义旨也。《序》可采。

灵台

此美文王之德，叙民能自来成其君之台，而乐其君之能游乐也。

经始灵台，经之营之。
庶民攻之，不日成之。
经始勿亟，庶民子来。

王在灵囿，麀鹿攸伏。
麀鹿濯濯，白鸟翯翯。
王在灵沼，於牣鱼跃。

虡业维枞，贲鼓维镛。
於论鼓钟，於乐辟廱。

於论鼓钟，於乐辟廱。
鼍鼓逢逢，矇瞍奏公。

经始灵台，经之营之。庶民攻之，不日成之。经始勿亟，庶民子来。

经，度也。经始，始度量之也。◎灵台，文王之台名。灵者神灵之义。文王筑台，民自来攻之，不日而成，故名之曰灵台，谓非凡也。

营，作也。

庶，众也。◎攻，作也。

不日，不终日也。

亟，急也。◎言始度量之时，文王不急于成也。

子来者，如子之趋父之事，不召自来也。

第一章，述台之成，庶民自来攻之也。言始度量灵台，度之，作之。而众民趋来共作之，乃不终日而成。始度之时，文王不急于成也。而众民来筑台者，如子之趋父之事，不召自来，故不日而成也。

王在灵囿，麀鹿攸伏。麀鹿濯濯，白鸟翯翯。王在灵沼，於牣鱼跃。

囿，养禽兽之处也。在灵台下故曰灵囿。

麀，音忧，牝鹿也。◎攸，所也。伏，安处不惊也。

濯濯，肥泽貌。

翯，音巨。翯翯，洁白貌。

沼，囿中有池沼。谓台曰灵台，谓沼则灵沼。

於，音乌，叹词。◎牣，音刃，满也。◎鱼跃是欢乐景象也。

第二章，述文王游于灵台之下囿沼间也。言王在于灵囿，则麀鹿所安处之所在也。麀鹿肥泽，白鸟洁白，皆不惊扰。王在于灵沼，於！池中鱼满，而跃出水面也。

虡业维枞，贲鼓维镛。於论鼓钟，於乐辟廱。

虡，音巨，悬钟木架之立木也。其横木曰栒。◎业，栒上之大板也。◎枞，音丛，崇牙也。崇牙即业上悬钟磬处，以彩色为大牙，其状隆然，故曰崇牙。

贲，音坟，大鼓也，长八公尺。◎鼓，四尺。◎镛，音容，大钟也。

於，音乌，叹词。◎论，音伦，通伦，理也。◎言钟鼓之声，得应和之理而成乐也。

乐，音欢乐之乐。◎辟，音璧，廱，音雍。辟廱，文王之离宫也。是文王游乐之处。

第三章，述文王置钟鼓之乐以游乐也。言设虡业崇牙以悬钟；设贲鼓及镛，钟鼓之声，得应和之理而成乐矣。於！王乃乐于辟廱也。

按：旧说辟廱为天子学。戴震《毛郑诗考正》疑为文王之离宫。马瑞辰证之。旧说于诗义难通。戴马之说为长。

於论鼓钟，於乐辟廱。鼍鼓逢逢，矇瞍奏公。

鼍，音驼，似蜥蝪，长丈许，若鳄鱼。皮可以蒙鼓，其鼓曰鼍鼓。◎逢，音蓬，逢逢，鼓声也。

矇，音蒙，有眸子而不能见曰矇。◎瞍，无眸子曰瞍。古乐师皆以瞽者为之。奏，作也。◎公，公事。公事指乐师之公事，即奏乐也。

第四章，续述文王听乐于辟廱，言：於！鼓钟得应和之理矣，於！王乐于辟廱矣。民闻鼍鼓逢逢之声，则知乐师之在奏乐矣。此谓知乐师之奏乐，则知王乐矣；知王之乐，则百姓与同欢焉。此章承首章民乐其君之乐之义。

按《诗序》云："《灵台》，民始附也。文王受命，而民乐其有灵德，以及鸟兽昆虫焉。"其说虚空；民乐其有灵德，有不可捉摸之感。朱传引《孟子》"文王以民力为台为沼，而民欢乐之，谓其台曰灵台，谓其沼曰灵沼"以释之，斯得其旨。

下武

此美武王能从先人之德，而启万世之福也。

下武维周，世有哲王。
三后在天，王配于京。

王配于京，世德作求。
永言配命，成王之孚。

成王之孚，下土之式。
永言孝思，孝思维则。

媚兹一人，应侯顺德。
永言孝思，昭哉嗣服！

昭兹来许，绳其祖武。
于万斯年，受天之祜。

受天之祜，四方来贺。
于万斯年，不遐有佐！

下武维周，世有哲王。三后在天，王配于京。

下，后也。◎武，继也。◎言后人能继先祖者，维有周也。

世有哲王，以其后能继先，故世代有圣哲之王。

后，继体君也。开创之君在先，继体之君在后，故曰后。三后者，大王、王季、文王也。三后既没，故曰在天。

王谓武王也。◎言武王能配行三后之道于京。京，镐京也。

第一章，美武王之能继大王王季文王也。言能继先祖，维周是也。故世代有圣哲之王，若大王、王季、文王，皆是能相继者，已在天矣。今武王乃能配行三后之道于镐京也。

王配于京，世德作求。永言配命，成王之孚。

世德，累世所成之德也。◎作，为也。作求即求作。◎世德作求，言武王求为其先祖累世所成之德。

永，长也。◎言，语词。◎配命，配合天命。◎永言配命，谓长配合天命也。参前《文王》篇。

孚，信也。◎成王之孚，言乃能成其王者之信也。

第二章，继首章之义，美武王之能成王者之信也。言王既配行三后之道于镐京矣，乃求为其先祖累世所成之德，而能长配天命，不敢逾越，故能成其王者之信也。信为民所孚，民无信不立也。

成王之孚，下土之式。永言孝思，孝思维则。

式，法也。◎言天下以为法。

永，长也。◎言长存孝顺先人之思。

则，法也。◎言其孝思乃思三后之德，而三后之德，即武王之所法也。

第三章，承上章，美武王之能法先祖。言武王能成其王者之信，天下乃以为法。而武王则长存其孝思，以三后之德存于心，此三后之德即武王之所法也。

媚兹一人，应侯顺德。永言孝思，昭哉嗣服！

媚，爱也。◎一人，天子也，谓武王。

应，当也。◎侯，维也，语词无义。◎谓武王能当此顺德也。

昭，明也。◎嗣，继承也。◎服，事也。◎言武王能明哉嗣续其祖考之事。

第四章，续美武王之能承先德也。言可爱哉此一人！能当此顺德。长存其孝敬先祖之心，明哉！嗣行其先祖之事。

按：顺德，郑笺云："《易》曰：'君子以顺德积小以高大。'"

昭兹来许，绳其祖武。于万斯年，受天之祜。

许，进也。来进谓后之来者也。◎言昭明武王之德于后之来者。

绳，继也。◎武，迹也。◎谓继其先人之迹。

祜，音户，福也。

第五章，谓后世宜法武王也。言武王之德如此，今明此武王之德于后之来者，使能继其先人之迹，则万年不绝，受天之福矣。

受天之祜，四方来贺。于万斯年，不遐有佐！

四方，四方之国也。

遐，何也。不遐犹言何能无有。◎佐，助也。◎言何能无有佐助邪！

第六章，继五章而言之。言周既能受天之福矣。则四方之国，皆来朝贺矣。则万年永祚，何能无佐助以成之乎！

按《诗序》云："《下武》，继文也。武王有圣德，复受天命，能昭先人之功焉。"然首章明言三后在天，非专指继文王也。笺谓继文王之王业而成之，亦未尽是也。

文王有声

朱传云："此诗言文王迁丰武王迁镐之事。"

文王有声，遹骏有声。遹求厥宁，遹观厥成。文王烝哉！

文王受命，有此武功。既伐于崇，作邑于丰。文王烝哉！

筑城伊淢，作丰伊匹。匪棘其欲，遹追来孝。王后烝哉！

王公伊濯，维丰之垣。四方攸同，王后维翰。王后烝哉！

丰水东注，维禹之绩。四方攸同，皇王维辟。皇王烝哉！

镐京辟廱，自西自东，自南自北，无思不服。皇王烝哉！

考卜维王，宅是镐京。维龟正之，武王成之。武王烝哉！

丰水有芑，武王岂不仕？诒厥孙谋，以燕翼子。武王烝哉！

文王有声，遹骏有声。遹求厥宁，遹观厥成。文王烝哉！

有声，有其声誉也。

遹，语词，与聿通用。◎骏，大也。

遹求厥宁，求其天下之安宁也。

遹观厥成，言文王能自见其事之成功也。

烝，美也。

第一章，先述文王之美德。言文王有声誉，文王其大有声誉乎！文王求天下之安宁，文王且能日见其成功。文王美哉！

按：遹，《经传释词》云：“《诗》中聿曰遹三字互用。”王引之以为皆承明上文之辞耳。并谓非空为辞助，亦非发语词。体会甚微。然要亦为本身无义之辞耳。所谓承明上文，亦语气之辞。谓之语辞则更分明而少疑惑也。

烝，《释文》引《韩诗》云：“烝，美也。”

文王受命，有此武功。既伐于崇，作邑于丰。文王烝哉！

文王受命，受天命也。

有此武功，指伐崇事，见前《皇矣》篇。

崇，见前《皇矣》篇。

作邑者，徙都也。◎丰即崇国之地，在今陕西鄠县。文王之都也。

第二章，述文王迁都于丰。言文王受天命，故能有此伐崇之武功。既已伐崇败之。乃迁都于丰，文王美哉！

筑城伊淢，作丰伊匹。匪棘其欲，遹追来孝。王后烝哉！

伊，语助词。◎淢，音洫，城外之沟也。沟以为城之防，即池也。

匹，称也。◎作丰伊匹，言作丰之城与其沟相称也。

棘，急也。◎匪棘其欲，言非急以完成俾遂己之所欲也。

追，追其先人也。◎来，来致也。◎遹追来孝，言文王作丰之规模，称其位而不侈大，乃追先人之志，而来致其孝思也。

王后，亦指文王也。◎后，君也。

第三章，述文王作丰邑也。言筑城而以沟池围之；作丰城而称其沟池。城池不侈大，非欲省工而急其成以从己之欲也，乃以追其先人之志，而来致其孝思也。文王美哉！

王公伊濯，维丰之垣。四方攸同，王后维翰。王后烝哉！

公，功也。◎濯，大也。

四方，四方之国。◎攸，所也。◎同，会也。

翰，干也。◎王后维翰，谓四方来会之诸侯，为王之桢干也。

第四章，述四方诸侯来朝于丰。言王之功甚大，乃能成丰之城。于是乃为四方诸侯所会同朝会之处，此四方诸侯，皆王之桢干也。文王烝哉！

丰水东注，维禹之绩。四方攸同，皇王维辟。皇王烝哉！

丰水东注，丰水东北流，经丰邑之东，入渭而注入于黄河。

绩，功也。因禹治水，故曰是禹之功。

皇王，指武王。武王有天下，故曰皇王。◎辟，音璧。君也。◎此言武王嗣文王为君也。

第五章，述武王嗣文王。言丰水东注，是禹之功也。此叙丰之地势,以言周之盛也。故丰乃为四方诸侯所同来朝会之地,而武王嗣为君位也。文王于徙丰之明年崩。

镐京辟廱,自西自东,自南自北,无思不服。皇王烝哉!

镐京,武王所营也。在丰水东,去丰邑二十五里,在今陕西省长安之西。◎辟,池沼也。◎廱,宫也。◎言武王在镐营宫室,谓迁镐以为都也。

思,语词。◎无思不服,言无不服者也。

第六章,述武王迁也。镐言武王迁都于镐,作宫室于镐京。于是自西自东自南自北,四方之国,无不臣服于周矣。武王美哉!

按:辟廱,旧说谓天子之学,戴震马瑞辰以为于池上营宫室,较旧说为长。参前《灵台》篇。

考卜维王,宅是镐京。维龟正之,武王成之。武王烝哉!

考,稽考也。◎卜,卜卦也。言王稽卜以龟也。

宅,居也。

维龟正之,言龟能指示正兆吉兆。

第七章,述武王迁镐之功也。言王以龟卜,得其兆而居此镐京。龟能示其正,而武王则能成其功,武王美哉!

丰水有芑,武王岂不仕?诒厥孙谋,以燕翼子。武王烝哉!

芑,音起,草名。

武王岂不仕,武王岂是无所事乎?◎仕,事也。

诒，遗也。◎诒厥孙谋，言遗其孙以谋略也。

燕，安也。◎翼，护也。◎言以遗谋略者，用以安护其子孙也。

第八章，述武王迁都之故也。言丰水之旁，草木丰盛，是良都也。武王岂不欲从事于此乎？惟武王欲以谋略遗于子孙，以安护其子孙，故乃迁镐也。而迁镐则果能大其王业，传其子孙，武王美哉！

按《诗序》云："《文王有声》，继伐也。武王能广文王之声，卒其伐功也。"然此诗所言者为迁都丰镐之事。朱说是。

生民之什

生民

此述后稷诞生之异，并其稼穑之功，以见周先祖之德，当受天命也。

厥初生民，时维姜嫄。
生民如何？克禋克祀，以弗无子。
履帝武敏歆，攸介攸止。
载震载夙，载生载育，时维后稷。

诞弥厥月，先生如达。
不坼不副，无菑无害，以赫厥灵。
上帝不宁，不康禋祀，居然生子。

诞寘之隘巷，牛羊腓字之。
诞寘之平林，会伐平林。
诞寘之寒冰，鸟覆翼之。
鸟乃去矣，后稷呱矣。
实覃实吁，厥声载路。

诞实匍匐，克岐克嶷，以就口食。
蓺之荏菽，荏菽旆旆。
禾役穟穟，麻麦幪幪，瓜瓞唪唪。

诞后稷之穑^{sè}，有相之道。

苄厥丰草^{fú}，种之黄茂。

实方实苞，实种^{zhǒng}实褎^{yòu}。

实发实秀，实坚实好。

实颖实栗，即有邰家室^{tái}。

诞降嘉种，维秬维秠^{jù pǐ}，维穈维芑^{mén qǐ}。

恒之秬秠^{gèn}，是获是亩。

恒之穈芑，是任是负，以归肇祀。

诞我祀如何？或舂或揄^{chōng yóu}，或簸或蹂^{bǒ róu}。

释之叟叟^{sōu}，烝之浮浮^{zhēng}。

载谋载惟，取萧祭脂，取羝以軷^{dī bá}。

载燔载烈^{fán}，以兴嗣岁。

卬盛于豆^{áng chéng}，于豆于登，其香始升。

上帝居歆，胡臭亶时^{xiù dǎn}。

后稷肇祀，庶无罪悔，以迄于今。

厥初生民，时维姜嫄。生民如何？克禋克祀，以弗无子。履帝武敏歆，攸介攸止。载震载夙，载生载育，时维后稷。

厥，其也。◎初，始也。◎民，人也。◎厥初生民，言其始生之人，谓始祖也。

时，是也。◎嫄，音原。姜嫄，炎帝之后，姜姓嫄名也。

生民如何，言生人是如何以生？

克，能也。◎禋，音因，洁祀也，又精意以享为禋，义皆近。◎祀，祭也。

弗，作动词用，勿也。◎以弗无子，言勿使其无子也。

履，践也。◎帝，上帝也。◎武，足迹也。◎敏，拇也，即足之大指。◎歆，动也。◎履帝武敏歆，言姜嫄足践天帝之足迹之拇指，乃歆然心为之动，身有所感。

攸，所也。◎介，大也。歆言姜嫄之足践及天帝之足迹，足迹甚大，一拇指已容姜嫄之足而有余矣。故姜嫄乃即其所履之大，所止之拇迹之处，而有所感焉。

载，则也。◎震，振也。◎夙，肃也。◎载震载夙，言姜嫄于是则振动而有身肃敬而自戒。

后稷，周之始祖也。名弃，尧举为农师。舜封弃于邰号曰后稷，别姓姬氏。

第一章，述姜嫄不夫而怀孕生弃，以见神奇也。言周之始祖，其生之者，是姜嫄也。姜嫄之生周之始祖如何乎？姜嫄乃能洁祀天帝，以求勿使其无子。姜嫄于是见地上有大人之足迹，实即天帝之足迹也。姜嫄以足践帝迹之拇指，于是心歆然而动，就其所履之大足迹所止之处，而有所感焉。乃身动如孕者，乃肃敬而自戒，至期而生子，是即后稷也。

诞弥厥月，先生如达。不坼不副，无菑无害，以赫厥灵。上帝不宁，不康禋祀，居然生子。

诞，发语词。◎弥，终也。◎诞弥厥月，言终其十月怀孕之期也。

先生，女之第一次生育也。◎达，小羊也。◎小羊之生极易，人之初生育甚难。言如达，谓姜嫄首次生育竟甚容易也。

坼，音策。副，音劈。坼副，皆破裂也。◎不坼不副言姜嫄生子，母体无伤害也。

菑，同灾。

赫，显也。◎以赫厥灵，言以显上帝之灵。

不，读为丕，大也。不宁即大宁。宁，安也。

不康即大康。康，安也。◎上帝不宁，不康禋祀，二句言上帝安于姜嫄之禋祀。

居然生子，居然不夫而生子也。

第二章，述姜嫄生后稷之神奇也。言姜嫄怀孕足月，虽为首次生育，而生子甚易，母体毫无伤害。此天帝使之如此，以显其灵也。由于天帝能甚安于姜嫄之禋祀，乃显其帝力，而姜嫄居然无夫生子也。

诞寘之隘巷，牛羊腓字之。诞寘之平林，会伐平林。诞寘之寒冰，鸟覆翼之。鸟乃去矣，后稷呱矣。实覃实訏，厥声载路。

寘，音至，置也。◎隘，音爱，狭也。◎诞寘之隘巷，言置初生之后稷于狭隘之巷中也。以其无父而生，故乃弃之也。

腓，音肥，芘也。即庇护也。◎字，爱也。

诞寘之平林，又易地弃之于平林。

会伐平林，言值伐平林，乃有人收起之。

覆，盖也。◎翼，以翼藉之也。

呱，音孤，啼声也。

覃，音谭，长也。◎訏音嘘，大也。◎实覃实訏，言其啼声实长而且大，故人能闻之也。

载，满也。◎厥声载路，言其啼声之大，满路可以闻之。

第三章，述后稷初生之被弃以现神异乃获救。言后稷无父而生，以为不祥，乃弃置于狭隘之巷中，然牛羊来庇护之。又弃置于平地之林，适值伐林而有人收起之。又弃置于寒冰之上，乃有鸟以翼覆之藉之。及鸟飞去，后稷乃啼哭，其啼声长而且大，声音满路能闻之。

诞实匍匐，克岐克嶷，以就口食。蓺之荏菽，荏菽旆旆。禾役穟穟，麻麦幪幪，瓜瓞唪唪。

实，是也。◎匍，音蒲。匐，音扶。匍匐，手足并用而行也。

克，能也。◎嶷，音拟。岐嶷，谓渐能起立也。

就，向也。◎口食，自能食也。

蓺，音易，种植之也。◎荏菽，大豆也。

旆，音佩，长貌。

役，列也。◎穟，音遂。穟穟，苗美好貌。

幪，音猛，茂盛貌。

大曰瓜，小瓜曰瓞。◎唪，音蚌。唪唪，多实貌。

第四章，述后稷幼年有种植之志也。言后稷于是能匍匐而行，于是能起立而行，及其能自向其食，不须扶持之时，则自种植大豆。而所种之大豆，滋长高大，禾列美好。其种麻麦，麻麦茂盛；其种瓜，则瓜瓞多实。

按：岐嶷，毛传以为有知识。马瑞辰以为谓渐能起立，较毛传为长。《毛诗传笺通释》有详说。

诞后稷之穑，有相之道。茀厥丰草，种之黄茂。实方实苞，实种实褎。实发实秀，实坚实好。实颖实栗，即有邰家室。

相，视也。有视其土地之宜之道也。

茀，音弗，治也。◎治其丰草，言治其田而除丰草也。

黄茂，嘉谷也。

方，始也。◎苞，甲而未拆也。

种，音踵，甲拆而可以为种也。◎褎，音右，渐长也。

发，尽发也。◎秀，始穗也。

坚，其实能坚也。◎好，所生成者好也。

颖，实成甚重而穗之末下垂也。◎栗，其实皆栗而不秕也。言无空壳也。

即有邰家室，由于后稷之善种植，故舜封之于邰。故曰即有邰之家室。邰音台，在今陕西武功县。

第五章，述后稷以农功受封于邰也。言后稷之种植，视其土地相宜之道。治其田，除其草，种成嘉谷。其谷乃生，乃成苞，乃渐放而渐长大；乃尽发而秀穗；乃穗渐坚而渐完好；乃谷实长成而穗甚重，以至端末下垂，以其颗粒皆实，无空壳者也。农功如此，舜乃封之于邰，有其家室。

　　按：相，视也。谓有视其土地之宜。马瑞辰说。

诞降嘉种，维秬维秠，维穈维芑。恒之秬秠，是获是亩。恒之穈芑，是任是负，以归肇祀。

　　降，天降于下民也。

　　秬，音巨，黑黍也。◎秠，音丕，一稃二米也。

　　穈，音门，赤苗也。◎芑，音起，白苗也。

　　恒，音亘，遍也。◎恒之秬秠，谓遍种秬秠也。

　　是获是亩，收获而栖之田亩也。

　　任，以肩任之。犹今言抗之。◎负，以背负之。此言收获之多也。

　　肇，始也。言获丰收以归，始祀用以祭也。

　　第六章，述后稷种植之成功。言天降此嘉种，有各种黍苗而遍种之，收获极丰，而栖置之田亩；抗之负之，归而始用以祀也。后稷始受国为祀，故曰始祀。

诞我祀如何？或舂或揄，或簸或蹂。释之叟叟，烝之浮浮。载谋载惟，取萧祭脂，取羝以軷。载燔载烈，以兴嗣岁。

　　舂，舂谷。◎揄，音由，抒臼也。抒臼者，自臼中取出已舂之谷也。

　　簸，以箕披之而去糠也。◎蹂，音柔，搓米更去其细糠。

　　释，淅米也。谓以水洗之也。◎叟，音搜。叟叟，声也。

烝，同蒸。浮浮，气上升貌。◎烝之浮浮，言蒸米而气升也。

载，则也。◎谋，卜吉日也。◎惟，斋戒具修也。

萧，蒿也。合萧与脂而烧之也，取其香气能达于神也。◎脂者，祭牲之脂也。

羝，音底，牡羊也。◎軷音拔，祭行道之神。

燔，音烦，加于火上烧之也。◎烈，贯之而加于火也。

兴嗣岁，言兴来岁而继往岁也。

第七章，述祭祀之状也。言我祀如何邪？或舂或抒曰；或扬去糠，或搓而更治之使细。淘米叟叟然有声，蒸之浮浮然气升。则卜吉日，则斋戒具修，取萧合脂以烧之，取其香气达于神也。取羝羊以为軷祭，燔之烈之，以成祭祀之礼，以兴来岁继往岁也。

卬盛于豆，于豆于登，其香始升。上帝居歆，胡臭亶时。后稷肇祀，庶无罪悔，以迄于今。

卬，音昂，我也。◎盛，音成，盛物于器也。◎豆，礼器，盛物者也。

豆、登皆礼器，盛物者也。木制曰豆，瓦制曰登。

居，安也。歆，享之也。

胡，何也。◎臭，气味也。◎亶，诚也。◎时，得其时也。◎胡臭亶时，言何其气味之升，诚能得其时邪？

第八章，述后稷始祀之成功也。言我盛菹醢之属于豆中，或盛于登，其香气始上升矣。上帝乃安享其祭。何此气味上升之诚得其时邪？后稷之始祭，庶几能完美无过，毫无可追悔之处，以迄于今也。

按《诗序》云："《生民》，尊祖也。后稷生于姜嫄，文武之功起于后稷，故推以配天焉。"亦甚近之。然此诗所叙之事，近于神话，非仅尊祖，盖欲神化其祖，以见周之当受天命也。此与黄帝生而神灵，弱而能言；殷契母曰简狄，行浴见玄鸟堕其卵，吞而产契；皆神化其人，以示天命者。其后秦之生大业，亦曰女修吞玄鸟卵；汉高祖之生，谓母媪梦与神遇，太公且见蛟龙于其上，已而有身，遂产高祖。先后皆一类之说也。然皆未必为真实，夸张而取民之信服而已。后世于开国之君，亦多记其生如此类神话者。

行苇

此诗为祭毕燕父兄耆老之诗，燕中并行射礼。

敦彼行苇，牛羊勿践履。方苞方体，维叶泥泥。

戚戚兄弟，莫远具尔。或肆之筵，或授之几。

肆筵设席，授几有缉御。或献或酢，洗爵奠斝。

醓醢以荐，或燔或炙。嘉殽脾臄，或歌或咢。

敦弓既坚，四鍭既钧。舍矢既均，序宾以贤。

敦弓既句，既挟四鍭。四鍭如树，序宾以不侮。

曾孙维主，酒醴维醹。酌以大斗，以祈黄耇。

黄耇台背，以引以翼。寿考维祺，以介景福。

敦彼行苇，牛羊勿践履。方苞方体，维叶泥泥。

敦，音团，聚貌。◎行，音杭，道也。◎敦彼行苇，言彼聚生之道旁之苇。

方苞方体，方发成其苞，方成其体形。

泥泥，柔泽貌。

第一章，全篇起兴之词也。言彼聚生道旁之苇，牛羊皆不践踏。彼苇方成其苞，方成其体形，叶初生柔泽。所言是苇之新生渐趋繁茂之状，而相聚而生，方苞方体，致牛羊见而不忍踏之。可见其生发之气，相聚相倚之态，不容毁伤之状。因以联想兄弟相亲之义，以启下文。

戚戚兄弟，莫远具尔。或肆之筵，或授之几。

戚戚，亲也

莫，勿也。◎具，俱也。◎尔，迩也。◎莫远具尔，言兄弟勿远，俱相近者也。

肆，陈也。◎筵，席也。

几，设以供凭依者也。

第二章，谓兄弟之宜相亲而燕之也。言兄弟相亲，勿相远而俱宜相近。或陈之席，或授之几，以燕乐之也。

肆筵设席，授几有缉御。或献或酢，洗爵奠斝。

缉，续也。◎御，侍也。◎续侍，言不乏侍奉之使也。

或献或酢，进酒于客曰献，客答之曰酢。

斝，音假，酒器。大于爵。◎奠，置也。◎主人洗爵酬宾，宾受而置之不举也。

　　第三章，述献酢之礼。言陈筵而设席，授几而使人侍奉不乏。或进酒于客，或客答酢于主人。主人洗爵酬宾，宾乃受而置之。

醓醢以荐，或燔或炙。嘉殽脾臄，或歌或咢。

　　醓，音坦，醢之多汁者也。◎醢，音海，肉酱也。◎荐，进也。

　　燔，烧肉也。◎炙，火炙肝也。

　　嘉，美也。◎殽，肉馔也。◎脾，脾肉。◎臄，音剧，口上肉也。

　　咢，音鄂，击鼓而不歌也。

　　第四章，述燕之进馔及醢及歌咢也。言进醢，进烧肉及炙肝，又进美馔脾臄。进馔之际，或作歌，或惟击鼓而不歌。

敦弓既坚，四鍭既钧。舍矢既均，序宾以贤。

　　敦，音雕。敦弓，画弓也。◎坚，劲也。

　　鍭，音侯，金镞而剪羽之矢也。◎钧，均亭也。依射之理，持矢得其均亭之宜。四鍭，言四箭也。

　　舍，放也。◎均，皆中也。

　　序，次其第也。◎贤，射之多中者为贤。◎序宾以贤，言序宾之次第，依其射中之多少也。

　　第五章，述射也。言雕弓既劲，四矢皆得均亭之宜，放箭既已皆中，于是序宾客之次第，依其射中之多少而次之。

敦弓既句，既挟四鍭。四鍭如树，序宾以不侮。

　　句，通彀，张弓引满也。

射礼揎三挟一，既挟四镞，则皆发之也。揎，插也。◎挟，持也。

如树，言贯革而坚正也。射中之状。

不侮，敬也。◎序宾以不侮，言次第以中之多少，然皆敬而不侮也。

第六章，仍述射。义同上章。

曾孙维主，酒醴维醹。酌以大斗，以祈黄耇。

曾孙，主祭者之称。祭毕而燕故称曾孙也。

醴，音礼，甜酒也。◎醹，音乳，厚酒也。

大斗，柄长三尺。

耇，音苟。黄耇，老人之称。参前《南山有台》。

第七章，述尊老也。言曾孙为主人，设厚酒而酌之以大斗，敬之老人，以祝长寿也。

黄耇台背，以引以翼。寿考维祺，以介景福。

台背，背如鱼之文，老年皮肤干燥之状也。

引，导也。◎翼，辅之也。

祺，吉也。

介，大也。◎景，大也。

第八章，述尊老也。言老人背如鲐文，宜导而辅助之也。祝其老寿而吉，以张大其大福也。

按《诗序》云："《行苇》，忠厚也。周家忠厚，仁及草木，故能内睦九族，外尊事黄耇，养老乞言以成其福禄焉。"内睦九族，外尊事黄耇者则有之。养老乞言则无之。《序》之善于附会，往往自毁其善。朱传疑此祭毕而燕父兄耆老之诗。未敢遽定。然诗中所序已至明矣。朱公盖以于礼无考，故而存疑。姚际恒云："不得以后世礼文执而求之。"是卓见也。

既醉

朱传云："此父兄所以答行苇之诗。"

既醉以酒，既饱以德。君子万年，介尔景福。

既醉以酒，尔殽既将。君子万年，介尔昭明。

昭明有融，高朗令终。令终有俶，公尸嘉告。

其告维何？笾豆静嘉。朋友攸摄，摄以威仪。

威仪孔时，君子有孝子。孝子不匮，永锡尔类。

其类维何？室家之壸。君子万年，永锡祚胤。

其胤维何？天被尔禄。君子万年，景命有仆。

其仆维何？厘尔女士。厘尔女士，从以孙子。

既醉以酒，既饱以德。君子万年，介尔景福。

德，恩惠也。言承恩惠甚多于燕也。此所以为答语。

君子指主人，亦君王也。

介，大也。◎尔，亦指主人。◎景，大也。

第一章，答燕之语也。言今既承赐酒至醉，又承恩惠甚多。我等受惠至多矣，愿祝君子寿考万年，张大尔之大福，永无极止也。

既醉以酒，尔殽既将。君子万年，介尔昭明。

殽，谓牲体也。◎将，行也。◎尔殽既将，谓以牲体实之于俎，奉持而行，以进于宾客。

昭明，光大也。

第二章，义同首章。言既醉以酒，而又行殽矣。祝君子万年，张大尔之光明也。

昭明有融，高朗令终。令终有俶，公尸嘉告。

融，明之盛也。有融即融然。

朗，明也。◎令，善也。令终，言以善名终。

俶，音处，始也。◎令终有俶，言其以善名终今已有其开始也。

公尸，君尸也。诸侯有功德者，入为天子卿大夫，故云公尸。公，君也。古者祭设生人为尸，以代神位受祭。◎嘉告，以善言告之。

第三章，承上章续美君之昭明也。言昭明融然，高明而必以善名终。今有其善名之始矣，于是祭于君尸，乃以善言告之。告，谓祝福之也。

按：公尸，陈奂引宣八年《公羊》注："礼，天子以卿为尸，诸侯以大夫为尸。"

其告维何？笾豆静嘉。朋友攸摄，摄以威仪。

笾，音边，竹豆也。◎豆，礼器，用以盛物，祭祀所用。◎静嘉，清洁而美也。

朋友，谓助祭之群臣也。◎攸，所也。

摄，佐也。◎摄以威仪，言佐之以威仪也。

第四章，承上章述告于公尸所告之状。言其所告如何？告以汝之祭祀，笾豆之荐既已清洁而美矣，而朋友所佐者，皆有威仪，而佐其祭也。

威仪孔时，君子有孝子。孝子不匮，永锡尔类。

孔，甚也。◎时，是也。

孝子，谓主人之嗣子也。

匮，音愧，竭也。

锡，赐也。◎类，善也。

第五章，承上章而言祭之得宜也。言祭之威仪甚是，而又有孝子以举奠，孝子之孝行无尽，则天永赐尔以善矣。

按：孝子，朱传："仪礼祭祀之终，有嗣举奠。"

其类维何？室家之壸。君子万年，永锡祚胤。

壸，音捆，宫中巷也。引申为扩充之义。室家扩充，故能成其善也。

祜，福禄也。◎胤，子孙也。

第六章，承上章述其善。言其善如何？室家之能扩充也。故君子能万年永长，而天永赐尔福禄及子孙。

按：壶，陈奂："《尔雅》：'宫中衖谓之壶。'壶本为宫中衖名，引申之则为广，广之言扩充也。《孟子》云：'苟能充之，足以保四海；苟不充之，不足以事父母。'正与此广训合。"

其胤维何？天被尔禄。君子万年，景命有仆。

被，覆也。

仆，附也。

第七章，承上章述其胤也。言其子孙之福禄如何？天以福禄覆之。君子于斯万年，而大命使有所附焉。大命指天命，有所附谓有所附之人也。下章乃言女士子孙。

其仆维何？厘尔女士。厘尔女士，从以孙子。

厘，音离，予也。◎女士，谓善女子也。

从，随也。

第八章，承上章述有所附。言其附者如何，赐予汝以女士为偶。既有女士矣，随之乃有子孙不绝焉。本篇自三章以下，每章皆承上而释叙之，结构新颖，章次井然。

按《诗序》云："《既醉》，大平也。醉酒饱德，人有士君子之行焉。"此说颇感无中心义旨。细察诗辞，朱说为是。盖燕间之乐，亦自有唱有答也。

凫鹥

此绎祭燕尸之诗。

凫鹥在泾，公尸来燕来宁。
尔酒既清，尔殽既馨，
公尸燕饮，福禄来成。

凫鹥在沙，公尸来燕来宜。
尔酒既多，尔殽既嘉，
公尸燕饮，福禄来为。

凫鹥在渚，公尸来燕来处。
尔酒既湑，尔殽伊脯，
公尸燕饮，福禄来下。

凫鹥在潨，公尸来燕来宗。
既燕于宗，福禄攸降，
公尸燕饮，福禄来崇。

凫鹥在亹，公尸来止熏熏。
旨酒欣欣，燔炙芬芬，
公尸燕饮，无有后艰。

凫鹥在泾，公尸来燕来宁。尔酒既清，尔殽既馨，公尸燕饮，福禄来成。

凫，音扶，水鸟如鸭。◎鹥，音医，鸥鸟。◎泾，水名。

公尸，见前《既醉》篇。◎燕，宴飨之也。◎宁，安之也。◎来燕来宁言来受燕而宁。

尔指主人。

成，就也。◎福禄来成，言福禄以来成就之也。

第一章，以凫鹥起兴。言凫鹥在泾水之上。是和乐安宁适宜之景象也。因以引起公尸来燕来宁。兴之作法，前语与继续之语，并不直接发生关系，惟一联想而已。说见前绪论。然后曰主人之酒既清，殽馔既馨香，则公尸之燕饮，有福禄以来成就之矣。

凫鹥在沙，公尸来燕来宜。尔酒既多，尔殽既嘉，公尸燕饮，福禄来为。

宜，宜其事也。

为，犹助也。◎福禄来为，言福禄来助之也。

第二章，义同首章，换韵而重唱之。

凫鹥在渚，公尸来燕来处。尔酒既湑，尔殽伊脯，公尸燕饮，福禄来下。

处，居止也。

湑，音许，清也。酒之渗去汁滓者曰湑。

脯，音甫，肉干。

来下，言福禄降及之也。

第三章，义同前章，又换韵而叠唱之。

凫鹥在潀，公尸来燕来宗。既燕于宗，福禄攸降，公尸燕饮，福禄来崇。

潀，音从，水会也。言一水之入另一水。

宗，尊也。言尊此绎祭也。

宗，宗庙也。言既之于宗庙。

攸，所也。

崇，高也。◎福禄来崇，言来福禄以崇高之。高用为动词。

第四章，义仍同前章。四叠唱之。惟"既燕于宗，福禄攸降"二句语法稍改，亦无大更易也。

凫鹥在亹，公尸来止熏熏。旨酒欣欣，燔炙芬芬。公尸燕饮，无有后艰。

亹，音门。水流峡中如门也。

止，息止也。◎熏熏，和悦也。

旨，美也。◎欣欣，乐也。

燔炙，见前篇《行苇》。◎芬芬，香也。

艰，难也。◎无有后艰，言后无艰难，大有吉祥也。

第五章，义仍同前章，五叠唱之。此诗自首章起，连续五叠重唱，章法亦奇。

按：绎者，天子诸侯，于祭祀之明日，设礼以燕其尸，此礼曰绎。孔氏疏云："燕尸之礼，大夫谓之宾尸，即用其祭之日。今有司彻是其事也。天子诸侯则谓之绎，以祭之明日。《春秋》宣八年言：'辛巳有事于太庙，壬午犹绎。'是谓在明日也。此公尸来燕，是绎祭之事。"《诗序》谓《凫鹥》守成也，泛而不知其旨。朱传云："祭之明日，绎而宾尸之乐。"是本郑笺"祭祀既毕，明日又设礼而与尸燕"而来。然孔疏明言："大夫谓之宾尸，即用其祭之日。"朱传未察，以释与宾尸合为一辞，指为祭之明日，似取宾尸为燕尸之义，亦或未经意之失也。

假乐

朱传云："疑此即公尸之所以答《凫鹥》者也。"

假乐君子，显显令德。
宜民宜人，受禄于天。
保右命之，自天申之。

干禄百福，子孙千亿。
穆穆皇皇，宜君宜王。
不愆^{qiān}不忘，率由旧章。

威仪抑抑，德音秩秩。
无怨无恶^{wù}，率由群匹。
受福无疆，四方之纲。

之纲之纪，燕及朋友。
百辟^{bì}卿士，媚于天子。
不解于位，民之攸塈^{xì}。

假乐君子，显显令德。宜民宜人，受禄于天。保右命之，自天申之。

假，嘉也。◎君子，指王。

显，光也。◎令，善世。

宜民宜人，言其民其人，皆以君之合德而得其宜也。

右，助也。◎保右命之，命言天命之也。

申，重也。◎自天申之，言天命自天重复而降也。

第一章言美乐之君子，光显其善德，使其民其人皆能得其宜。君子受禄于天，天乃保之助之而天命降之，且重复以加之也。

干禄百福，子孙千亿。穆穆皇皇，宜君宜王。不愆不忘，率由旧章。

干，求也。◎禄，福也。

穆穆，敬肃有威仪之美。◎皇皇，光大之美。

宜君宜王，宜为君，宜为王也。

愆，过误也。◎忘，遗失也。

率，循也。◎旧章，旧已有之典章法度也。

第二章，言美乐之君子，求福而得百福。子孙众多，蕃至千亿。穆穆皇皇，宜为君王，无过无失，循先有之典章法度而为之。

威仪抑抑，德音秩秩。无怨无恶，率由群匹。受福无疆，四方之纲。

抑抑，慎密也。言慎密无失也。

德音，美誉也。指王为政之德也。◎秩秩，有常也。言有常度而无失也。

恶，音务，恨恶也。

匹，类也。群匹谓国之臣民。◎率由群匹，言王能循臣民之望也。

纲，总网之绳。言总主其事也。

第三章，言王之威仪慎密，德音有常。无人怨恶，能循臣民之望，故受福无疆，而为四方之纲纪也。

之纲之纪，燕及朋友。百辟卿士，媚于天子。不解于位，民之攸塈。

之，是也。◎纪，总要也。

燕，安也。◎朋友谓群臣也。

辟，音璧，君也。百辟谓诸侯也。

媚，爱也。

解，音懈，怠惰也。

攸，所也。◎塈，音戏，息也。◎民之攸塈，言民之所安息也。

第四章，言王能为此纲纪，故能安及群臣。诸侯卿士，乃皆爱戴天子。天子又能不怠惰于其位，故民之所以有所安息也。

按：此诗说者纷纭，皆揣度之辞。《诗序》以为嘉成王之诗，无据。何玄子谓美武王之德，亦不能圆其说。方玉润竟谓不知何用，虽可无过，但不能谓已得之也。朱传之说，虽云存疑，然最近理，采以俟证。

公刘

此咏公刘始迁于豳，辛苦经营之诗也。

笃公刘，匪居匪康。乃埸乃疆，乃积乃仓。乃裹糇粮，于橐^{tuō}于囊。思辑用光，弓矢斯张。干戈戚扬，爰方启行。

笃公刘，于胥斯原。既庶既繁，既顺乃宣，而无永叹。陟^{zhì}则在巘^{yǎn}，复降在原。何以舟之？维玉及瑶，鞞^{bīngbèng}琫容刀。

笃公刘，逝彼百泉，瞻彼溥^{pǔ}原。乃陟南冈，乃觏^{gòu}于京。京师之野，于时处处，于时庐旅，于时言言，于时语语。

笃公刘，于京斯依。跄跄^{qiāng}济济，俾筵俾几。既登乃依，乃造其曹，执豕于牢，酌之用匏。食之饮之，君之宗之。

笃公刘，既溥既长，既景乃冈。相其阴阳，观其流泉，其军三单。度^{duó}其隰^{xí}原，彻田为粮。度其夕阳，豳居允荒。

笃公刘，于豳斯馆。涉渭为乱，取厉取锻，止基乃理，爰众爰有。夹其皇涧，溯其过涧。止旅乃密，芮^{ruì}鞫^{jū}之即。

笃公刘，匪居匪康。乃埸乃疆，乃积乃仓。乃裹糇粮，于橐于囊。思辑用光，弓矢斯张。干戈戚扬，爰方启行。

　　笃，厚也。◎公刘，后稷之裔孙。后稷封于邰，公刘迁于豳。豳在今陕西栒邑县。豳又作邠。

　　匪，不也。◎居，安也。◎康，宁也。◎匪居匪康，言公刘不以邰为安居康宁之所也。

　　埸，音易，田畔也。◎疆，界也。◎乃埸乃疆，言乃整其田界。乃积乃仓，积谷于仓也。

　　裹，包裹之也。◎糇，音侯，食也。◎糇粮言行路所用之干粮。

　　橐，音托，裹粮之具也。小曰橐，大曰囊。

　　辑，和也。◎用，以也。◎光，光大也。◎思辑用光，言思以民之和，以光大其国也。

　　干，盾也。◎戚，斧也。◎扬，钺也。

　　方，始也。◎行，音杭。启行谓行以迁于豳也。

　　第一章，述公刘之准备迁豳以至启行也。言此为厚于民之公刘，居于邰，不以为邰安居康宁之所也。乃早为计，先整其田界，以增生产，于是仓中有积粟矣，乃裹糇粮，或于橐，或于囊，思以民之和而光大其国也。于是张其弓，秉其干戈斧钺，乃始启行而迁豳焉。

笃公刘，于胥斯原。既庶既繁，既顺乃宣，而无永叹。陟则在巘，复降在原。何以舟之？维玉及瑶，鞞琫容刀。

　　于，助词。◎胥，相也。相，视也。◎斯原，此一广平之原，指豳也。◎于胥斯原言视此广平之原。

庶，众也。◎繁，多也。◎既庶既繁，指居民也。

宣，通畅也。顺宣指民心也。

永，长也。

巘，音掩，小山别于大山也。谓小山与大山相叠而分别似为两山也。◎陟，升也。

舟，带也。

瑶，石之美者。

鞸，音柄，刀鞘也。◎琫，音菶，佩刀鞘上饰。◎容刀，刀鞘是容刀之物也。

第二章，述公刘至豳视土而垦之经过也。言厚民之公刘，乃视斯原。居民既众多，而又民心顺而通畅，无长叹怨望者。公刘乃陟升高山，降在平原，以窥其地形土质，以便开发垦殖。公刘之行，所带者何？玉及瑶也，饰琫之鞘，其中容刀也。

按：宣，通畅之义，马瑞辰说。

笃公刘，逝彼百泉，瞻彼溥原。乃陟南冈，乃觏于京。京师之野，于时处处，于时庐旅，于时言言，于时语语。

逝，往也。◎百泉，当为豳地名，今已不详。

溥，音普，大也。

觏，音构，见也。◎京，高丘也。

师，众也。京师言高丘而众所居也。

时，是也。◎处处，上处为动词，下处为名词。言居处其所当居之处。

庐，舍也。作动词用。◎旅，寄居也。

言言，言其所当言。

语语，语其所当语。

第三章，续述公刘营幽为居邑之事。言公刘往彼百泉，瞻望大原之地。乃升南冈，乃见高丘之地。高丘之地，众居之野也。于是各居处所当居之处，舍其寄旅之人。于是此处乃为众所居处之地，言其所言，语其所语，无不在此也。

笃公刘，于京斯依。跄跄济济，俾筵俾几。既登乃依，乃造其曹，执豕于牢，酌之用匏。食之饮之，君之宗之。

依，安也。◎于京斯依，言斯安居于京也。

跄，音枪。跄跄，行动有容，威仪敬慎之貌。◎济济，有容止之貌，此指群臣有威仪貌。参前《楚茨》。

俾，使也。◎俾筵俾几，使人为之设筵设几也。

登，登筵也。◎依，依几也。筵几，参前《行苇》。

造，往也。◎曹，群也。指豕群。

执豕于牢，言执豕于牢而杀之。

匏，瓢也。酌酒以瓢为爵。

食，音嗣。使食也。◎饮，音印，使饮也。

君之宗之，为之君，为之宗焉。◎宗，尊也。嫡子孙主祭祀而族人尊之以为主也。

第四章，述宫室既成，以饮食劳群臣也。言公刘既安居于京，群臣跄跄济济，皆有威仪。公刘乃使人设筵设几，以燕群臣。群臣既已登筵，乃依几而坐。公刘乃使人往豕群，于牢中执豕而杀之，以为殽；酌酒以匏。食之以殽，饮之以酒。公刘乃此群臣之君；乃此族人之宗。

笃公刘，既溥既长。既景乃冈，相其阴阳，观其流泉。其军三单，度其隰原，彻田为粮。度其夕阳，豳居允荒。

溥，广也。指其所垦之地广而长也。

景，据日影以正东西南北也。◎冈，登高以望也。景，冈，皆作动词用。

相，视也。视阴阳向背寒暖之宜以筑舍也。

观其流泉，观流水灌溉之利也。

单，一也。◎其军三单者，三个一，犹今言三个独立单位。即成有三军之义。大国三军。

隰，音习，下湿之地。◎度，音堕。量也。

彻，取也。计田取税。为粮者，取其粮以为税也。

夕阳，山之西曰夕阳。

允，信也。◎荒，大也。

第五章，述公刘经营豳地也。言公刘所垦之地，既广且长。公刘既据日影以正其南北方向，又登高以望其形势，视其阴阳向背，以为营居之宜。又观其流泉，以为水利灌溉。复成立三军，又量其高低各田地，计田以取税。又度量其山西之田以广之，豳之居处，乃信为广大矣。

按：其军三单，说《诗》者各持一词，纷纭不已，然终不出大国三军之说。惟以一单字，故争议滋多。胡承珙谓单，一也，独也。然其结论亦涉附会。单既训一，则三单即三个一也，乃说明其成有三军而已，不必力为牵强附会也。彻田为粮，彻，

《孟子》"周人百亩而彻"，赵注："耕百亩者，彻取十亩以为赋，彻犹取也。"然公刘犹为商之臣，意仍宜行商之助法，助法一夫七十亩，八家私田，围一公田，九取一也。彻惟计田取税之义耳。

笃公刘，于豳斯馆。涉渭为乱，取厉取锻，止基乃理，爰众爰有。夹其皇涧，溯其过涧。止旅乃密，芮鞫之即。

馆，舍也。◎于豳斯馆，言舍于豳也。

乱，截流横渡曰乱。

厉，石也。◎锻，音段，亦石也。

止基，定止其馆舍之基。◎乃理，乃治理之也。

众，众人也。谓成其人之众多也。◎有，有财富也。谓获有财富之丰足也。

夹其皇涧，谓馆舍夹皇涧之两旁而筑也。皇涧，涧名。

溯，向也。◎过涧，涧名。

止旅乃密，言定止而居此之寄旅之人乃益密。密言多也。

芮，水之内也。◎鞫，水之外也。◎即，就也。◎芮鞫之即，言就水之内外而居。

第六章，继述公刘经营豳地之成也。言公刘即于豳地营馆舍。横渭之流而渡，取厉石及锻石，以为筑室之用，定其馆舍之基而治理之。乃成其人之众多，有其财富之丰足。豳之民，或夹居皇涧之两旁，或居向过涧。寄旅之人，定居者益密，乃就水之内外而居也。

按《诗序》云："《公刘》，召康公戒成王也。成王将莅政，戒以民事。美公刘之厚于民，而献是诗也。"然无据也。而朱传从之，不知何故。此诗明述公刘迁豳之始，辛苦经营之状，亦毫无告戒之辞。《序》好牵附，乃编为故事耳。

泂酌

此望君能爱民之诗。

泂酌彼行潦，挹彼注兹，可以餴饎。
岂弟君子，民之父母。

泂酌彼行潦，挹彼注兹，可以濯罍。
岂弟君子，民之攸归。

泂酌彼行潦，挹彼注兹，可以濯溉。
岂弟君子，民之攸墍。

泂酌彼行潦，挹彼注兹，可以餴饎。岂弟君子，民之父母。

泂，远也。◎行潦，流潦也。言流动之水，参《召南·采蘋》。◎此句言远酌水于彼流水之中也。

挹，以器酌水也。◎彼指行潦，水也。◎注兹，注水于此也。

餴，音分，馏也，蒸饭也。◎饎，音炽，酒食也。

岂弟，音恺悌，乐易也。◎君子指君上。

第一章，以"泂酌行潦"起兴。言远酌彼流潦之水，以注于此，则可以蒸饭为酒食也。谓蒸饭酒食之事，当须远至行潦，泂而注之；至若君子，为民之父母，固当有岂弟慈祥之心，多施恩泽，勤政爱民，民始能归之也。泂酌以下三句，言烹饪小事，尚须挹注，故引起民之父母，务应爱民也。

泂酌彼行潦，挹彼注兹，可以濯罍。岂弟君子，民之攸归。

濯，涤也。◎罍，酒器。

攸，所也。

第二章，义同上章，换韵重唱之。言君子岂弟，则民之所归也。

泂酌彼行潦，挹彼注兹，可以濯溉。岂弟君子，民之攸塈。

溉，音盖，亦涤也。言可以洗涤。

塈音戏，息也。◎民之攸塈，言民之所安息也。

第三章，义同上章，又换韵而叠唱之。

按：《诗序》以此为召康公戒成王之诗，然无据也。诗中所言是在上者爱民则民归之义。朱传从《序》说，又谓君子指文王，更不知何所据矣。

卷阿

此臣从王游，作歌以献于王之诗。颂扬之作也。

有卷者阿，飘风自南。
岂弟君子，来游来歌，
以矢其音。

伴奂尔游矣，优游尔休矣。
岂弟君子，俾尔弥尔性，
似先公酋矣。

尔土宇昄章，亦孔之厚矣。
岂弟君子，俾尔弥尔性，
百神尔主矣。

尔受命长矣，茀禄尔康矣。
岂弟君子，俾尔弥尔性，
纯嘏尔常矣。

有冯有翼，有孝有德，
以引以翼。
岂弟君子，四方为则。

颙颙卬卬，如圭如璋，
令闻令望。

岂弟君子，四方为纲。

凤凰于飞，翙翙其羽，
亦集爰止。
蔼蔼王多吉士，
维君子使，媚于天子。

凤凰于飞，翙翙其羽，
亦傅于天。
蔼蔼王多吉人，
维君子命，媚于庶人。

凤凰鸣矣，于彼高冈。
梧桐生矣，于彼朝阳。
菶菶萋萋，雍雍喈喈。

君子之车，既庶且多。
君子之马，既闲且驰。
矢诗不多，维以遂歌。

有卷者阿，飘风自南。岂弟君子，来游来歌，以矢其音。

卷，曲也。有卷即卷然。◎阿，大陵也。

飘风，回风也。

岂弟，音恺悌，乐易也。岂弟君子指王。

矢，陈也。

第一章，言曲然大陵，回风自南而来。岂弟君子来此，我等从之游而为之歌，以陈其声音，此为献歌而先为之总叙以发端也。

伴奂尔游矣，优游尔休矣。岂弟君子，俾尔弥尔性，似先公酋矣。

伴，音判。伴奂，优游闲暇之义。

优游，闲暇自得之貌。◎休，息也。

俾，使也。◎弥，终也。终，极也。◎性，犹命也。◎俾尔弥尔性，言极尔之命，长寿之义也。

似，如也。◎先公，先君也。◎酋，终也。◎似先公酋矣，言似先君之能善始善终矣。

第二章，颂君主之寿考福禄也。言王今伴奂以游，优游以休息。故知岂弟君子，能有长寿，似先君之有善始善终也。

尔土宇昄章，亦孔之厚矣。岂弟君子，俾尔弥尔性，百神尔主矣。

宇，居住也。土宇，可居之土，指国土也。◎昄，音版，版章犹版图也。

孔，甚也。

第三章，续颂其福禄。言王之土宇版图，既甚厚矣。言其大而富，故曰厚也。王且能长寿，而常为百神山川之主矣。

尔受命长矣，茀禄尔康矣。岂弟君子，俾尔弥尔性，纯嘏尔常矣。

茀，音弗，福也。◎康，安也

嘏，音古，福也。◎常，常享之也。

第四章，续颂其福禄。言王受天命长矣，福禄王皆安享之矣，王且又能长寿而常享其纯福矣。

有冯有翼，有孝有德，以引以翼。岂弟君子，四方为则。

冯，音凭，依也。◎翼，辅也。

有孝有德，有孝行者，有德望者。

引，导于前也。◎翼，辅于左右也。

四方，四方之国也。◎则，法也。

第五章，颂王之得人也。言王之前有足以凭依者，有足为辅翼者，有有孝行者，有有德望者，或导前，或辅于左右。于是岂弟君子，乃四方皆以其为法则矣。

颙颙卬卬，如圭如璋，令闻令望。岂弟君子，四方为纲。

颙颙，温貌。◎卬，音昂。卬卬，盛貌。

圭，珪也，瑞玉也。◎璋，亦玉名。◎如圭如璋，言如玉之洁也。

令，善也。◎望，声望也。◎闻音问，声誉也。

纲，网之总绳，引申之以为事之要领，以总全局之义。

第六章，续颂王之得人也。言王之前，有颙颙温和之臣，有卬卬盛美之臣，有如圭如璋之纯洁之人，有美誉善闻之人。故岂弟君子，乃四方皆以为纲纪也。

凤凰于飞，翙翙其羽，亦集爰止。蔼蔼王多吉士，维君子使，媚于天子。

于，助词。于飞即正在飞。参前《葛覃》。

翙，音讳。翙翙，羽声也。

亦，语词。◎爰，于也。◎言集于所止之处也。

蔼蔼，众多也。◎吉士，嘉善之士也。

维君子使，为王之所使。

媚，爱也。

第七章，以凤凰象仁瑞，用颂天子，以起兴也。言凤凰飞翔，羽声翙翙。而其集也，则在于所止之处。以引起蔼蔼王之群臣吉士，告集于王之左右，而为王之使，并皆能爱其天子。

凤凰于飞，翙翙其羽，亦傅于天。蔼蔼王多吉人，维君子命，媚于庶人。

傅，音附，犹戾也。戾，至也。

庶，众也。

第八章，作法同上章。末言爱庶人以映上章爱天子。若彼群臣则上能爱天子，下能爱庶民，诚吉士也。

凤凰鸣矣，于彼高冈。梧桐生矣，于彼朝阳。萋萋萋萋，雝
雝喈喈。

朝，音昭。朝阳，山之东也。凤凰非梧桐不栖，故言凤凰言
梧桐也。

萋，音瑲，萋萋萋萋，茂盛之貌。形容梧桐也。

雝，音雍。喈，音皆。雝雝喈喈，凤凰鸣之和也。

第九章，以凤凰梧桐之鸣和茂盛，以象君仁臣和也。言凤
凰鸣矣，在彼高冈；梧桐生矣，在彼山之东朝阳之地。天子有
仁德乃有此凤凰来鸣，栖于梧桐之象也。梧桐茂盛，凤凰鸣声
和谐，皆象和洽美盛之至也。

君子之车，既庶且多。君子之马，既闲且驰。矢诗不多，维
以遂歌。

闲，熟习也。

遂，成也。

第八章，总前七章而为结束也。言王之车既众且多矣，王
之马既闲熟于驾而又能驰矣。是王之有群臣，而赐之以车马之
象也。此承前数章所颂王之福禄，王之得人而总之也。故云我
所陈之诗不为多也，然以成其歌，以颂扬王德耳。

按《诗序》云："《卷阿》，召康公戒王也。言求贤用吉士也。"言戒不甚妥。
朱传疑为召康公从成王游，歌于卷阿之上，因王之歌而作此为戒。从游颇
合理，然仍以为戒者，时时不忘《诗》之必载大道，故从《序》也。姚际
恒云："或引《竹书纪年》，以为成王三十三年游于卷阿，召康公从。《序》
附会此而云，不足信。"若果有可信之据，则是召康公从成王游而献此诗也。
不必言戒是矣。

民劳

朱传云："同列相戒之辞。"

民亦劳止，汔可小康。
惠此中国，以绥四方。
无纵诡随，以谨无良。
式遏寇虐，憯不畏明。
柔远能迩，以定我王。

民亦劳止，汔可小休。
惠此中国，以为民逑。
无纵诡随，以谨惛恲。
式遏寇虐，无俾民忧。
无弃尔劳，以为王休。

民亦劳止，汔可小息。
惠此京师，以绥四国。
无纵诡随，以谨罔极。
式遏寇虐，无俾作慝。
敬慎威仪，以近有德。

民亦劳止，汔可小愒^{qì}。
惠此中国，俾民忧泄。
无纵诡随，以谨丑厉。
式遏寇虐，无俾正败。
戎虽小子，而式弘大。

民亦劳止，汔可小安。
惠此中国，国无有残。
无纵诡随，以谨缱绻^{qiǎn quǎn}。
式遏寇虐，无俾正反。
王欲玉女^{rǔ}，是用大谏。

民亦劳止，汔可小康。惠此中国，以绥四方。无纵诡随，以谨无良。式遏寇虐，憯不畏明。柔远能迩，以定我王。

亦，语词。◎止，语尾词。

汔，音迄，几也。◎康，安也。◎汔可小康，言庶几可以小安也。

惠，爱也。◎中国，京师也。

绥，安也。◎四方，四方之国也。

诡随，诡人之善，随人之恶之人也。

谨，慎也。◎良，善也。◎以谨无良，言当慎防不善之人。

式，语词。◎遏，止也。◎寇虐，寇侵暴虐之人也。

憯，音惨，曾也。◎明，天之明命也。◎式遏寇虐，憯不畏明，此二句言遏止寇虐而曾不畏惧天之明命之人。

柔，安也。能，承上柔字，言柔远亦能安迩。

第一章，言民疲劳矣，庶几可使其小作安息矣。当爱此京师之人，以慎防无良之人。宜遏止寇虐而曾不畏惧天之明命之人。如此则安远亦能安近，以安定我王之天下也。

民亦劳止，汔可小休。惠此中国，以为民逑。无纵诡随，以谨惛怓。式遏寇虐，无俾民忧。无弃尔劳，以为王休。

逑，匹也。匹言能相合也。◎以为民逑，言为民之合作之人。

惛怓，音昏铙。喧哗也。谓好多言争论致乱之人。

俾，使也。

劳，功也。

休，美也。

第二章，义同首章，换韵而重言之。末言无弃尔立功之机会，以成王之美也。

民亦劳止，汔可小息。惠此京师，以绥四国。无纵诡随，以谨罔极。式遏寇虐，无俾作慝。敬慎威仪，以近有德。

息，安息也。

罔极，为恶无极止之人也。

慝，音特，恶也。

有德，有德望之人也。

第三章，义仍近似上章，又换韵三唱之。末言敬慎尔之威仪，以近有德望之人。则仍是竭力为善，以为王休之义也。

民亦劳止，汔可小愒。惠此中国，俾民忧泄。无纵诡随，以谨丑厉。式遏寇虐，无俾正败。戎虽小子，而式弘大。

愒，音器，息也。

泄，去也。◎俾民忧泄，言使民之忧去而不复存也。

丑，众也。◎厉，恶也。

正败，正道败坏也。

戎，汝也。

式，用也。◎末二句言尔虽小子，而用于事甚关弘大，不可不慎也。

第四章，义略同前章。末言尔虽为小子，而用于事则甚关弘大，故不可不慎也。

民亦劳止，汔可小安。惠此中国，国无有残。无纵诡随，以谨缱绻。式遏寇虐，无俾正反。王欲玉女，是用大谏。

残，害也。

缱绻，反复也，言反复无常之人。

正反，反于正也。

玉，作动词用，宝爱之如玉也。◎女读为汝。

用，以也。◎王欲玉女，是用大谏，言以王之宝爱汝，是以我乃大谏于汝也。

第五章，重叠叙前数章之义，而于尾作结束。言王欲宝爱汝，故我乃作此诗以大谏汝也。

按《诗序》云："《民劳》，召穆公刺厉王也。"然此诗所言者，是戒慎去恶，以为王休之语，谓为刺王，不免牵强。此盖同列相戒，竭力除恶爱民，以安邦国之义。朱说是也。

板

此戒同僚而以刺王之诗。

上帝板板，下民卒瘅。
出话不然，为犹不远。
靡圣管管，不实于亶。
犹之未远，是用大谏。

天之方难，无然宪宪。
天之方蹶，无然泄泄。
辞之辑矣，民之洽矣。
辞之怿矣，民之莫矣。

我虽异事，及尔同僚。
我即尔谋，听我嚣嚣。
我言维服，勿以为笑。
先民有言："询于刍荛。"

天之方虐，无然谑谑。
老夫灌灌，小子蹻蹻。
匪我言耄，尔用忧谑。

多将熇熇，不可救药。

天之方懠，无为夸毗。
威仪卒迷，善人载尸。
民之方殿屎，则莫我敢葵。
丧乱蔑资，曾莫惠我师。

天之牖民，如壎如篪。
如璋如圭，如取如携。
携无曰益，牖民孔易。
民之多辟，无自立辟。

价人维藩，大师维垣。
大邦维屏，大宗维翰。
怀德维宁，宗子维城。
无俾城坏，无独斯畏。

敬天之怒，无敢戏豫。
敬天之渝，无敢驰驱。
昊天曰明，及尔出王。
昊天曰旦，及尔游衍。

上帝板板，下民卒瘅。出话不然，为犹不远。靡圣管管，不实于亶。犹之未远，是用大谏。

上帝，天帝也。◎板板，反也。言反常也。

卒，尽也。◎瘅，音旦，病也。

不然，言不能依其所言而行也。

犹，谋也。

靡圣，无圣哲之人。◎管管，无所依也。

亶，音胆，诚也。

用，以也。

第一章，言上帝今反其常理，乃祸乱多有，致下民尽病也。汝出言而不能实行，为谋不能见其远大之处，无圣哲之人可依，不以诚信行事。若此谋犹之不能及远，是以我有此大谏也。

按：此诗首章言天之反常，次章言天之方难、方蹶，后又言天之虐、天之怒。盖皆假天之变而示王政之乱。谓天之怒，而使王失其政；谓王失政，故天乃怒也。于是乃以戒同僚之语，以言天变，以刺王也。

天之方难，无然宪宪。天之方蹶，无然泄泄。辞之辑矣，民之洽矣。辞之怿矣，民之莫矣。

方难，正行其使民艰难之政。

无然，勿如此作也。◎宪宪，欣欣也，言喜乐也。

蹶，音媿，动也。方蹶言方为变动改常也。

泄，音异。泄泄，沓沓也。泄泄，沓沓，皆多言妄发之义也。

辑，和也。

洽，融洽也。

怿，音易，悦也。

莫，定也。

第二章，言天正行其使民艰难之政，汝等不可欣欣然，以为可喜也；天正为变动改常之政，汝等不宜多言妄议，以助成之也。凡言辞之和辑者，则民融洽矣；辞之怿悦者，则民能得安定矣。

按：泄泄，毛传："泄泄犹沓沓也。"朱传谓为弛缓之意。引《孟子》："事君无义，进退无礼，言则先王之道者，犹沓沓也。"马瑞辰谓泄泄沓沓皆多言妄发之义。引《说文》及《荀子》证之，其说可采。

我虽异事，及尔同僚。我即尔谋，听我嚣嚣。我言维服，勿以为笑。先民有言："询于刍荛。"

异事，职业不同也。

同僚，同为王臣也。

即，就也。◎我即尔谋，言我就汝而谋。

嚣嚣，不肯受言之貌。

服，事也。◎我言维服，言我所言者为今之急事。

先民，古之贤人。◎刍荛，音维饶，采薪者也。

第三章，言我与汝虽职事不同，然与汝同为王臣也。我今就汝而谋，而汝洋洋自得，不肯接受我之言语。我之言为今之急事也，切勿以为笑谈也。先贤有言云："有事可询于采薪者。"采薪之言且可以询而用之，况我与汝为同僚乎！

天之方虐，无然谑谑。老夫灌灌，小子蹻蹻。匪我言耄，尔用忧谑。多将熇熇，不可救药。

谑，音虐。谑谑，戏以为乐也。

老夫，诗人自称。◎灌灌，款款也。款款，诚恳貌。

小子，指听其言而不以为意者，盖年少之人。◎蹻蹻，音矫，骄貌。

耄，音毛，八十曰耄。◎匪我言耄，谓非我之言因老而失误也。

尔用忧谑，汝以可忧之事为可戏谑之事也。

熇，音郝。熇熇，炽盛貌。◎多将熇熇，言可忧之事渐多，则熇熇然炽强矣。

不可救药，谓忧事既盛，则无可救此病之药矣。

第四章，言天之方为暴虐之政，汝不可以此为戏谑可乐之事也。老夫今为此言，纯以诚恳出之，而汝年少之人，骄傲不以为意。今我为此言，并非因年老而有失误也，而实因汝以可忧之事为可戏谑之事也。然可忧之事若逐渐加多，则其势炽盛，而其病将无药可救矣。

天之方懠，无为夸毗。威仪卒迷，善人载尸。民之方殿屎，则莫我敢葵。丧乱蔑资，曾莫惠我师。

懠，音济，怒也。

夸，大也。◎毗，附也。◎夸毗言夸大其谀辞而附从之。

卒，尽也。◎威仪卒迷，言威仪尽成迷乱而失其正也。

载，则也。◎尸，言徒有其形，如行尸而已。

殿屎，呻吟也。屎，音牺。

葵，揆也。揆，度也。

茷，无也。◎资，财也。

惠，爱也。◎师，众也。◎曾莫惠我师，言曾未爱我众民。

第五章，言天之方行暴虐之威怒，汝等勿为夸大诐辞以附和之也。若然，则威仪尽成迷乱而失其正。而善人必皆不复出言，如尸而已。民今方在呻吟，而莫有敢揆度此事者，以致丧乱使众民无有资财以生，然卒无有能惠爱众民者也。

天之牖民，如壎如篪。如璋如圭，如取如携。携无曰益，牖民孔易。民之多辟，无自立辟。

牖，道也，言开导之也。

壎，音埙，乐器，以土为之，圆形上有吹口，中空六孔。◎篪，音池。乐器，以竹为之，七孔，横吹之。以指按孔为音，壎篪，参《小雅·何人斯》。◎如壎如篪取二者奏乐相和之义。

圭，瑞玉也，即珪。上圆下方。◎璋，半圭为璋，可以与圭相合，取和合之义。参前《卷阿》。《卷阿》用此取纯洁之义。

取，携，言容易也。

携无曰益，言勿以为携之无益也。◎曰，语辞，无义。

孔，甚也。◎牖民孔易，言导民甚易而且有益也。此承上句作解释之语。

辟，音僻，邪也。

第六章，言天之开导民众，可以如壎篪之相和，如圭璋之相和；如取之，如携之，不费大力，勿谓携之无益也。导民诚为易事，故应努力为之。民既多邪僻矣，王固不可再自立邪僻以导之也。

价人维藩，大师维垣。大邦维屏，大宗维翰。怀德维宁，宗子维城。无俾城坏，无独斯畏。

价，音介，善也。◎藩，篱也。

师，众也。

大邦，强国也。◎屏，屏障也。

大宗，王之同姓世嫡子也。◎翰，干也。

怀，和也。怀德，谓能和其德者，则可以安宁国家。

宗子，同姓也。同姓可以为防敌之城。

俾，使也。

无独斯畏，勿为独而孤立，斯则可畏矣。

第七章，言善人可为藩篱；大众可为垣墙；大国可以为屏障；王之世嫡子可以为主干；能和其德者，可以为安宁国家之人；同姓之人可以为防敌之城。凡此六者，皆国之城也。勿使城坏，城坏则孤独，孤独则可畏矣。

敬天之怒，无敢戏豫。敬天之渝，无敢驰驱。昊天曰明，及尔出王。昊天曰旦，及尔游衍。

戏豫，游乐逸豫也。

渝，变也。

驰驱，谓驾车驰驱而游乐也。

曰，语词。

王，通往，指出游也。

旦，明也。

衍，宽纵之意。

第八章，言天已怒矣，不可不敬也。天之难，天之蹶，天之虐，天之憯，皆其怒变也。兹已触天之怒，见天之变，故不能再不敬其怒变，故不敢再事游乐驰驱也。天之明无所不及，当尔出而往游乐之时，天固已在上监视。及尔放纵恣乐之时，天已明见之矣。

按：《诗序》以为此诗是凡伯刺厉王之作。然固指为凡伯厉王则无据也。此诗所言是戒同僚之语，然语中之意，莫不指王而言，刺王则是矣，惟假戒同僚之言耳。

荡之什

荡之什收十一篇。

荡

此周之诗人引殷商之覆亡，以警当世，而假文王之言以咏之者也。

荡荡上帝，下民之辟（bì）。
疾威上帝，其命多辟（pì）。
天生烝民，其命匪谌（chén）。
靡不有初，鲜克有终。

文王曰咨，咨汝（rǔ）殷商。
曾（zēng）是强御；曾是掊（póu）克；
曾是在位；曾是在服。
天降滔德，女（rǔ）兴是力。

文王曰咨，咨女殷商。
而秉义类，强御多怼（duì）。
流言以对，寇攘式内。
侯作侯祝（zǔ），靡届靡究。

文王曰咨，咨女殷商。
女炰烋（páo xiào）于中国，敛怨以为德。
不明尔德，时无背无侧。

尔德不明，以无陪无卿。

文王曰咨，咨女殷商。
天不湎尔以酒，不义从式。
既愆尔止，靡明靡晦。
式号式呼，俾昼作夜。

文王曰咨，咨女殷商。
如蜩如螗，如沸如羹。
小大近丧，人尚乎由行。
内奰于中国，覃及鬼方。

文王曰咨，咨女殷商。
匪上帝不时，殷不用旧。
虽无老成人，尚有典刑。
曾是莫听，大命以倾。

文王曰咨，咨女殷商。
人亦有言，颠沛之揭，
枝叶未有害，本实先拨。
殷鉴不远，在夏后之世。

荡荡上帝，下民之辟。疾威上帝，其命多辟。天生烝民，其命匪谌。靡不有初，鲜克有终。

荡荡，广大之貌。◎上帝，天帝也。

辟，音璧，君也。

疾威，犹暴虐也。

辟，音僻，邪僻也。

烝，众也。

谌，音忱，信也。

靡不有初，鲜克有终，言事之初无不有始，而其终则少能如始之善也。

第一章，总述天帝之疾威，而致下民有祸也。言大哉天帝，下民之君也。天帝暴虐，其命多邪僻。天帝何以如此邪？以天生众民，原期其善，然其命竟不可信，民竟未能如此。盖其降命之初，无有不善，而人少能以善道自终，故致此大乱，使天命亦多邪僻矣。此初为怨天之辞，而后释之。以民之受天命，不能自承其命而趋于恶，至天命移易，而鲜克有终也。

文王曰咨，咨汝殷商。曾是强御；曾是掊克；曾是在位；曾是在服？天降滔德，女兴是力。

咨，嗟叹声。文王所发。

女，读为汝。

曾，音增，乃也。◎强，强梁也。强梁，刚暴也。◎御，御善也。御善者，见善事而抗御之。◎强御者，刚暴御善，恶人也。

掊，音抔。掊克，聚敛之人也。

服，事也。◎在事，言执其职事也。

滔，慢也。滔德，倨慢之心与行也。

女，读为汝。◎兴，起也。◎力，力行也。◎女兴是力，言汝又起而力行其恶也。

第二章，假文王之语，以数殷商之罪也。以下各章均如此。言文王曰：咨！汝殷商，乃是刚暴为恶者；乃是聚敛者；乃是在位者；是执其事者也。然天降倨慢之心于人，而汝竟起而力行之，故成其恶也。

按：曾，音增，训乃。见《经传释词》。

文王曰咨，咨女殷商。而秉义类，强御多怼。流言以对，寇攘式内。侯作侯祝，靡届靡究。

而犹乃也。◎秉，用也。◎义，善也。

怼，音队，怨也。

流言，谣言也。◎对，应对也。

寇，盗也。◎攘，窃也。◎式，用也。◎言盗窃之流，用之于内也。

侯，维也。◎作，读为诅。◎祝，怨谤。◎侯作侯祝。言此盗窃之人，维以诅谤为事。

届，极也。◎究，穷也。

第三章，述用人之不当也。言汝殷商初乃用善类矣，然强御者多怨怼，于是散播谣言，以对此事。乃致寇盗攘窃之人反用之于内部。此种人维以诅谤为事，而无极无穷，永不休止也。

文王曰咨，咨女殷商。女炰烋于中国，敛怨以为德。不明尔
德，时无背无侧。尔德不明，以无陪无卿。

> 炰烋同咆哮，气健之貌。

> 敛怨以为德，言聚敛成怨也，而自以为有德。

> 时，是也。◎无背无侧，言前后左右无辅佐之臣，皆不称其
> 官，如无人也。

> 陪，贰也。贰，副也。◎卿，卿士也。

> 第四章，述善之不明也。言汝殷商咆哮于中国，气健骄傲，
> 自以为是。聚敛成怨，民皆怒之，而自以为有德也。尔不能明
> 汝之德，是以前左后右无辅佐善臣也。尔德之不能明，是以无
> 陪副之臣，无有用之卿士也。

文王曰咨，咨女殷商。天不湎尔以酒，不义从式。既愆尔止，
靡明靡晦。式号式呼，俾昼作夜。

> 湎，音免，沉酗于酒也。

> 义，宜也。◎式，用也。◎天不湎尔以酒，言天既不使尔沉
> 湎饮酒，则尔不宜从而用酒也。

> 愆，过失也。◎止，容止也。

> 明，昼也。◎晦，夜也。

> 式，语词。

> 俾，使也。

> 第五章，述沉湎于酒之过也。言汝殷商，天既不欲尔沉酗
> 于酒，汝则不宜又从而用酒也。兹汝既已失尔之容止矣，无昼
> 无夜，呼号并作，使昼作夜，饮酒不止。

文王曰咨，咨女殷商。如蜩如螗，如沸如羹。小大近丧，人尚乎由行。内奰于中国，覃及鬼方。

蜩，音条，蝉也。◎螗，音唐，亦蝉之一种。◎蜩螗之声，喧哗悲叹也。

如沸如羹，如汤之沸，如羹之将熟，皆动荡有声之象，喻乱也。

小大近丧，小大言民之少及老也。皆近于丧亡矣。

人尚乎由行，人尚由此而行之，言不改其非也。

奰，音避，怒也。

覃，音谭，延也。◎鬼方，古之异族，殷周称鬼方，秦汉称匈奴。

第六章，述恶之甚而及于远也。言汝殷商之政，如蜩如螗，如沸如羹，可悲而乱之至矣。民之老少皆近于丧亡矣。而汝之人仍皆由此道而行之，不知改其非也。内而怒于中国之民。外而延及鬼方异族，亦皆怒之也。

按：王国维《观堂集林》："鬼方，混夷、獯鬻、猃狁、匈奴皆同种。"

文王曰咨，咨女殷商。匪上帝不时，殷不用旧。虽无老成人，尚有典刑。曾是莫听，大命以倾。

时，是也。

旧，旧法也。

老成人，谓旧臣也。

典刑，旧法则也。

曾，音增，乃也。曾是，乃是也。◎听，读去声。听从也。

大命，谓天命也。

第七章，述殷商废弃旧有典刑之过。言汝殷商之败，非上帝之非是也。在于殷不用旧有之法度。当汝之时，虽已无老成旧臣，然旧时度法则尚在也。汝乃莫肯听信，一意孤行，大命乃倾，致国家颠覆也。

文王曰咨，咨女殷商。人亦有言，颠沛之揭，枝叶未有害，本实先拨。殷鉴不远，在夏后之世。

　　颠，仆也。◎沛，拔也。拔与跋通。◎颠沛，偃仆也。◎揭，树根蹶起之貌。

　　拨，犹绝也。

　　鉴，镜也。

　　末二句言殷之事，其可以取为明镜之事不远，即在夏后之世也。此谓夏桀之事，殷宜近取为鉴。

　　第八章，述殷商丧本，足以为鉴。言汝殷商，不闻人亦有此言乎："树之偃仆，树根蹶起，枝叶初未有害也。然其根本实已先绝，故树必死也。"汝殷之事，可以取以为镜而戒者。不在远也。即在夏后之世。若桀之亡，即汝之镜也。

按：《诗序》以此为召穆公作，伤厉公之无道者。然无据也。揆其词是怀古伤今，咏以警戒之义。当必在周之衰世，其时其人未可遽定也。

抑

此卫武公自儆之诗。

抑抑威仪，维德之隅。人亦有言，靡哲不愚。
庶人之愚，亦职维疾。哲人之愚，亦维斯戾。

无竞维人，四方其训之。有觉德行，四国顺之。
訏谟定命，远犹辰告。敬慎威仪，维民之则。

其在于今，兴迷乱于政。颠覆厥德，荒湛于酒。
女虽湛乐从，弗念厥绍，罔敷求先王，克共明刑。

肆皇天弗尚，如彼泉流，无沦胥以亡。
夙兴夜寐，洒扫廷内，维民之章。
修尔车马，弓矢戎兵，用戒戎作，用逷蛮方。

质尔人民，谨尔侯度，用戒不虞。
慎尔出话，敬尔威仪，无不柔嘉。
白圭之玷，尚可磨也。斯言之玷，不可为也。

无易由言，无曰苟矣。莫扪朕舌，言不可逝矣。

无言不雠，无德不报。惠于朋友，庶民小子。
子孙绳绳，万民靡不承。

视尔友君子，辑柔尔颜，不遐有愆。
相在尔室，尚不愧于屋漏。无曰不显，莫予云觏。
神之格思，不可度(duò)思，矧(shěn)可射(yì)思。

辟(bì)尔为德，俾臧俾嘉。淑慎尔止，不愆于仪。
不僭(jiàn)不贼，鲜不为则。投我以桃，报之以李。
彼童而角，实虹小子。

荏(rěn)染柔木，言缗(mín)之丝。温温恭人，维德之基。
其维哲人，告之话言，顺德之行。
其维愚人，覆谓我僭，民各有心。

於(wū)乎小子，未知臧否(pǐ)。匪手携之，言示之事。
匪面命之，言提其耳。借曰未知，亦既抱子。
民之靡盈，谁夙知而莫(mù)成。

昊天孔昭，我生靡乐。视尔梦梦(méng)，我心惨惨(cǎo)。
诲尔谆谆(zhūn)，听我藐藐。匪用为教，覆用为虐。
借曰未知，亦聿既耄(mào)。

於乎小子，告尔旧止。听用我谋，庶无大悔。

天方艰难，曰丧厥国。取譬不远，昊天不忒^{tè}。
回遹^{yù}其德，俾民大棘。

抑抑威仪，维德之隅。人亦有言，靡哲不愚。庶人之愚，亦职维疾。哲人之愚，亦维斯戾。

抑抑，密也。

隅，廉也。

无哲不愚，言哲人通达，处于乱世，则其行若愚。所谓国有道则知，国无道则愚是也。

庶，众也。

亦，语辞。◎职，主也。◎庶人之愚，亦职维疾，二句言众人之行为愚，是众人本愚，其愚是主要之病，正为常态也。

戾，罪也。◎哲人之愚，亦维斯戾，二句言哲人而愚者，非真愚也，是畏惧罪之加于身也。

第一章，述哲人守愚之理。言君子当密于威仪，勿使有失；而其德则在守其廉隅也。闻人有言："无哲不愚者。"众人之愚，是彼主要之病，正常之态也；而哲人之愚，则是自守保身之道，畏罪之加于身也。

无竞维人，四方其训之。有觉德行，四国顺之。訏谟定命，远犹辰告。敬慎威仪，维民之则。

竞，强也。无强维人，言其人之强，无有人能强而过之者。

训，教也。◎四方其训之，言四方皆以为教化。

觉，直大也。◎有觉德行，有正直大德。

訏，大也。◎谟，谋也。◎定命，定而不改之号令也。

犹，图也。◎辰，时也。◎言远大之图，依时而告于众也。

则，法也。

第二章，述自强树德以教民也。言为人当无人能强而过之者，则四方皆以为教化而服之矣；有正直大德，则四国顺之矣。必有大谋不更易之号令；远大之图，当依时而告于众；敬慎威仪，然后可以为民之法也。

其在于今，兴迷乱于政。颠覆厥德，荒湛于酒。女虽湛乐从，弗念厥绍，罔敷求先王，克共明刑。

兴，作也。◎兴迷乱于政，言迷乱于政事之作焉。

颠覆厥德，倾败其功德。

湛，音耽，荒废政事，湛乐于酒。

虽，与惟通。◎女虽湛乐从，言汝惟湛乐之事是从也。女读为汝。

绍，继也。◎弗念厥绍，言不念其所继之先人之绪业。

敷，广也。◎敷求先王，言不广索先王之道。

共，音拱，执也。◎克共明刑，言能执明法。刑，法也。

第三章，自儆勿湛酒乱政也。言时在今日，迷乱于政之事兴作焉。此卫武公自儆，设为他人之言以数其过也。以下言"厥德""女""尔"，皆指卫武公本身而言也。若迷乱于政者，未为真有其事，述以儆己耳。故云：颠覆厥德，而荒湛于酒。汝惟湛乐之事是从，不念所继承先人之绪业；不广求先王之道，以求能执明法。

按：女虽湛乐从，王引之曰："言汝惟湛乐之从也。《书·无逸》曰'惟耽乐之从。'文义正与此同。"

肆皇天弗尚，如彼泉流，无沦胥以亡。夙兴夜寐，洒扫廷内，维民之章。修尔车马，弓矢戎兵，用戒戎作，用遏蛮方。

肆，故今也。◎尚，右也。右，助也。◎弗尚，不以为高尚。言厌弃之而不为助也。

沦，陷也。◎胥，相也。◎如彼泉流，无沦胥以亡，言勿如彼泉之流下，不辨优劣善恶，皆陷于下流而相至于败亡。二句见《小雅·小旻》，可参阅。

夙，早也。谓起早睡晚。

章，法度也。

戎，军器也。戎兵犹言兵器。

戎，兵也。◎作，起也。

遏，音剔，治也。◎蛮方，远方夷狄也。

第四章谓应注意小事，以及大事。言故今皇天不助，我慎勿如彼泉水之流下，不分善恶，皆随波逐流，相沦陷于下流而败亡也。今当早起晚睡，洒扫宫廷之内，以为民之法则。修整尔之车马弓矢兵器，以戒备戎兵之变起，以治远方夷狄。

质尔人民，谨尔侯度，用戒不虞。慎尔出话，敬尔威仪，无不柔嘉。白圭之玷，尚可磨也。斯言之玷，不可为也。

质，成也，定也。

侯度，诸侯所守之法度也。

虞，虑也。不虞即未料到之事。

柔，安也。◎嘉，善也。

圭，瑞玉也，上圆下方。◎玷，音点，缺也。

不可为，言其事已去无可挽救矣。

第五章，谓宜谨言慎行也。言于尔之民，既已教以法则，成之定之矣。则尔当谨守诸侯应守之法度，以备不意而生之事。出言宜慎，敬肃尔之威仪，则无不安善矣。白圭美玉，如有缺处，尚可磨以饰之也；若斯言一出，其缺点既见，则不能挽回也。

无易由言，无曰苟矣。莫扪朕舌，言不可逝矣。无言不雠，无德不报。惠于朋友，庶民小子。子孙绳绳，万民靡不承。

无易由言，谓勿轻易出言也。参前《小雅·小弁》。

苟，苟且也。◎无曰苟矣，勿曰可苟且如是也。

扪，执也。◎朕，我也。◎言无人执持我之舌，我固可随意出言也。

逝，去也。◎此句接上句，言然而言语不可随意放其去，以不可追回也。

雠，答也。

报，亦答也。◎无言不雠，无德不报，二句言无有出言而无反应对答者，无有施德而不获答报者。此固事之常理。

绳绳，不绝貌。

承，奉也。

第六章，再言，慎言而及施德。言勿轻易出言，勿曰："可以苟且如是。"无人执我之舌以阻言，然言不可轻出也。盖无言不有其反应对答者，言有差失，则事必有败也。无施德而不获报者，故宜惠及于朋友，惠及于众民小子，则必能子孙不绝，万民无不承奉也。

视尔友君子，辑柔尔颜，不遐有愆。相在尔室，尚不愧于屋漏。无曰不显，莫予云觏。神之格思，不可度思，矧可射思。

视尔友君子，视汝之友，君子之人。

辑，和也。

遐，何也。◎不遐有愆言不有何过也。愆，过也。

相，视也。◎视在尔室，言视尔独处尔自己之室内。

尚，庶几也。◎屋漏，屋之西北隅也。屋之西北隅幽暗之处，意中有神在暗中祭之。谓独处作事，虽无人见之，而不愧于天也。

显，明也。

觏，见也。◎无曰不显，莫予云觏，二句言勿谓此非显明之处，人莫能见我，乃可以为恶也。意谓虽在独处幽隐，人莫之见，亦不可以为恶。盖必求无愧于心，敢对天地神明也。云，语词。

格，至也。◎思，语词。

度，音堕，测也。◎思，语词。

矧，况也。◎射，音亦，通斁，厌也。◎言况汝岂可厌而不敬慎于修德之事乎！意谓敬慎从事，尚不知何时行有差误，神必知之也。况厌于敬慎，则何得无过乎？

第七章，戒暗室不可愧于天也。言视汝之友、君子之人，则宜和柔尔之颜色，使不致有何过失。视尔独处于己室，无人能见之时，庶几作事不愧于屋漏。勿以为在幽暗之处，人莫能见我，则可以为恶也。神之降至，不可测知也，况可以厌倦于敬慎，不为修德之事乎！言力为修德，尚不知何时有过而神明必察之也；况厌于敬慎，何能无过乎？

辟尔为德，俾臧俾嘉。淑慎尔止，不愆于仪。不僭不贼，鲜不为则。投我以桃，报之以李。彼童而角，实虹小子。

　　辟，音璧，明也。◎为，语助词。言明尔之德也。

　　俾，使也。◎臧，嘉，皆善也。

　　淑，美也。◎止，容止也。

　　僭，音践，差也。◎贼，害也。

　　投我以桃，报之以李，二句言有于我有惠者，我则善报答之。

　　童，羊之无角者也。若言童而有角，是不可求之事也。

　　虹，溃乱也。◎言以童而求其有角，实乱汝小子也。

　　第八章，宜戒明德淑慎，实事求是。言明尔之德，使尔嘉善；淑慎尔之容止，使仪度无失；不差不贼，则人鲜有不以为法则者矣。人投我以桃，则我必报之以李，斯可以得人之情，合人之礼，彼此方得合理相待。若彼童羊，而求其有角，实不可能，此惟乱汝小子而已。

　　按：辟尔为德，参马瑞辰说。

荏染柔木，言缗之丝。温温恭人，维德之基。其维哲人，告之话言，顺德之行。其维愚人，覆谓我僭，民各有心。

　　荏，音忍。荏染，柔貌。

　　言，语词。◎缗，音民，被也。◎以上二句谓荏染之柔木，被之丝弦，则可以为弓也。

　　温温，宽柔也。温温恭人犹温温然宽柔之人。

　　基，根本也。

　　话言，古之善言也。

顺德之行，言能得顺乎德而行也。

覆，反也。◎僭，不信也。

民各有心，言人心各异，智愚有别也。

第九章，谓听言可以修德也。言荏染之柔木，被之丝则可以为弓。以其柔而能受，故能成其事。若温温然宽柔之性，即为德之基本，以其能取善也。彼为哲人，告之古之善言，则能顺乎德而行也；彼为愚人，则闻善言反谓我之言不可信也。人之愚智不同之故也。

於乎小子，未知臧否。匪手携之，言示之事。匪面命之，言提其耳，借曰未知，亦既抱子。民之靡盈，谁夙知而莫成。

於，音乌。於乎，叹息之词。

臧，善也。◎否，音痞，恶也。

匪手携之，言非仅以手携之。

言，语词。◎言示之事，此承上句，谓不仅携其手，且须指示其事之是非也。

匪面命之，不仅面命之。

言提其耳，谓且须提其耳而详告之也。

借，假也。◎言假如谓汝尚未有知识。

亦既抱子，言然汝既抱子而为人父，非无知者矣。

盈，满也。◎言人如能不自满而肯受教。

夙，早也。◎莫，音暮，晚也。◎言谁能既已早有知识，多受教言，而反晚成者乎？

第十章，亦谓听言修德也。言於乎小子！不知何者为善，何者为恶也。不仅须携之以手，且须指示其事之是非也；不仅当面命之，且须提其耳而详告之也。假如谓汝尚无知识，然汝既抱子为人之父，非无知者矣。固当能解善言也。人之能不自满，而肯受教戒者，其人自必有成。谁能早有知识，能受教诲，而反晚成者邪？

昊天孔昭，我生靡乐。视尔梦梦，我心惨惨。诲尔谆谆，听我藐藐。匪用为教，覆用为虐。借曰未知，亦聿既耄。

 昭，明也。

 梦，音蒙。梦梦，昏乱不明貌。

 惨惨，忧貌。

 谆谆，详熟也。

 藐藐，忽略貌。

 用，以也。

 覆，反也。

 聿，语词。◎耄，老也，八十九十曰耄，音帽。◎末二句言不听善言之人，或假称于言有未能知也，或亦托辞于既已甚老也。皆非真不明，而惟不肯听耳。

 第十一章，戒言之宜听，不可假托逃避之辞而不肯听也。言昊天甚明，当必察我之生无可乐也。我视尔昏昏然不明之状，我心实为之忧伤也。我教诲于汝，谆谆然详熟之至矣。而汝之听我者，藐藐然未曾用心。尔于我之言，不以为教诲，竟反以为害虐之事。汝不能受我之善言，假称于此未能知也；或托辞于已年老矣，实则皆逃避之辞耳。

於乎小子，告尔旧止。听用我谋，庶无大悔。天方艰难，曰丧厥国。取譬不远，昊天不忒。回遹其德，俾民大棘。

旧，旧章也。◎止，语尾词。

曰，语词。

忒，差也。

回，邪也。◎遹，邪僻也。

棘，急也。大棘言大困急也。

第十二章，末章危言以自儆也。言於乎小子！我告尔旧日古人之章则，以见先贤之道。汝慎听用我之谋，庶几无大悔也。今天方在艰难，将丧其国矣。我之取以为譬之处，皆不在远，汝已闻之矣。天道祸福，无有差忒之。今汝邪辟汝之德，则必使民大困急也。

按《诗序》云："《抑》，卫武公刺厉王，亦以自警也。"朱子驳之，不应一诗既刺人又自警。又考之史实，武公即位不与厉王同时。诗中之言亦非刺也。朱说甚是。《国语·楚语》左史倚相之言，有昔卫武公年数九十五矣，作懿戒以自儆。韦昭以为懿即《大雅·抑》之篇也。其说可信。此篇假诗人之言以儆己，篇中汝、小人、尔，皆指武公也。

桑柔

此哀君之不顺，而责佞臣之恶之诗。

菀^{yù}彼桑柔，其下侯旬。捋采其刘^{luō}，瘼^{mò}此下民。不殄^{tiǎn}心忧，仓兄填兮^{chuàngkuàngchén}。倬^{zhuō}彼昊天，宁不我矜？

四牡骙骙^{kuí}，旟旐有翩^{yú zhào}。乱生不夷，靡国不泯。民靡有黎，具祸以烬^{wū}。於乎有哀，国步斯频。

国步蔑资，天不我将。靡所止疑，云徂何往？君子实维，秉心无竞。谁生厉阶，至今为梗？

忧心愍愍^{yīn}，念我土宇。我生不辰，逢天僤怒^{dǎn}。自西徂东，靡所定处。多我觏痻^{gòu hūn}，孔棘我圉^{yǔ}。

为谋为毖^{bì}，乱况斯削。告尔忧恤，诲尔序爵。谁能执热，逝不以濯？其何能淑，载胥及溺。

如彼遡风^{sù}，亦孔之僾^{ài}。民有肃心，荓云不逮^{pēng}。好是稼穑，力民代食。稼穑维宝，代食维好？

天降丧乱，灭我立王。降此蟊贼，稼穑卒痒。哀恫中国，具赘卒荒。靡有旅力，以念穹苍。

维此惠君，民人所瞻。秉心宣犹，考慎其相。维彼不顺，自独俾臧。自有肺肠，俾民卒狂。

瞻彼中林，甡甡其鹿。朋友已谮，不胥以穀。人亦有言，进退维谷。

维此圣人，瞻言百里。维彼愚人，覆狂以喜。匪言不能，胡斯畏忌？

维此良人，弗求弗迪。维彼忍心，是顾是复。民之贪乱，宁为荼毒。

大风有隧，有空大谷。维此良人，作为式穀。维彼不顺，征以中垢。

大风有隧，贪人败类。听言则对，诵言如醉。匪用其良，覆俾我悖。

嗟尔朋友！予岂不知而作？如彼飞虫，时亦弋获。既之阴女，反予来赫。

民之罔极，职凉善背。为民不利，如云不克。民之回遹，职竞用力。

民之未戾，职盗为寇。凉曰不可，覆背善詈。虽曰匪予，既作尔歌！

菀彼桑柔，其下侯旬。捋采其刘，瘼此下民。不殄心忧，仓兄填兮。倬彼昊天，宁不我矜？

菀，音郁，茂貌。◎桑柔，柔桑也，言嫩桑。

侯，维也。◎旬，言阴均也。

捋，取也。以指围其条，自一端移赴另端，以取其叶。◎刘，残也。

瘼，病也。

殄，音忝，绝也。◎不殄心忧，言心忧不绝。

仓，音怆。兄，音况。仓兄同怆怳，悲悯之意。◎填，读为瘨，病也。

倬，音卓，明貌。

宁，乃也。◎矜，哀怜也。

第一章，由桑柔起兴。言柔桑茂盛，其树下之阴甚均匀也。而加以捋采，则其叶残而阴不均矣。因以联想我下民今日之病，是处在无均匀之荫也。因之心为之忧而不已，怆怳悲悯，以致于病。彼昊天明而大，乃竟不矜怜我邪？此下民怨懑之言也。

四牡骙骙，旟旐有翩。乱生不夷，靡国不泯。民靡有黎，具祸以烬。於乎有哀，国步斯频。

牡，雄马也。◎骙，音揆。骙骙，强貌。

旟，音于，旗之画鸟隼者。◎旐，音兆，旗之画龟蛇者。◎有翩即翩然。

夷，平也。

泯，灭也。

黎，齐也。◎民靡有黎，言丧乱则民被兵祸无有齐者。

具，俱也。◎烬，灰烬也。

於，音乌。於乎，叹词。

国步，犹言国事之前途，故以步形容之也。◎频，急蹙也。

第二章，述国家征役不息，民不聊生也。言四牡强壮，旗旟翩然飞舞，是出征之象也。乱祸生于不平，无国不趋于灭亡也。丧乱频仍，民无有齐者矣。言民皆遭破败离散之祸也。故云俱遭祸以成灰烬矣，於乎可哀也哉！国步如斯其急蹙也！

国步蔑资，天不我将。靡所止疑，云徂何往？君子实维，秉心无竞。谁生厉阶，至今为梗？

蔑，无也。◎资，财也。◎言国步至于使我无资财矣。

将，养也。

疑，定也。

徂，往也。◎云徂何往，言今复云行，将何往邪？

竞，强也。◎君子实维，秉心无竞，二句言君子实应持其无人能胜过之心。

厉，恶也。厉阶，进于恶之阶也。

梗，病也。

第三章，征夫之怨辞也。言国家之情势已使我无有资财矣。天不能养我，我无有止定之所矣。今又云往而前行，不知行将何往邪？彼君子当政之人，实应持其无人能胜过之心，民始能受福也。若我国者，是谁生此进于致恶之阶邪？使至今以为国之病也。

忧心慇慇，念我土宇。我生不辰，逢天僤怒。自西徂东，靡
所定处。多我觏瘉，孔棘我圉。

慇，音殷。慇慇，病貌。

土，乡也。◎宇，居也。◎念我土宇，言念我家乡。

辰，时也。

僤，音亶，厚也。

觏，音构，遇也。◎瘉，音昏，病也。◎多我觏瘉，言多矣，
我之遇困病。

圉，音语，边疆也。◎孔，甚也。◎棘，急也。◎言甚急矣，
我之在边疆也。

第四章，亦征夫之怨辞也。言我之忧心，慇慇然甚痛，以
念我之家乡居室也。我生不逢时，遇天之厚怒，而遭丧乱。现
自西往东，无有定居之处。我所遭遇之困病诚多矣；我在边疆
所任之事，诚甚急矣。

为谋为毖，乱况斯削。告尔忧恤，诲尔序爵。谁能执热，逝
不以濯？其何能淑，载胥及溺。

毖，音必，慎也。

况，甚也，滋也。◎削，削弱也。

恤，亦忧也。

序爵，次序爵禄，言辨别贤否之道也。

逝，语词。◎濯，以水冲洗，谓救热也。

淑，善也。

载，则也。◎胥，相也。◎溺，溺于水也。

第五章，怨水之深火之热也。言为谋者，当慎为之。然今之谋，使乱益甚，使国益削弱也。故告尔以可忧之事；诲尔以辨别贤否之道。谁能手中执热物而不以水冲洗之以救热乎？故治事必当用贤，犹执热愿凉，是常理也。否则其何能善乎？则惟有相与溺于水而已。

如彼遡风，亦孔之僾。民有肃心，荓云不逮。好是稼穑，力民代食。稼穑维宝，代食维好？

遡，音素，向也。

僾，音爱，唈也。唈，短气也。

肃，进也。肃心，进于善道之心。

荓，音烹，使也。◎云，语词。◎不逮，不及也。◎荓云不逮，言使不能及。

好是稼穑，言王惟喜好稼穑之所获。谓聚敛赋税也。

力民，力作动词，言使民出力也。◎代食，民之食不得自食，在上者代之食矣。◎好是稼穑，力民代食，此二句言王好聚敛，使其民出力，而民不得食，在上者代之食矣。

稼穑维宝，代食维好，此二句承上二句而言，谓此聚敛之稼穑，是王之所贵，以为宝也。此代食之情形，王不以为非，而以为甚好也。

第六章，怨赋敛之重也。言今之政，民处之如向风而立，亦甚感气之短促，难于呼吸矣。而民有进于善道之心者，亦使之不能达其目的。王惟好此稼穑之所获而已。使民出力，而又取民之食而代其食之。王惟以所聚敛之稼穑米谷为贵，而亦以代民而食，为好事，以为甚得计也。

天降丧乱，灭我立王。降此蟊贼，稼穑卒痒。哀恫中国，具赘卒荒。靡有旅力，以念穹苍。

灭我立王，灭我所立之王。

蟊，音矛。虫之食苗根者曰蟊，食节曰贼。

卒，尽也。◎痒，病也。

恫，音通，痛也。

具，俱也。◎赘，属也。属，连也。◎卒，尽也。◎荒，荒年，不收成之年也。◎具赘卒荒，承上句稼穑卒痒，故俱是连年荒旱，尽成饥馑也。

旅，同膂。

穹苍，天也。◎末二句言无力以当此灾祸。因以念天之降灾如此也。末句承首句天降丧乱。

第七章，怨天降灾祸也。言天降此丧祸，灭我所立之王。又降此蟊贼，使穑稼尽病。哀痛哉中国，俱已连年荒旱，尽成饥馑矣。下民无力以当此灾祸，惟念天之降灾如此，望天救之。

按：具赘卒荒，参陈奂说。

维此惠君，民人所瞻。秉心宣犹，考慎其相。维彼不顺，自独俾臧。自有肺肠，俾民卒狂。

惠，顺也。惠君，顺于义理之君也。

秉，持也。◎宣，遍也。◎犹，谋也。◎秉心宣犹，言其持心，于犹谋能遍征其意见于左右也。

相，辅也。◎考慎其相，言于其辅相之臣，则考择审慎。

不顺，不顺于义理之君。

俾，使也。◎臧，善也。◎自独俾臧，言自己独为之，以为可使其善。谓无辅相也。

自有肺肠，自有其异于常人之肺肠也。

第八章，述君之不顺义理也。言顺于义理之君，是众民之所瞻望者也。其持心，于犹谋则遍征左右之意见，多加思考。于辅相则考择审慎，以其为参与犹谋之人也。彼不顺之君，则不然矣。自己独为之，以为可使其成善，而不用辅臣众人之言也。彼自有异于常人之肺肠，乃使民尽入迷惑狂乱。

瞻彼中林，牲牲其鹿。朋友已谮，不胥以穀。人亦有言，进退维谷。

中林，林中也。

牲，音申。牲牲，众多之貌。

谮，音践，通僭，不信也。

胥，相也。◎穀，善也。

谷，穷也。

第九章，述身无可依之状也。言瞻彼林中，有鹿众多，相依而行，自得其乐。若我者，遭此丧乱，茫无所依，朋友已不信，互相不以善相待矣。今日之状诚如人言："进退皆是穷绝之境矣！"

维此圣人，瞻言百里。维彼愚人，覆狂以喜。匪言不能，胡

斯畏忌？

言，语词。◎瞻言百里，谓眼光远大也。

覆，反也。◎覆狂以喜，言愚人所见者近，反以为得计而狂惑大喜。

匪旨不能，胡斯畏忌，二句言非言之不能明其是非也。何畏忌如此而竟不敢言邪？此责贤能近王之人也。

第十章，述圣愚之别，而能言者不言也。言若圣人者，其目光远瞻百里；而愚者所见者近，反而狂惑自喜。贤能者非不能进言以明是非，然何竟畏忌而不敢言邪？

维此良人，弗求弗迪。维彼忍心，是顾是复。民之贪乱，宁为荼毒。

迪，进也。

忍，残忍也。

顾，回顾也。◎复，反复也。◎顾复言留连不去。

贪，犹欲也。◎民之贪乱，言民欲其乱亡。

宁，愿之辞。◎荼，音徒，苦菜也，引申为苦之义。

第十一章，述民欲与之偕亡之心。言有良善之人，彼王不求之，不进之也；彼残忍之人，则王回顾反复，留连不去，以为可用之材也。若此乃使国乱如此也。民竟欲其大乱，与之偕亡，宁受荼毒，以解除痛苦。

大风有隧，有空大谷。维此良人，作为式穀。维彼不顺，征以中垢。

隧，音遂，道也。◎大风有隧，言大风之来，有其所自，自其所生之孔道而来。

有空大谷，此承上句，大风之道，则有其空然之大谷也。

式，语词。◎榖，善也。

征，行也。◎垢，污秽也。中垢，垢中也。

第十二章，述善恶各行其道也。言大风之来，有其所来之道，是来自空然之大谷。若善良之人之作为，则亦有其道，其道则善而已矣。彼不顺义理之人，则其道惟行于污秽中耳。

按：中垢，垢中也。胡承珙说。

大风有隧，贪人败类。听言则对，诵言如醉。匪用其良，覆俾我悖。

败，毁败也。◎类，善也。

听言，顺从之言也，参《小雅·雨无正》。◎对，答也。◎听言则对，言有人说顺从之言，则喜而答之。

诵，讽也。诵言即讽谏之言。◎诵言如醉，谓闻讽谏之言，则不省，如人已醉也。

覆，反也。◎俾，使也。◎悖，音背，逆也。◎复俾我悖，言反使我为悖逆之事。

第十三章，述不用善也。言大风之来，有其道矣；丧乱之来，有其理矣。今贪婪之恶人居势，则必败毁善人矣。今之在上者，闻顺从之言，则喜而答之；闻讽谏之言，则如醉人之不能省。彼自不用其善以行事，而反使我为悖逆之事也。

按：听言，诵言，采马瑞辰说。

嗟尔朋友！予岂不知而作？如彼飞虫，时亦弋获。既之阴女，反予来赫。

予岂不知而作，言予岂是不深知今之事而作此言者乎？

弋，音异，缴射也，以绳紧系矢而射。◎如彼飞虫，时亦弋获，此二句言我之作诗，是知而作也。我之所言，亦或有中也。如飞虫在空，诚难射中矣，然时或亦弋获之。意谓千虑一得也。

之，往也。◎阴，音荫，覆荫也。◎女读为汝。◎既之阴女，言我今既往汝处，告以好言，是覆荫汝也。

赫，盛怒之貌。◎言汝反对予加以赫然盛怒也。

第十四章，述我出言之善意也。言嗟乎！尔朋友！我岂是不深知今日之事而作此言者乎？如彼飞虫，虽飞于空中，而时亦可弋获之也。则吾之言，亦或千虑一得，时亦有中也。今我既往而荫覆汝，而汝反加怒于我也。

民之罔极，职凉善背。为民不利，如云不克。民之回遹，职竞用力。

罔极，无所止也。◎言民之失正趋邪，无有极止。

职，主也。◎凉，薄也。◎善背，善于反复。

为民不利，言为不利于民之事。

克，胜也。◎为民不利，如云不克，言作不利于民之事，如恐不得其胜，故必尽力多为之。言至酷也。

遹，音聿。回遹，邪僻也。

职，专也，主也。职竞，专主于竞取也。◎末二句言民之所以归于邪僻者。由此辈恶人，专主用力竞取私利，因而致之也。

第十五章,述民趋邪恶之由。言民之趋于邪恶而无所极止,主要由于在上者之凉薄而善于反复也。在上者为不利于民之事,如恐不得其胜,而尽力为之。民之所以邪僻,皆由此辈专主力竞于私利,而致之也。

民之未戾,职盗为寇。凉曰不可,覆背善詈。虽曰匪予,既作尔歌!

> 戾,定也。◎言民之未能安定。
>
> 职,主也。◎言主要在于在上者如盗而为寇贼以致之也。
>
> 凉,薄也。◎凉曰不可,应上章职凉善背一句。言凉薄以待人,固不可矣。曰,语词。
>
> 覆,反也。覆背,反复背道而行也。应上章善背一语。◎言凉薄待人已不可矣,覆背行事又善骂人,则事之败毁必矣。◎詈,音利,骂也。
>
> 末二句言虽汝谓此恶事非我所为也。然我已为尔作此歌矣。此末句应十四章予岂不知而作。
>
> 第十六章,总述作结。言民之未能安定,主要在于在上者有如盗贼而为寇也。待人凉薄已不可矣,况又覆背逆行,且善骂乎!汝虽谓此非汝之事,我已为尔作此歌矣!言此责在汝,不可饰掩也。

按《诗序》云:"《桑柔》,芮伯刺厉王也。"此据《左传·文公元年》引"大风有隧"六句,谓为芮良夫之诗而言。然此诗有"灭我立王"之语,则类幽王之后,或厉王被逐,共和之际所作。非刺厉王之作也。诗中所言,大致为指责国乱民困，征役频仍，赋敛繁重；君不顺义理，不能用善；同僚逢君之恶。末云"虽曰匪予，既作尔歌"，则其诗固有所指。当是痛佞臣之恶，作歌以责之，并抒其伤感者。若果为芮良夫之作，则其时当在厉王后，或东周初也。

云汉

此王为除旱灾祈祷求雨之诗。

倬彼云汉，昭回于天。
王曰於乎！何辜今之人？
天降丧乱，饥馑荐臻。
靡神不举，靡爱斯牲。
圭璧既卒，宁莫我听？

旱既大甚，蕴隆虫虫。
不殄禋祀，自郊徂宫。
上下奠瘗，靡神不宗。
后稷不克，上帝不临。
耗斁下土，宁丁我躬？

旱既大甚，则不可推。
兢兢业业，如霆如雷。
周余黎民，靡有孑遗。
昊天上帝，则不我遗。
胡不相畏？先祖于摧。

旱既大甚，则不可沮。

赫赫炎炎，云我无所。

大命近止，靡瞻靡顾。

群公先正，则不我助。

父母先祖，胡宁忍予？

旱既大甚，涤涤山川。

旱魃（bá）为虐，如惔（tán）如焚。

我心惮暑，忧心如熏。

群公先正，则不我闻。

昊天上帝，宁俾我遯（dùn）？

旱既大甚，黾勉畏去。

胡宁瘨（diān）我以旱？憯（cǎn）不知其故。

祈年孔夙，方社不莫（mù）。

昊天上帝，则不我虞。

敬恭明神，宜无悔怒。

旱既大甚，散无友纪。

鞫（jū）哉庶正，疚哉冢（zhǒng）宰。

趣马师氏，膳夫左右。

靡人不周，无不能止。

瞻卬（yǎng）昊天，云如何里？

瞻卬昊天，有嘒（huì）其星。

大夫君子，昭假无赢。
大命近止，无弃尔成。
何求为我，以戾庶正。
瞻卬昊天，曷惠其宁？

倬彼云汉，昭回于天。王曰於乎！何辜今之人？天降丧乱，饥馑荐臻。靡神不举，靡爱斯牲。圭璧既卒，宁莫我听？

倬，音卓，明貌。◎云汉，天河也。

昭，光也。◎回，转也。

於，音乌。於乎，叹词。

荐，重也。◎臻，至也。

靡神不举，言无神不举于前以当祭祀也。

靡爱斯牲，言祭祀时无爱惜于牲之献也。

卒，尽也。

宁，乃也。◎末二句言祀神而用圭璧，圭璧既已用尽矣，而神乃莫听我，仍不降雨也。

第一章述天旱也。言明然天河，光转于天，是夜晴之光景，无降雨之希望也。王曰：於乎！今之人何罪邪？天竟降此丧乱，饥馑重复而至。为求解此凶荒，已无神不祭。祭神之时，未曾爱惜于牲之献也。以圭璧礼神，圭璧亦而尽矣。而神乃不能听我之祈求，仍不兴云雨也。

旱既大甚，蕴隆虫虫。不殄禋祀，自郊徂宫。上下奠瘗，靡神不宗。后稷不克，上帝不临。耗斁下土，宁丁我躬？

大，读为太。

蕴，蓄也。◎隆，盛也。◎虫音中。虫虫，热也。

殄，音忝，绝也。◎禋，音因，祀天也。

郊，祀天地也。◎徂，往也。◎宫，宗庙也。

奠，置祭品于地上。瘗，音异，埋祭品于地下。◎上下奠瘗，言上祭天，下祭地；奠其礼，瘗其物。

宗，尊也。

后稷，周之祖。◎不克，言不能胜任也。

斁，音杜，败也。◎耗斁下土，言天以旱耗败下土为害。

宁，何也。◎丁，当也。◎宁丁我躬，言何以此天降灾害之时，竟当我主政之时邪？

第二章，述天旱不能已也。言旱既已太甚矣，蓄热甚盛。为此不断祭祀，自郊祭天地，而至宗庙；上祭天，下祭地；或奠或瘗，无神不尊。然而先祖后稷不能降雨，上帝亦不临。天乃以此大旱耗败下土，至于为灾。而此灾之降，何以正当我主政之时邪？

旱既大甚，则不可推。兢兢业业，如霆如雷。周余黎民，靡有孑遗。昊天上帝，则不我遗。胡不相畏？先祖于摧。

推，去也。

兢，音京。兢兢，恐也。◎业业，危也。

如霆如雷，如雷霆近发于上也。

黎，众也。◎周余黎民，周室所余之众民也。

孑，音洁，余也。◎靡有孑遗即无余遗。

昊天上帝，则不我遗，二句言上帝则不肯遗我以黎民也。

摧，毁灭也。于，助词。◎末二句为共句，言先祖何不畏惧此大旱之灾邪？此灾将毁灭先祖之祀矣。此呼求先祖来救之语也。

第三章，述旱之甚，求先祖之神来救也。言旱既太甚，则灾不可去矣。今之危惧，如雷霆近发于上也。周室所余众民，无有遗余矣。上帝则竟不肯遗我以众民也。先祖何不畏此大灾，来救我邪？此灾将毁灭先祖之祀也。

按：胡不相畏，先祖于摧。参胡承珙说。

旱既大甚，则不可沮。赫赫炎炎，云我无所。大命近止，靡瞻靡顾。群公先正，则不我助。父母先祖，胡宁忍予？

沮，音举。止也。

赫赫，旱气也。◎炎炎，热气也。

云，语词。◎无所，无所容也。

大命，天降其命之大者，若王位国运生命皆属之。◎近止，近于完了也。

瞻，视也。◎顾，望也。◎靡瞻靡顾，言无视望我者。无神来救之意也。

公，周之先公也。◎正，百辟卿士也。◎先正，言先公之百辟卿士也。

胡宁忍予，何乃忍心于我邪？言不肯来救也。◎宁，乃也。

第四章，续前章之义。言旱既太甚，不可以止。赫赫炎炎，使我无所容，而大命近于绝止矣。现竟无视望我者。我周之先祖群公及先公之百群卿士，亦不来助我。父母先祖，何乃忍心于我而不救邪？

旱既大甚，涤涤山川。旱魃为虐，如惔如焚。我心惮暑，忧心如熏。群公先正，则不我闻。昊天上帝，宁俾我遯？

涤涤，涤除净尽也。◎涤涤山川，谓山无木，川无水之状。

魃，音跋，旱神也。

惔，音谈，燎也。

瘅，劳也，畏也。

熏，灼也。

宁，岂也。◎遯，逃也。

第五章，续前章义。言旱既太甚矣，山川枯干，无木无水。旱魃为虐，旱气如燎如焚。我心之畏劳于暑气，忧心如焚灼。群公先正则竟不闻我之呼救。昊天上帝，岂能使我遯逃此责任乎？言我无可遯逃也。

旱既大甚，黾勉畏去。胡宁瘨我以旱？憯不知其故。祈年孔夙，方社不莫。昊天上帝，则不我虞。敬恭明神，宜无悔怒。

黾，音敏。黾勉，勉力从事也。◎畏去，谓以有所畏而逃去也。◎此句谓当勉力于应付此大旱之灾，而不以有所畏而逃也。

瘨，音颠，病也。◎胡宁瘨我以旱，言何乃病我以旱灾邪？

憯音惨，曾也。曾音增，乃也。◎憯不知其故，言乃不知其故。

祈年，孟春祈谷于上帝，孟冬祈来年于天宗之祭也。◎孔，甚也。◎夙，早也。

方，祭四方也。◎社，祭土社也。◎莫读为暮。◎方社不莫，言方社之祭皆未晚也。

虞，助也。

悔，恨也。◎末二句言若我之敬事明神，神宜无恨怒也。

第六章，述祭祀之敬，神宜鉴之也。言旱已太甚矣，我犹勉力于解此灾祸之事，不以有所畏而逃去也。天何以用此旱灾来病我邪？我不知其故也。我于祈年之祭，其早即已行之矣。方祭社祭，亦皆不晚。而昊天上帝不助我。若我之敬事明神，神不宜有恨怒也。

　　按：虞，助也。《经义述闻》说。

旱既大甚，散无友纪。鞫哉庶正，疚哉冢宰。趣马师氏，膳夫左右。靡人不周，无不能止。瞻卬昊天，云如何里？

　　友，有也。◎纪，纲纪也。

　　鞫，穷也。◎庶，众也。◎正，官之长也。

　　疚，病也。◎冢宰，官名，掌建邦之六典，卿也。参《十月之交》。

　　趣马，掌马之官。◎师氏，掌司朝得失之事。参《十月之交》。

　　膳夫，掌主饮食膳羞。◎左右，统大夫士而言也。

　　周，救也。◎靡人不周，言上述诸官，无人不努力以救灾也。

　　无不能止，无有自言不能而遂止者。

　　卬，音仰，仰也。

　　云，语词。◎里，忧也。

　　第七章，述龟勉救灾也。言旱已太甚，众官散无纲纪矣；穷哉庶官之长，病哉冢宰，趣马师氏，膳夫左右，皆不能主司其事。盖无人不趋救灾民，无有自言不能而止不前往者。情况至于如此，瞻仰昊天，忧心如何！

瞻卬昊天，有嘒其星。大夫君子，昭假无赢。大命近止，无弃尔成。何求为我，以戾庶正。瞻卬昊天，曷惠其宁？

嘒，音慧，明貌。有嘒即嘒然。

昭，明也。◎假，音格，至也。◎赢，余也。◎大夫君子，昭假无赢，二句言大夫君子群臣之竭其昭明之力尽矣，毫无余也。

大命近止，无弃尔成，言今大命近止，至为可虑，然无弃已成之功，尔继续努力。

何求为我，言今我何所求者？求天能降雨也，然所求者非为我也。

戾，定也。◎以戾庶正，言我求其降雨，则民能安，以定众官，复其纲纪，安其职位也。

曷惠其宁，何时惠我以安宁邪？

第八章，勉众官致力祈雨也。言瞻仰昊天，众星嘒然，无降雨之象也。众大夫君子，所用之力，亦已尽矣。然今国运如此，民命将绝，汝等幸勿弃已有之功，继续努力，以济斯难。今我何所求？祈天能降雨以救灾耳。非为我也，我乃祈天之能安众民，而定众官，复其纲纪，安其职位也。呜呼！瞻仰昊天，何时能惠我以安宁邪？

按《诗序》云：“《云汉》，仍叔美宣王也。宣王承厉王之烈，内有拨乱之志，遇灾而惧，侧身修行，欲销去之。天下喜于王化复行，百姓见忧，故作是诗也。”此说之迂，至于可笑。而朱传从之，不知其故。诗中明言“旱既大甚”“大命近止”，末云“何求为我，以戾庶正，瞻卬昊天，曷惠其宁”，是除灾祈雨之诗明矣。至属于何王之时，则未有据也。

崧高

此吉甫送申伯就封于谢之诗也。

崧高维岳，骏极于天。
维岳降神，生甫及申。
维申及甫，维周之翰。
四国于蕃，四方于宣。

亹亹申伯，王缵之事。
于邑于谢，南国是式。
王命召伯，定申伯之宅。
登是南邦，世执其功。

王命申伯：式是南邦。
因是谢人，以作尔庸。
王命召伯，彻申伯土田。
王命傅御，迁其私人。

申伯之功，召伯是营。
有俶其城，寝庙既成。
既成藐藐，王锡申伯。

四牡蹻蹻，钩膺濯濯。

王遣申伯，路车乘马。
我图尔居，莫如南土。
锡尔介圭，以作尔宝。
往近王舅，南土是保。

申伯信迈，王饯于郿。
申伯还南，谢于诚归。
王命召伯，彻申伯土疆。
以峙其粻，式遄其行。

申伯番番，既入于谢，
徒御啴啴。
周邦咸喜，戎有良翰。
不显申伯，王之元舅，
文武是宪。

申伯之德，柔惠且直。
揉此万邦，闻于四国。
吉甫作诵，其诗孔硕。
其风肆好，以赠申伯。

崧高维岳，骏极于天。维岳降神，生甫及申。维申及甫，维
周之翰。四国于蕃，四方于宣。

崧，音松，山大而高曰崧。◎岳，四岳也，东岳岱，南岳衡，
西岳华，北岳恒。

骏，大也。◎极，至也。

甫，甫侯也。◎申，申伯也。皆姜姓之国。尧之时，姜姓为
四伯，掌四岳之祀，述诸侯之职于周，则有甫，有申，有齐，有
许也。言四岳之官，德当岳神之意，而福兴其子孙，历虞夏商，
世有国士。周之甫申齐许，皆其苗裔。曰神维岳降，生甫及申也。

翰，干也。

四国，四方之国。◎于，助词。◎蕃，屏藩也。◎于蕃连用，
则以于助藩成为动词，屏藩之也。◎四国于蕃，言四国有难，则
捍御而屏藩之。

四方于宣，言四方与王有不达，则往宣畅之。于宣二字连用
之，说如上句。

第一章，述申甫之德也。言四岳崇高，大至于天。以四岳
之德，岳神兴福于其子孙，甫申乃皆为大国也。若申及甫，周
之桢干也。四国有难，则捍御而屏藩之；四方于王有不达，则
往宣畅之。

亹亹申伯，王缵之事。于邑于谢，南国是式。王命召伯，定
申伯之宅。登是南邦，世执其功。

亹，音尾，亹亹，勉强之貌。◎申，在今河南信阳。

缵，音纂，继也。◎王缵之事，王使继其先人之事也。

邑，国都也。◎于为助词，助邑字使成为动词。于邑于谢，即成都邑于谢也。◎下于字，在也。谢地在河南信阳。申谢皆在信阳，谢大于申，申伯徙封大国。

南国是式，谢在周之南土，故曰南国是式。◎式，法也。

召伯，召穆公虎也。

登，成也。

世执其功，世世执守其功，以传之子孙也。

第二章，述申伯封谢也。言亹勉之申伯，王使继其先人之业，成都邑于谢。其地在南，南国乃皆以谢为法。王乃命召伯，定申伯之所居，成此南国，世世执守其功，传之子孙。

按：申、谢皆在今河南之信阳，马瑞辰考之甚详。

王命申伯：式是南邦。因是谢人，以作尔庸。王命召伯，彻申伯土田。王命傅御，迁其私人。

式是南邦，为南国之法则也。

庸，功也。

彻，田赋之法。参前《公刘》。

傅御，申伯家臣之长。

私人，申伯之家人，王使傅御迁于谢也。

第三章，述王命申伯安于谢也。言王命申伯就谢而为南邦之法则。因此谢之人，以作尔之功。王乃命召伯，彻取谢之赋税；王又命傅御，遣申伯之家人至谢。

申伯之功，召伯是营。有俶其城，寝庙既成。既成藐藐，王

锡申伯。四牡蹻蹻，钩膺濯濯。

申伯之功，召伯是营，言以申伯之有功，故封于谢，而召伯营申伯之城邑也。

俶，音处，善也。有俶即俶然。

寝，庙，前庙后寝。寝，人所处；庙，神所处。另有亡者庙后有寝者，寝为衣冠所藏之处，与人所处者异。

藐藐，美貌。

锡，赐也。

牡，雄马。◎蹻，音脚。蹻蹻，壮貌。

钩膺，马腹之带，有钩以拘之施之于肤。◎濯濯，光明貌。

第四章，述召伯营城，王锡申伯也。言申伯有功封谢，而召伯为之营城。其城甚善，寝庙已成，城与寝庙甚美。于是王赐申伯以壮健之四牡，钩膺濯濯然光明。此赐诸侯之所当有也。

按：生人之寝，前有庙，此以寝为主者。见孔疏。亡者之庙后有寝，此以庙为主者。《礼记·月令》："寝庙毕备。"疏："庙是接神之处……寝，衣冠所藏之处。"

王遣申伯，路车乘马。我图尔居，莫如南土。锡尔介圭，以作尔宝。往近王舅，南土是保。

路车，诸侯所乘之车。◎乘马，乘，音胜，四马曰乘。

图，谋划也。

莫如南土，言南土各国，无有如汝居之善美者。

介圭，诸侯之封圭也。◎介，大也。◎圭，上圆下方之瑞玉。

近，音记，语辞，无义。◎往近王舅，言往矣王舅。申伯为宣王之舅，故呼之。

第五章，述王遣申伯也。言王遣申伯，赐以路车乘马。王曰："我谋图尔之居处，南土各国皆莫能如之。我今赐尔介圭，以作为尔之宝。往矣王舅，保我南土。"

申伯信迈，王饯于郿。申伯还南，谢于诚归。王命召伯，彻申伯土疆。以峙其粮，式遄其行。

信，诚也。◎迈，行也。◎言申伯诚信于王之昭示，而往谢焉。

饯，以酒食送行也。◎郿音眉。郿县在镐京之西。

谢于诚归，诚归于谢也。

峙，积也。◎粮，音张，粮也。

式，语词。◎遄，速也。

第六章，述王饯申伯也。言申伯诚信于王之昭示，乃欲行而往谢焉。王乃饯行于郿。申伯诚归于谢而还南国矣。王命召伯，取税于申伯之土，以积其粮。并速申伯之行。

申伯番番，既入于谢，徒御啴啴。周邦咸喜，戎有良翰。不显申伯，王之元舅，文武是宪。

番，音波。番番，勇武貌。

徒，徒行者。◎御，御车者。◎啴，音滩。啴啴，众盛貌。

周，遍也。◎周邦咸喜，遍邦内皆喜也。

戎，汝也。◎翰，干也。◎戎有良翰，此谓邦内人相互之语，言汝今有善干事之君矣。

不，读为丕，大也。

元，长也。

宪，法也。◎文武是宪，言能以文王武王为法也。

第七章，述申伯入谢后之情况，此预料之祝词。言申伯番番然勇武，既入于谢，徒御之行列众盛。遍邦内皆喜而相谓曰："汝今后有良君矣。"大为显赫之申伯，王之元舅，而能法文武，故为民所仰赖也。

申伯之德，柔惠且直。揉此万邦，闻于四国。吉甫作诵，其诗孔硕。其风肆好，以赠申伯。

柔，和也。◎惠，顺也。

揉，治也。

闻，音问，传其声使人听得之也。◎四国，四方之国。

吉甫，尹吉甫。◎诵，可诵之诗也。参前《节南山》。

孔，甚也。◎硕，大也。

风，其词中之意也。◎肆，长也。◎其风肆好谓其意深长也。

第八章，结述赠诗也。言申伯之德，和顺且正直，则其国当能揉治万邦；申伯之德，固当闻于四方之国也。此皆是祝颂之辞。最后吉甫自述作诗赠诗：吉甫作此诗，其诗甚为大美，其意甚为深长，以赠申伯。

按：其风肆好，参胡承珙说。

按《诗序》云："《崧高》，尹吉甫美宣王也。天下复平，能建国亲诸侯，褒赏申伯焉。"诗中明言送申伯就封于谢，而必曰美宣王，迂之甚矣。朱传谓宣王之舅申伯出封于谢，而尹吉甫作诗以送之，是实事求是者也。

烝民

朱传云：“宣王命樊侯仲山甫筑城于齐，而尹吉甫作诗以送之。”

天生烝民，有物有则。
民之秉彝，好是懿德。
天监有周，昭假于下。
保兹天子，生仲山甫。

仲山甫之德，柔嘉维则。
令仪令色，小心翼翼。
古训是式，威仪是力。
天子是若，明命使赋。

王命仲山甫，式是百辟。
缵戎祖考，王躬是保。
出纳王命，王之喉舌。
赋政于外，四方爰发。

肃肃王命，仲山甫将之。
邦国若否，仲山甫明之。
既明且哲，以保其身。
夙夜匪解，以事一人。

人亦有言：柔则茹之，刚则吐之。

维仲山甫，柔亦不茹，刚亦不吐。

不侮矜寡，不畏强御。
<small>guān</small>

人亦有言：德輶如毛，民鲜克举之。
<small>yǒu</small> <small>xiǎn</small>

我仪图之，维仲山甫举之。爱莫助之。

衮职有阙，维仲山甫补之。
<small>gǔn</small>

仲山甫出祖，四牡业业，征夫捷捷。

每怀靡及，四牡彭彭，八鸾锵锵。
<small>páng</small> <small>qiāng</small>

王命仲山甫，城彼东方。

四牡骙骙，八鸾喈喈。
<small>kuí</small> <small>jiē</small>

仲山甫徂齐，式遄其归。
<small>chú</small>

吉甫作诵，穆如清风。

仲山甫永怀，以慰其心。

天生烝民，有物有则。民之秉彝，好是懿德。天监有周，昭假于下。保兹天子，生仲山甫。

烝，众也。

物，事也。◎则，法也。◎有物有则，言众民有其事物，而亦有其事物之法则也。

秉，持也。◎彝，音夷，常也。◎民之秉彝，言民之所持，有其常道。

懿，美也。◎好是懿德，言民所持之常道，乃爱好美德也。

监，视也。◎有，语词。有周即周。

昭，明也。◎假音格，至也。◎下，下土也。◎昭假于下，言天以昭明之德降至下土。

仲山甫，樊侯之字也。《国语》称樊穆仲或樊仲。

第一章，引出仲山甫也。言天生众民，则有其事物，亦有其法则也。民之事物者，凡生活之常态无不属之，故莫不有法焉。民于此生活之中，则持其常道，即爱好美德也。此言民之常，是好善也。以民之能好善，故天视有周之能承天命，故以昭明之德降于下土，乃保兹天子宣王，而生仲山甫以辅之也。

仲山甫之德，柔嘉维则。令仪令色，小心翼翼。古训是式，威仪是力。天子是若，明命使赋。

柔，和也。◎嘉，善也。◎则，法也。

令，善也。◎仪，威仪也。◎色，颜色也。◎令仪令色，言待人之态度。

翼翼，恭敬貌。

式，法也。

力，勉力也。

若，顺也。

赋，布也。◎末二句言顺天子之明命，发布使行之。

第二章，述仲山甫之德。言仲山甫之德，维以和善为法则。善其威仪，善其待人之颜色。行事小心翼翼，以古训为法。勉力于修其威仪。顺天子之明令，发布而使行之。

王命仲山甫，式是百辟。缵戎祖考，王躬是保。出纳王命，王之喉舌。赋政于外，四方爰发。

式，法也。◎辟音璧，君也。百辟谓诸侯言，为诸侯之法式。

缵，音纂，继也。◎戎，汝也。◎缵戎祖考，言继汝先祖考之德业。

躬，身也。◎王躬是保，言保王之身。

出，宣王之命也。◎纳，观闻时事之宜而进于王也。

赋，布也。

发，展而行之也。

第三章，述仲山甫之职位也。言王命仲山甫为诸侯之法式，继尔先祖考之业；保王之体；出宣王命，入进时宜；为王之喉舌，代王出言；布政于外，四方之国，乃承王命展而行之。

肃肃王命，仲山甫将之。邦国若否，仲山甫明之。既明且哲，以保其身。夙夜匪解，以事一人。

肃肃，严也。

将，奉行也。

若，顺也。◎否，音鄙，不善也。

明之谓明见之。

哲，智也。

解，同懈。

一人谓王也。

第四章，述仲山甫任事之勤也。言王命严肃，仲山甫奉行之；邦国有善有不善，仲山甫能明察之。既明且智，仲山甫能顺理保其身。早夜不懈，以事王一人。

人亦有言：柔则茹之，刚则吐之。维仲山甫，柔亦不茹，刚亦不吐。不侮矜寡，不畏强御。

茹，食也。

矜，音鳏，老而无妻曰鳏。老而无夫曰寡。皆穷而无告之人也。

强御，刚暴为恶之人也，参前《荡》。

第五章，述仲山甫之明哲也。言世人有云：柔则食之，刚则吐之，是保身之法也。然仲山甫柔亦不食，刚亦不吐。谓皆能明哲适其宜也。故能不侮矜寡无告之人。亦不畏刚暴强横之人。是柔不茹，刚不吐之谓也。

人亦有言：德輶如毛，民鲜克举之。我仪图之，维仲山甫举之。爱莫助之。衮职有阙，维仲山甫补之。

輶，音酉，轻也。

鲜，上声，少也。◎克，能也。

仪，度也。◎图，谋也。◎我，吉甫自谓也。

我仪图之，维仲山甫举之，二句言我度而谋求能举德之人，维仲山甫能之也。

爱莫助之，言我爱其德，然我莫能助其德，美之之词也。

衮，音滚。衮为天子之衣，衮职谓王之职也。◎阙，失也。

第六章，述仲山甫德高而能补君阙。言人有言云：德之轻，如羽毛也。然人少有能举之者。我今度而谋求能举德之人，则维仲山甫能之也。我爱其人其德，然我不能助之，以其德高非我所能也。至如天子之职有阙失时。维仲山甫能补之，非他人所能也。

仲山甫出祖，四牡业业，征夫捷捷。每怀靡及，四牡彭彭，八鸾锵锵。王命仲山甫，城彼东方。

祖，出行祭道神。

牡，雄马。◎业业，健貌。

捷捷，疾貌。

每，虽也。◎每怀靡及，言虽怀尽力之心，而仍若不能及者，谓应竭力以赴也。参前《皇皇者华》。

彭，音旁，彭彭，行不得息貌。参《小雅·北山》。

鸾，铃在镳者，四马故八鸾，参《采芑》。◎锵锵，鸣声。

东方，齐也。言去薄姑而徙都临菑。

第七章，述仲山甫出祖城齐也。言仲山甫出祖启行，四牡业业然健壮，征夫捷捷疾走，趋若不及也。四牡行而不息，八鸾锵锵而鸣。王命仲山甫往城于东方之齐。

按：去薄姑徙临菑，毛传之说也。后世以《史记·齐世家》所载献公徙临菑，不在宣王之世，时间未合，多疑之。孔疏疑毛传必有据，而司马迁言未必实。魏源《诗古微》以为《史记》于胡公前缺一世。屈万里引《国语》记樊穆仲誉鲁孝公事在宣王三十二年，证魏说盖是。详见屈书。

四牡骙骙，八鸾喈喈。仲山甫徂齐，式遄其归。吉甫作诵，穆如清风。仲山甫永怀，以慰其心。

> 骙骙，强貌。骙音揆。
>
> 喈喈，鸣声也。
>
> 徂，音除，往也。
>
> 式，语词。◎遄，速也。
>
> 吉甫作诵，谓尹吉甫作此诗。参前《崧高》。
>
> 穆，和也。◎穆如清风，言和如风之吹拂，及于是人也。
>
> 怀，思也。怀此诗也。
>
> 以慰其心，以此诗慰其心也。

第八章，结束言作诗之意也。言四牡骙骙，八鸾喈喈，仲山甫去齐矣。我望其能速归也。我吉甫作此诗，和如清风，愿仲山甫永怀此诗，以慰其心也。

按《诗序》云："《烝民》，尹吉甫美宣王也。任贤使能，周室中兴焉。"然诗末明言"仲山甫永怀，以慰其心"，何来美宣王之意？说诗不由诗中求，而别向诗外迂曲牵附，乃使诗说多争议耳。

韩奕

此韩侯初立来朝，娶妇而归，诗人咏之。

奕奕梁山，维禹甸之，有倬其道。韩侯受命，王亲命之：
缵戎祖考，无废朕命。夙夜匪解，虔共尔位，朕命不易。
榦不庭方，以佐戎辟。

四牡奕奕，孔修且张。韩侯入觐，以其介圭，入觐于王。
王锡韩侯，淑旂绥章，簟茀错衡，玄衮赤舄，钩膺镂锡，
鞹鞃浅幭，鞗革金厄。

韩侯出祖，出宿于屠。显父饯之，清酒百壶。其殽
维何？炰鳖鲜鱼。其蔌维何？维笋及蒲。其赠维何？乘
马路车。笾豆有且，侯氏燕胥。

韩侯取妻，汾王之甥，蹶父之子。韩侯迎止，于蹶之里。
百两彭彭，八鸾锵锵，不显其光。诸娣从之，祁祁如云。
韩侯顾之，烂其盈门。

蹶父孔武，靡国不到。为韩姞相攸，莫如韩乐。孔
乐韩土，川泽訏訏，鲂鱮甫甫，麀鹿噳噳，有熊有罴，

有猫有虎。庆既令居，韩姞燕誉。

溥彼韩城，燕师所完。以先祖受命，因时百蛮。王锡韩侯，其追其貊。奄受北国，因以其伯。实墉实壑，实亩实籍。献其貔皮，赤豹黄罴。

奕奕梁山，维禹甸之，有倬其道。韩侯受命，王亲命之：缵戎祖考，无废朕命。夙夜匪解，虔共尔位，朕命不易。榦不庭方，以佐戎辟。

奕奕，大也。◎梁山，为韩境之山。在今河北固安境。

甸，治也。

倬，音卓，明也。有倬即倬然。◎道，其行事之道也。

韩侯受命，受王命封于韩也。

缵，音纂，继也。◎戎，汝也。◎祖考，其祖父也。

朕，我也。

解，同懈。

虔，敬也。◎共，恭也。

易，改也。

榦，正也。◎不庭方，不来庭之国。◎言正远方不朝之国。

戎，汝也。◎辟，音璧，君也。汝君是宣王对韩侯言之自称。

第一章，韩君始受封也。言其国梁山甚大，是禹治之地也。以其所行之道倬然明也，故受命为韩侯。王亲命之曰："继尔先祖父之业，无废朕之命。早夜勿懈，恭敬慎重于尔位。朕之命不改也。汝当能正彼远方不朝之国，以佐汝之君也。"汝之君即宣王自称也。

按：梁山，马瑞辰考之甚详。

四牡奕奕，孔修且张。韩侯入觐，以其介圭，入觐于王。王锡韩侯，淑旂绥章，簟茀错衡，玄衮赤舄，钩膺镂钖，鞹鞃浅幭，鞗革金厄。

奕奕，四马长大之貌。

修，长也。◎张，大也。

觐，见。

介圭，大圭也。参前《崧高》。

淑，善世。◎旗上绘交龙者曰旂。旂，音旗。◎绥，旌旗之旒也。◎淑旂绥章，言善旗而加旒以为表章。

簟，音店。方文竹席也。◎茀，音弗，车蔽也。簟茀，以方文竹席为车蔽也。参《齐风·载驱》。◎错衡，文彩也。◎衡，辕前端之横木也。◎簟茀错衡，言横木有文彩也。此言车。

玄衮，卷龙也。玄色画卷龙之衣。◎舄，音昔。赤舄，赤色屦，冕服之屦也。此言衣屦。

钩膺，马腹之带，有钩以拘之，施之于膺。◎镂，刻金也。◎钖，音阳，马眉上之饰物也。亦曰当卢。

鞹，音扩，去毛之革也。◎鞃，音铿，车轼蒙革也。◎鞹鞃者，以去毛之皮，施于轼之中央，持车使牢固也。◎浅，浅虎皮也，谓虎皮为兽皮中毛色之浅者也。◎幭，音密，覆也。浅幭言以浅虎皮覆于轼也。

鞗，音条，辔也。◎革，辔首也。◎鞗革，马辔所把之外，有余而垂下者也。参《采芑》。◎金厄，以金为小环，缠搤辔首也。

第二章，述王赐韩侯。言四牡，甚长且大，韩侯入觐，以其介珪进于王。于是王赐韩侯：有善美之旂，而以旒表章之；其车则簟茀错衡；其服则玄衮赤舄；其马则钩膺镂钖；车轼则蒙革，覆以浅色虎皮；马辔以金环缠搤之。

韩侯出祖，出宿于屠。显父饯之，清酒百壶。其殽维何？炰鳖鲜鱼。其蔌维何？维笋及蒲。其赠维何？乘马路车。笾豆有且，侯氏燕胥。

祖，行路祭道神也。祭而出发，故曰出祖。

屠，地名。

父，音甫，男子美称。显父，有显德之人，周之公卿也。◎饯，以酒食送行也。

殽，骨有肉曰殽。

炰，音庖，以火熟之，谓蒸煮之也。

蔌，音速，蔬菜也。

蒲，蒲蒻也。蒲蒻者，蒲之幼嫩者，可食。

乘，音胜。四马曰乘。◎路车，诸侯所乘之车。

笾，音边，礼器，祭时盛物以献。竹制曰笾，木制曰豆。◎且，音居，多貌。有且即且然。

胥，相也。◎侯氏，来朝之诸侯。◎言诸侯送韩侯，因相燕乐也。

第三章，述韩侯就国，显父饯之情状。言韩侯出祖就道，出宿于屠地。显父饯之，清酒百壶，炰鳖鲜鱼为殽，笋及蒲蒻为蔌，赠予路车乘马，笾豆之陈甚多，诸侯在此相燕乐。

按：屠，传云："地名也。"后世或谓同州郿谷（《困学纪闻》引李氏说），或谓陕西鄠县之杜陵（季明德《诗解颐》），或云为陕西郃阳荼县谷渡（顾祖禹《读史方舆纪要》）。朱传云："屠，地名，或曰即杜也。"陈奂以为无考。胡承珙马瑞辰皆以为杜陵是。亦皆度而言之，无确据也。

韩侯取妻，汾王之甥，蹶父之子。韩侯迎止，于蹶之里。百两彭彭，八鸾锵锵，不显其光。诸娣从之，祁祁如云。韩侯顾之，烂其盈门。

汾王，厉王也。厉王流于彘，在汾之水上，故时人以号王焉。言女为厉王之甥女。

蹶，音猤。蹶父，周之卿士也。◎言女为蹶父之子也。

韩侯迎止，韩侯亲迎以娶之。止，语尾词。

于蹶之里，迎于蹶父之里也。

百两，指百两之车。两音辆。◎彭彭，车行盛貌。

鸾，鸾铃也。四马镳系八铃。◎锵锵，铃声也。参前《采芑》。

不，读为丕，大也。

娣，音弟。诸娣，众妾也。古者诸侯娶妻，一娶九女。诸侯娶一国则二国往媵之，以姪娣从。姪者，兄之子；娣者，女弟也。此独言娣，举其众妾中之最贵者。

祁祁，多貌。

顾，曲顾，亲迎之礼也。

烂，粲烂也。◎其，状事之词也。其字加另一状事之字之上，或在下，则合为一形容之辞。烂其犹烂然。

第四章，述韩侯娶妻。言韩侯娶妻，所娶者厉王之甥女，蹶父之女也。韩侯亲迎之于蹶父之里，香车百辆，彭彭盛大，八鸾锵锵，大显其光彩。妻之诸娣，媵而从之，祁祁然如云。韩侯曲顾之礼。烂然盈其门，言祁祁如云之众女粲然也。

按：曲顾，马瑞辰有说。

蹶父孔武，靡国不到。为韩姞相攸，莫如韩乐。孔乐韩土，川泽訏訏，鲂鱮甫甫，麀鹿噳噳，有熊有罴，有猫有虎。庆既令居，韩姞燕誉。

孔，甚。◎蹶父孔武，言蹶父甚武勇也。

靡国不到，言为王使于天下也。

姞，蹶父姓也。女嫁韩乃曰韩姞。◎相，视也。◎攸，所也。◎言蹶父为其女韩姞视其所宜适也。

莫如韩乐，言蹶父观察之结果，韩姞所宜适者，莫如韩为最乐也。

訏，音许。訏訏，大也。

鲂，音房，鱼名。又曰鳊，扁身细鳞。◎鱮，音序，鱼名，又名鲢。◎甫甫，大也。

麀，音忧，牡鹿也。◎噳，音语。众多貌。

庆，喜也。◎令，善也。

燕，安也。◎誉，乐也。

第五章，述韩姞嫁之宜也。言蹶父甚为武勇，为王使于天下，无国不到。因遍视其所历之地，为其女视其所宜适，则以为莫如韩为最乐也。韩之土川泽甚广，鲂鱮肥大，麀鹿众多，有熊罴猫虎，富饶之地也。今韩姞既已嫁韩，喜得善居，韩姞安乐矣。

溥彼韩城，燕师所完。以先祖受命，因时百蛮。王锡韩侯，其追其貊。奄受北国，因以其伯。实墉实壑，实亩实籍。献其貔皮，赤豹黄罴。

溥，音普，大也。

燕，燕国也。◎师，众也。◎完，完成也，言筑成也。

先祖，韩之先祖，武王之子，韩侯因先祖之功德，以受命也。

因时百蛮，因是百蛮而长之也。时，是也。

追，貊，皆戎狄之国也。貊，音麦。

奄，覆也。

因以其伯，因以其为方伯之事也。

实，寔也。寔，是也。◎墉，城也。◎壑，池也。◎是城是池，城池二字皆作动词，高其城，深其池。

实亩实籍，治其亩，征其税。◎籍，税也。

貔，音毗，猛兽名。

末二句言所收之税及所获之物，贡于天子也。

第六章，述韩侯之能怀柔北狄，勤修贡职也。言大哉韩城，燕国之众所筑成也。韩以其先祖之功德，受命为韩侯，因是百蛮而为其长。王赐韩侯以追貊戎狄之国。韩覆有北国之地，因为之伯。乃高其城，深其池；治其田亩，征其赋税；献其貔豹熊罴之皮，勤修贡职于王也。

按《诗序》云："《韩奕》，尹吉甫美宣王也。能锡命诸侯。"谓尹吉甫已无据矣，谓美宣王尤为远甚。诗中明言韩侯来朝，亲迎娶妇，何以视为美王？《序》之附会，若此篇则甚尤者也。此韩为西周时韩，非三家分晋之韩也。

江汉

朱传云："宣王命召穆公平淮南之夷，诗人美之。"

江汉浮浮，武夫滔滔。匪安匪游，淮夷来求。既出我车，既设我旟，匪安匪舒，淮夷来铺。

江汉汤汤，武夫洸洸。经营四方，告成于王。四方既平，王国庶定。时靡有争，王心载宁。

江汉之浒，王命召虎。式辟四方，彻我疆土。匪疚匪棘，王国来极。于疆于理，至于南海。

王命召虎，来旬来宣。文武受命，召公维翰。无曰予小子，召公是似。肇敏戎公，用锡尔祉。

厘尔圭瓒，秬鬯一卣。告于文人，锡山土田。于周受命，自召祖命。虎拜稽首，天子万年。

虎拜稽首，对扬王休。作召公考，天子万寿。明明天子，令闻不已。矢其文德，洽此四国。

江汉浮浮，武夫滔滔。匪安匪游，淮夷来求。既出我车，既设我旟，匪安匪舒，淮夷来铺。

浮浮，流动貌。

滔滔，顺流而下貌。

匪安匪游，非敢安乐也，非敢遨游也。

求，寻求淮夷而平之也。

旟，音余，旗之画鸟隼者曰旟。

舒，徐也。

铺，讨伐也。

第一章，述出师伐淮夷也。言江汉之水合而东流浮浮然，王命将帅及士众顺流而下，滔滔然出发矣。此行非敢安乐，非敢遨游，是来寻求淮夷而讨之也。既出我车矣，既设我旟矣，不敢安乐，不敢舒缓，是为来讨伐淮夷也。

按：浮浮，毛传："众强貌。"滔滔，毛传："广大貌。"于辞义未能通顺。《经义述闻》及陈奂皆以为当作"江汉滔滔，武夫浮浮"。孔广森以为毛传以江汉众强似武夫，武夫广大似江汉互释之，胡承珙附其说，以为互文见意。皆无确据。兹据郑笺释之。

淮夷来铺，笺云："主为来伐讨淮夷也。"

江汉汤汤，武夫洸洸。经营四方，告成于王。四方既平，王国庶定。时靡有争，王心载宁。

汤，音伤。汤汤，大水，疾流貌。

洸，音光。洸洸，武貌。

告成于王，告成功于王也。

庶，幸也。

时，是也。

载，则也。

第二章，述淮夷已平也。言江汉汤汤，武夫勇武，往经营四方，而告成功于王。四方既已平矣，王之国幸已安定，是已无争矣，王心则宁矣。

江汉之浒，王命召虎。式辟四方，彻我疆土。匪疚匪棘，王国来极。于疆于理，至于南海。

浒，音虎，水边地也。

式，语词。◎辟，开辟也。

彻，取税也。参前《公刘》。

疚，病也。◎棘，急也。

极，中也，中言正也。

于，助词。疆，理，皆由于字助为动词。◎于疆于理，言画其疆，治理之也。

第三章，述召虎辟江汉也。言江汉之浒，王命召虎辟之。彻以取税，然勿使之病，勿急切也。以使来王之国，就其中正也。于是画其疆，理其政，至于南海。

王命召虎，来旬来宣。文武受命，召公维翰。无曰予小子，召公是似。肇敏戎公，用锡尔祉。

旬，遍也。言遍以其地。◎宣，布也。言宣布王命。

翰，干也。◎召公，谓召虎之先祖召康公奭也。◎文武受命，召公维翰，二句言昔文武受天命，召康公为桢干也。

无曰予小子，此王谓召虎之言，曰：汝勿曰："予，小子也。"似，嗣也。◎召公是似，言汝但嗣汝先祖召康公之功业耳。

肇，谋也。◎敏，疾也。犹言捷也。◎戎，汝也。◎公，功也。◎肇敏戎公，言敏谋汝之成功。

锡，赐也。◎祉，福也。

第四章，王以召虎之功，欲以加锡也。言王命召虎："遍巡而宣王命。昔文王武王之受天命，召康公为桢干。今汝勿曰：'我小子也'，汝但嗣汝先祖召康公之功业耳。汝能谋汝之成功于敏捷之间，吾因以赐尔以福。"

厘尔圭瓒，秬鬯一卣。告于文人，锡山土田，于周受命，自召祖命。虎拜稽首，天子万年。

厘，音离，赐也。◎圭瓒，祭时祼之器，勺状有柄。以圭为柄，以黄金为勺。参前《文王》。瓒音赞。

秬鬯，黑黍酒。祭祀时用。◎祼，以秬鬯灌地。前言圭瓒，故此言秬鬯也。参前《文王》祼下注。◎卣，音酉，尊也。◎秬，音巨。◎鬯，音畅。

文人，先祖之有文德之人也。

周，岐周也。

自，用也。◎召祖，召康公也。◎锡山土田，于周受命，自召祖命，此言召虎受封山川土田，往受命于岐周，用其祖召康公受封之礼。以岐周为周之所兴也。

稽首，至敬之礼。稽，留也。稽首言头至地而稽留多时不立即起也。

第五章，述王赐召虎，虎对成王命也。言王曰："赐尔以圭瓒，及秬鬯一卣，以告祭于先祖有文德之人。"祭祀以圭瓒盛鬯灌地，故有此赐也。"锡以山川土田，往受命于岐周，而用祖召康公受封之礼。"召虎稽首称："天子万年。"

虎拜稽首，对扬王休。作召公考，天子万寿。明明天子，令闻不已。矢其文德，洽此四国。

对，答也。◎扬，称也。◎休，美也。◎言即拜而答王策命之时，称扬王之德美。

考，成也。◎作召公考，言召虎既受赐，遂答称天子之美命。以王命召虎用召祖命，故召虎对王，亦"为之若召康公受王命之时，对成王命之辞"。简言之，言作召公之成，即谓"如召康公受王命时，对成王之言"也。其言即以下"天子万寿"等五句也。

令，善也。◎闻，声闻也。

矢，施也。

洽此四国，和结四方之国。

第六章，言虎拜稽首，答王之策命，称扬王之德美。其所作辞，如昔召康公受王命时，对答成王之言。其言曰："天子万寿，明明显盛之天子，善声长被称颂不止。王其施布其文德，以和洽天下四方，使皆蒙斯泽也。"

按《诗序》云："《江汉》，尹吉甫美宣王也。能兴衰拨乱，命召公平淮夷。"

此诗明言召穆公平淮夷之功，而《序》必曲解为美宣王，显不可信。谓为尹吉甫作，亦毫无根据。朱传但为平实之说而已。召穆公，召虎也。周召公裔孙为宣王辅，奉命伐淮夷平之。孔氏《正义》云："于世本穆公是康公之十六世孙。"康公，召公奭也。

常武

此美宣王自将伐徐成功之诗。

赫赫明明，王命卿士。南仲大祖，大师皇父。整我六师，以修我戎。既敬既戒，惠此南国。

王谓尹氏，命程伯休父。左右陈行，戒我师旅。率彼淮浦，省此徐土。不留不处，三事就绪。

赫赫业业，有严天子。王舒保作，匪绍匪游。徐方绎骚，震惊徐方，如雷如霆，徐方震惊。

王奋厥武，如震如怒。进厥虎臣，阚如虓虎。铺敦淮渍，仍执丑虏。截彼淮浦，王师之所。

王旅啴啴，如飞如翰。如江如汉。如山之苞，如川之流。绵绵翼翼，不测不克，濯征徐国。

王犹允塞，徐方既来。徐方既同，天子之功。四方既平，徐方来庭，徐方不回，王曰还归。

赫赫明明，王命卿士。南仲大祖，大师皇父。整我六师，以修我戎。既敬既戒，惠此南国。

赫赫，盛貌。

南仲，大将之名也，参《小雅·出车》。◎大音泰。大祖，太祖之庙。言命卿士南仲者，于王太祖之庙，使之为元帅。

大师，音太师。◎大师皇父，言王命皇父为太师于太祖之庙。父音甫。

六师，天子六军。

戎，兵器也。

敬，警也。

惠此南国，讨伐暴乱，故曰加惠于南国也。

第一章，述宣王命将帅也。言王命赫赫明明，命将帅于太祖之庙；命南仲为卿士，以为元帅；命皇父以为太师。使整我之六军，修我之兵器。既警既备矣，以讨伐徐之暴乱，以惠此南国。

按：南仲，当为《小雅·出车》之南仲。出车亦宣王时作也。命南仲为卿士于太祖之庙，参孔疏之说。皇父，当为《小雅·十月之交》之皇父。《十月之交》为幽王时诗，此诗为宣王时诗，前后相接。

王谓尹氏，命程伯休父。左右陈行，戒我师旅。率彼淮浦，省此徐土。不留不处，三事就绪。

尹氏，掌命卿士。

程，国也。◎伯，爵也。◎休父为大司马之卿。

左右陈行，左右陈其行列。

戒我师旅，戒勑六军之师旅，出发前之誓师也。

牵，循也。◎淮浦，淮水之浦厓也。

省，视也。省音醒。

不留不处，不久处于此地也。

三事，三公也。见前《小雅·雨无正》。◎三事就绪，言使三公治其军事，已就绪也。

　　第二章，述誓师也。言王召尹氏策命程伯休父为大司马，使陈其士众，左右行列，戒勑师旅。循彼淮水之浦厓，省视此徐土。但平其乱，不久处于其地也。天子亲征，使三公治其军，事已就绪，乃即启行也。

　　按：命程伯休父为大司马，孔疏有详说。三事，《雨无正》笺："三公及诸侯随王而行者。"本篇传："立三有事之臣。"本章言将出征，尚不及将还之事。天子亲征，三公治军事为合理。朱传亦云："王亲命太师以三公治其军事。"

赫赫业业，有严天子。王舒保作，匪绍匪游。徐方绎骚，震惊徐方，如雷如霆，徐方震惊。

赫赫，显也。◎业业，大也。

严，威也。有严即严然。

舒，徐也。◎保，安也。◎作，行也。◎王舒保作，言王师舒徐而安行也。

绍，缓也。◎游，遨游也。◎匪绍匪游，言王师徐行，是有威严而不促急。非缓也，非遨游也。

绎，连也。◎徐方绎骚，言徐方见王师之来，远近连连骚动也。谓骚动自此地起，而他处相连而作也。

霆，疾雷也。

第三章，述王师震徐也。言天子亲征，赫赫业业，见天子之威严也。王师舒缓安行，不疾不徐，非缓之也，非遨游也。言安重也。徐方见王师之临，连续骚动。王师所至，震惊徐方。如雷霆之作，使徐方震动。

王奋厥武，如震如怒。进厥虎臣，阚如虓虎。铺敦淮濆，仍执丑虏。截彼淮浦，王师之所。

震，雷动也。

阚，音喊，虎怒貌。◎虓，音消，虎鸣声。虓虎，怒吼之虎。

铺，布也，布其师旅也。◎敦，同屯，陈也。◎濆，音坟，厓也。

仍，因也。◎丑，众也。

截，治也。◎浦，水滨也。

王师之所，王师行至之所。

第四章，述王师武勇也。言王师奋其武勇，进其虎臣而至于徐。王师虎臣，怒如怒吼之虎，布陈其师旅于淮之厓，因执众虏，治彼淮之水滨。王师所至，皆归平治。

王旅啴啴，如飞如翰。如江如汉。如山之苞，如川之流。绵绵翼翼，不测不克，濯征徐国。

啴啴，音滩。啴啴，众盛貌。

翰，羽也。◎如飞如翰，言其疾也。

如江如汉，如江汉之广大，言其盛大也。

苞，本也。◎如山之苞，言其固也。

如川之流，言其不可御止也。

绵绵，不可绝也。◎翼翼，不可乱也。

不测，人不可测度之也。◎不克，人不可战胜之也。

濯，大也。◎大征徐国言必胜也。

第五章，述王师之强也。言王师众盛，如飞禽之疾动；如江如汉之广大盛壮；如山之根本，坚固不可动；如川之流，不可御止；绵绵不可绝；翼翼不可乱；人不能测；人不能胜；王师若此，故能大征徐国而必胜也。

王犹允塞，徐方既来。徐方既同，天子之功。四方既平，徐方来庭，徐方不回，王曰还归。

犹，谋也。◎允，信也。◎塞，实也。◎王犹允塞，言王之谋，信为切实合于行也。

来，来归顺于王也。

同，会同也。会同来朝也。

来庭，来王庭也。

回，违也。

还归，振旅也。

第六章，述平徐凯旋也。言王之谋，诚切实合于行，故王师一至，徐方平矣。徐方既来归顺，徐方既来会同，是天子之功也。今王亲征，四方既平，徐方既已来朝于王庭，是徐方已不敢再违王命，王乃命凯旋也。

按《诗序》云："《常武》，召穆公美宣王也。有常德以立武事，因以为戒然。"不知召穆公作诗之说有何可据。因以为戒之义则尤模糊，令人不解。《常武》二字，用以名篇，后儒以诗中并无此两字，因之纷纷疑议，莫有定解。然三百篇本无篇名，《关雎》《葛覃》，全无用意。《常武》为西周时作，如已先立题目，则《株林》《泽陂》，更宜设以有用意之标题矣。《诗经》之标题，固非作诗之人所书，后人采诗中字句而标识之者耳。若《韩奕》则由"奕奕梁山"句取一字，间二句，由"韩侯受命"句取一字，又置韩于奕之上，不能谓之有何义、有何法也。《常武》者，四章首句曰"王奋厥武"，拟题之人，或以为此即全诗之旨也。而后冠以"常"字。至于何以冠"常"字，则议者虽多，愚意皆未敢信。作标题之人既未注识，则臆度之辞，实浪费笔墨而已。盖三百篇标题概属识别之用，无关诗中要旨，则常武即为常武，不必求其义也。

瞻卬

此刺幽王宠褒姒致乱之诗。

瞻卬昊天，则不我惠。孔填不宁，降此大厉。邦靡有定，士民其瘵。蟊贼蟊疾，靡有夷届。罪罟不收，靡有夷瘳。

人有土田，女反有之；人有民人，女覆夺之。此宜无罪，女反收之；彼宜有罪，女覆说之。哲夫成城，哲妇倾城。

懿厥哲妇，为枭为鸱。妇有长舌，维厉之阶。乱匪降自天，生自妇人。匪教匪诲，时维妇寺。

鞫人忮忒，谮始竟背。岂曰不极？伊胡为慝！如贾三倍，君子是识。妇无公事，休其蚕织。

天何以刺？何神不富？舍尔介狄，维予胥忌。不吊不祥，威仪不类。人之云亡，邦国殄瘁。

天之降罔，维其优矣；人之云亡，心之忧矣！天之降罔，维其几矣，人之云亡，心之悲矣！

觱沸槛泉，维其深矣。心之忧矣，宁自今矣？不自我先，不自我后。藐藐昊天，无不克巩。无忝皇祖，式救尔后。

瞻卬昊天，则不我惠。孔填不宁，降此大厉。邦靡有定，士民其瘵。蟊贼蟊疾，靡有夷届。罪罟不收，靡有夷瘳。

卬，同仰。

惠，爱也。

填，久也。

厉，恶也。

瘵，病也。

蟊，音矛，害苗之虫也。◎贼，害也。◎疾，害也。

夷，平也。◎届，止也。

罟，音古，网也。

瘳，音抽，病愈也。

第一章，忧极呼天也。言瞻仰昊天，天则不加爱于我。甚久不安宁矣，降此大恶于我邦。邦国无有安定，士民病矣。虫害作害于苗，无所平止。蟊虫者，谓为害之恶人也。故曰罪网不收，疾无有平愈之时也。罪网不收者，罪网不能收恶人以惩之，故恶人行恶，而民病不能愈也。

人有土田，女反有之；人有民人，女覆夺之。此宜无罪，女反收之；彼宜有罪，女覆说之。哲夫成城，哲妇倾城。

女，读为汝。

覆亦反也。◎首四句言夺人之物，据为己有也。反覆，皆谓不应有而有，故曰反曰覆也。

收，拘而收押也。

说，音脱，通脱。◎以上四句言是非不明也。

哲，智也。◎哲夫成城，言智士可以成城。城以喻国也。

哲妇，谓褒姒也。◎倾城，城毁坏，喻祸国也。

第二章，述侵夺贼害，是非颠倒，宠妇为祸也。言人有土地，汝反取而有之；人有民人，汝反夺之；此人宜无罪，汝反拘捕之；彼人宜有罪，汝反脱赦之。真是非颠倒矣。智士可以成城，可以建国者。若褒姒之智妇者，可以倾城，足以祸国耳。

懿厥哲妇，为枭为鸱。妇有长舌，维厉之阶。乱匪降自天，生自妇人。匪教匪诲，时维妇寺。

懿，叹声也。◎厥，其也。

枭，鸱皆恶声之鸟。闻其声则不祥，喻褒姒之言恶也。

长舌，喻多言也。

厉，恶也。◎阶，由此上而至也。

匪，非也。◎乱匪降自天，言今之乱非降自天也。

非教，非诲。不教不诲也。犹今言未加以教育。

时，是也。◎寺，同侍。妇侍，近宠之妇也。

第三章，述褒姒之恶也。言懿其哲妇，为枭为鸱也。意谓其所发之言皆恶声也。有此多言长舌之妇，实为恶之所由至也。今世之祸乱，非降自天，乃生自此妇人。若所谓全无教养者，是则此宠妇乎！

鞫人忮忒，谮始竟背。岂曰不极？伊胡为慝！如贾三倍，君子是识。妇无公事，休其蚕织。

鞫，音鞠，穷也。◎忮，音志，害也。◎忒，变也。◎鞫人者，

1113

以言屈人，使穷辞而不能辩也。忮忒者，害人之手段，变化不测也。

谮，愬也，毁也。言诬而伤害之也。◎谮始者，于始进谮言以害人也。◎竟，终也。背，违也。竟背者，终违其实。◎言其始谮之言，终见其违背事实也。

岂曰不极，言其言既违事实，岂能曰不至于恶乎？极，至也。

伊，语词。◎胡，何也。◎慝，恶也。◎伊胡为慝，言王乃反解之曰："此何足为恶！"

贾，商贾也。三倍，三倍之利也。

君子是识，言贾物而有三倍之利，是贾人事，非在官者所宜为，今君子识其道，谓在官为多求利之事，非所宜也。

妇无公事，妇人无参与朝庭公事者。

休其蚕织，言但今妇人已休其蚕织之事以参公事。此亦言其反常也。

第四章，述为慝之状。言此妇人，能以言屈人，使穷辞而不能辩。其害人之手段，变化莫测。始常以谮言诬人，而至终竟背其事实。若此诬人而见反证者，岂能曰不至于恶乎？然王且为之辩解曰："此何足为恶？"贾人利市三倍，非在官者之事也。而今在官者，竟争为此贾人求利之事，非所宜也。妇人不宜参与朝廷之事，而今竟休其蚕织而专参与朝廷之事。如此反常，其事如何，可知之矣。

天何以刺？何神不富？舍尔介狄，维予胥忌。不吊不祥，威仪不类。人之云亡，邦国殄瘁。

刺，责也。◎天何以刺，言天何以责王而降祸乎？

富，福也。◎何神不富，言何以神不降福于王乎？

介，大也。◎狄，夷狄之患也。◎舍尔介狄，言尔今舍尔之大患，若狄之将来侵而不顾。

胥，相也。◎忌，怨也。◎维予胥忌，言不顾狄患之严重，而惟对我相怨恨。

吊，悯也。◎不吊不祥，言天之不悯此不祥也。

类，善也。◎威仪不类，言王之威仪，至于不善。

人谓善人也。◎云，语中助词也。◎亡，奔亡也。◎人之云亡，言贤者尽去也。

殄，尽也。◎瘁，病也。

第五章，述祸之深也。言天何以责王而降祸乎，盖王有过也；神何以不降福于王乎，盖王当罚也。王舍尔大患之狄人，视彼将入侵而不顾，而惟对我相怨恨，诚大错也。天不悯此不祥，而加之罪责。王之威仪，至于不善。贤者奔亡而去，邦国尽病矣。

天之降罔，维其优矣；人之云亡，心之忧矣！天之降罔，维其几矣，人之云亡，心之悲矣！

罔，罟也。首二句言如天之罔罟，以罗罪人者，亦宽大矣。

几，近也。

第六章，述天罔将近也。言天之降罔罗，亦宽大矣，维见灾异，未及罪人之身也。然善人皆奔而亡，心为之忧矣；虽然，天之降罔，其亦近将及于罪人之身矣。善人皆已奔亡，心为之悲矣！

觱沸槛泉，维其深矣。心之忧矣，宁自今矣？不自我先，不自我后。藐藐昊天，无不克巩。无忝皇祖，式救尔后。

觱，音必。觱沸，泉涌貌。◎槛，音坎。槛泉，泉正出者也。

宁，岂也。

不自我先，不自我后，二句言我正生当其时，而祸正及我也。

藐藐，大貌。

巩，固也。

忝，辱也。◎皇祖，先祖也。

式，语词。

第七章，慨叹望其能救也。言涌出之泉水，其水深矣。因以兴起若我心中之忧思，亦甚深矣。其所以如此者，久久积忧而成，岂自今日始邪？今日之祸，不自我之先而生，不自我之后而生，而正当我生之时，而生此祸，岂不令人忧邪？藐藐昊天，无不能安固者也。望王无辱先祖，能速改之。则天必能助之，因以免祸，以救尔之后人也。

按《诗序》云："《瞻卬》，凡伯刺幽王大坏也。"刺幽王是矣。谓为凡伯作，则未有据也。朱传去凡伯，申其大坏，曰："此刺幽王嬖褒姒，任奄人，以致乱之诗。"大致已是。姚际恒以为奄人与褒姒并拟而言，失之轻重虚实之难办，因又去其奄人，曰："此刺幽王宠褒姒致乱之诗。"较朱说缜密者也。

召旻

朱传云："此刺幽王任用小人，以致饥馑侵削之诗也。"

旻天疾威，天笃降丧。
瘨我饥馑，民卒流亡。
我居圉卒荒。

天降罪罟，蟊贼内讧。
昏椓靡共，溃溃回遹，
实靖夷我邦。

皋皋訿訿，曾不知其玷。
兢兢业业，孔填不宁，
我位孔贬。

如彼岁旱，草不溃茂，
如彼栖苴。
我相此邦，无不溃止。

维昔之富不如时？
维今之疚不如兹？

彼疏斯粺，胡不自替？
职兄斯引！

池之竭矣，不云自频？
泉之竭矣，不云自中？
溥斯害矣！职兄斯弘！
不烖我躬？

昔先王受命，有如召公，
日辟国百里。
今也日蹙国百里。
於乎哀哉！
维今之人，不尚有旧。

旻天疾威，天笃降丧。瘨我饥馑，民卒流亡。我居圉卒荒。

旻，音民。旻天，幽远之天也。◎疾威，犹暴虐也。

笃，厚也。

瘨，音颠，病也。

卒，尽也。

居，国中也。◎圉，音语，边陲也。◎荒，虚也。

第一章，述天降饥馑也。言旻天暴虐，重降丧乱，病我以饥馑，民尽流亡。而我国中以至边陲，尽为空虚矣。

天降罪罟，蟊贼内讧。昏椓靡共，溃溃回遹，实靖夷我邦。

蟊贼，喻恶人，见《瞻卬》。◎讧，音红，争讼相陷人之言也。

昏，昏乱之人。◎椓，音卓，害也。见《小雅·十月》。◎共，恭也。靡恭言无敬事之心，专为恶求利也。

溃溃，乱也。◎遹音聿。回遹，邪僻也。

靖，谋也。◎夷。平也。

第二章，述小人为祸也。言天降罪网，施之于下，故有此灾祸也。今恶人内自争讼相陷，昏乱为害之人，身居高职，而无敬事之心，专为私利而行恶。故今之事，溃溃为乱，邪僻之人，实欲相谋而平我国家，使至于灭亡也。

皋皋訿訿，曾不知其玷。兢兢业业，孔填不宁，我位孔贬。

皋皋，顽慢之意。◎訿訿，务为谤毁也。

曾音增，乃也。◎玷，音店，缺也。

兢兢，戒慎也。◎业业，危惧也。

孔，甚也。◎填，久也。

第三章，述是非不明也。言顽慢之徒，务为毁谤之人，王乃不知其缺失。至于戒慎恐惧，任事小心；一事未毕，则甚久心中不敢安而若我者，则位必大见贬黜也。

如彼岁旱，草不溃茂，如彼栖苴。我相此邦，无不溃止。

溃，同汇，茂貌。

苴，音居。栖苴，水中之草而栖于树上者，故枯槁无润泽也。

相，视也。

溃，乱也。◎止，语尾词。

第四章，述衰败之象也。言今之情况，如彼岁逢枯旱，草不能茂盛。如栖苴之在树上，枯槁毫无润泽。我视此邦，无非溃乱也。

维昔之富不如时？维今之疾不如兹？彼疏斯粺，胡不自替？职兄斯引！

时，是也。◎维昔之富不如时，言昔日之富乐不如是乎？感叹昔日之好景今已无之也。

维今之疾不如兹？言今日之病疾丧乱，不如此乎？伤今日祸深，与昔日相比而叹息也。

疏，粗糠也。◎粺，音败，精米也。◎彼疏斯粺，言彼为粗，此为精，区以别矣。

替，废也。◎胡不自替，自己明为粗者，何不自废退邪？

职，主也。◎兄，同况，兹也。◎斯，其也。◎引，长也。

◎言彼不仅不自废退，而主兹重任，且能长久也。

第五章，述今不如昔也。言昔日之富乐不如是乎？而今之病祸不如斯乎？今昔相比，故感叹也。彼之为疏，此之为粱，一粗一精，区以别矣。彼小人者，明显为粗者，何不自废退邪？然彼不仅不肯自退，且主兹重任，且能长久也！

池之竭矣，不云自频？泉之竭矣，不云自中？溥斯害矣！职兄斯弘！不烖我躬？

频，厓也。◎首二句言池水之竭，能不谓自厓之不能流入，以致之邪？

中，内也。◎泉之竭矣，不云自中，言泉源之水竭矣，能不谓为其泉之本身内中枯竭乎？前二句言因在外，此二句言因在内也。

溥，大也。◎溥斯害矣，言斯害大矣。

弘，大也。

烖，灾之本字。◎烖我躬，言能不灾及于我身乎？

第六章述祸来有自也。言池水之竭，能不谓为外流不入之故乎？盖自厓下流之水不至，故池竭也。若泉水竭矣，能不谓为泉之本身，内中已枯竭乎？故知池之竭，因在外；泉之竭，因在内。凡事之生，必有其必然之原因也。若今日之祸，其为害大矣！其来亦有因也。然后为祸之小人，主兹重任，且将更见其主大任也。其能不灾及于我身乎？

按以上二章，多用“不”字，凡用“不”字之处，皆为问语。五章首二句毛朱名家所称皆未顺适。如以问语释之，则皆豁然也。

昔先王受命，有如召公，日辟国百里。今也日蹙国百里。於
乎哀哉！维今之人，不尚有旧。

召公，召公奭也。◎首二句言先王文武，受命开国，其时之
臣，有召奭，贤臣也。而今日无若是之贤臣矣。

日辟国百里，言一日可辟地百里。

蹙，促也，短缩也。

於，音乌。

尚，上也。◎有，语助也。有旧即谓旧日。◎言不以旧日贤
人为上而追效之也。

第七章，述今无贤臣也。言昔先王文武，受命开国，有贤
臣如召公者矣，故能日辟百里。而今则日促百里！於乎哀哉！
今之人者，真不能追效往贤者也。

按《诗序》云："《召旻》，凡伯刺幽王大坏也。旻，闵也。闵天下无如召
公之臣也。"刺幽王是。谓凡伯作则无据。何以曰召旻，亦未必若所言之意。
盖与前《小旻》之始句，皆曰旻天，故皆取旻字。然于前既已题曰小旻，
于此必另取一字以别之。乃又取末章"有如召公"之召字，命曰《召旻》，
以别于《小旻》耳。诗之篇名非包容全篇之义者，已于《常武》一篇言之，
不再重述。